晋军新方阵·第五辑

浦歌 著

孤独是条狂叫的狗

山西出版传媒集团

北岳文艺出版社·太原

图书在版编目（CIP）数据

孤独是条狂叫的狗 / 浦歌著 . —太原：北岳文艺出版社，2017.12
ISBN 978-7-5378-5506-8

Ⅰ．①孤… Ⅱ．①浦… Ⅲ．①中篇小说—小说集—中
国—当代 ②短篇小说—小说集—中国—当代 Ⅳ．① I247.7

中国版本图书馆 CIP 数据核字（2017）第 324133 号

书　　名：孤独是条狂叫的狗
著　　者：浦　歌
责任编辑：高海霞
书籍设计：张永文
印装监制：巩　璠

——————

出版发行：山西出版传媒集团·北岳文艺出版社
地　　址：山西省太原市并州南路 57 号
邮　　编：030012
电　　话：0351-5628696（发行部）
　　　　　0351-5628688（总编室）
传　　真：0351-5628680
网　　址：http://www.bywy.com
E - mail：bywycbs @ 163.com
经 销 商：新华书店
印刷装订：山西人民印刷有限责任公司

——————

开　　本：890mm×1240mm　　1/32
字　　数：192 千字
印　　张：7.375
版　　次：2017 年 12 月第 1 版
印　　次：2018 年 6 月山西第 1 次印刷
书　　号：ISBN 978-7-5378-5506-8
定　　价：32.00 元

浦歌，原名杨东杰，山西文学院第五批签约作家，目前就读于中国人民大学创造性写作研究生班。2011年起发表中短篇小说若干，长篇小说《一嘴泥土》首批入选"三晋百部长篇小说文库"。

总　序

张锐锋

　　《晋军新方阵·第五辑》要出版了。这是山西中青年作家作品的又一次集中展示，无论是新方阵的阵容以及题材、体裁，还是作家年龄的层次结构，都充分体现了山西作家绵延不绝的创造力和几乎在各种文学体裁方面的开拓力。

　　这套丛书已经出版了四辑，这是第五辑。每一次从征稿到按照程序评审遴选，我们都是怀着既兴奋又担忧的复杂心情。兴奋的是，我们又要出版一套丛书，并集中检验作家们近年来辛勤劳作的成果，对将要出版的作品充满了期待。但也有一定的担忧，那就是，已经编选了几辑之后，是不是已经难以为继？还能不能选出质量上乘的优秀之作？我们的作家是否还有足够的潜能和上升的空间？事实上，从每年的编选情况看来，这一担忧似乎是多余的，作家们源源不绝的创作，不断为我们带来意外惊喜。

　　就本辑丛书而言，既有我们熟悉的、已经具有一定知名度的作家，也出现了许多新面孔。说明我们的事业薪火相传，新秀迭出，佳作泉涌。尤其是在创作形式上，出现了几个明显的特点：先锋性与传统性创作并驾齐驱，各种文学门类花枝繁盛。山西是一个具有深厚文化土壤的省域，不仅在历史上产生了众多风格各异的文学家，也在现当代文学史上产生了具有重要影响的作家，尤其是以赵树理为代表的

"山药蛋派"，开创了独特的、可读性极强、传播力极大的以农村小说为主的现实主义流派，继之，20世纪80年代的"晋军崛起"，又一次成为全国文坛的强光点。值得欣慰的是，今天的山西文学创作，已经呈现出多元并起的文学景观——小说、报告文学、散文和诗歌，以及其他文学体裁的创作，多边突进，打破了小说创作一枝独秀的格局，形成了门类齐备、梯队合理、结构完整、协调有序、面向未来的新局面。其中，一些具有先锋倾向的探索性作品登场亮相，反映了部分作家具有理想主义色彩的新追求、新探索，为现实主义主流创作添写了变奏曲。

俄罗斯作家茨维塔耶娃在一篇文章中谈道："普希金是黑人"。这不仅是因为普希金有着黑人的血统，有着"比钢琴还黑"的眼睛，更重要的是，茨维塔耶娃眼中纪念碑上的普希金发黑的青铜塑像，是"各种血液汇合的纪念像"，"最遥远的而且似乎是最不能汇合的灵魂的交融的活生生的纪念像"，"站立在锁链中间的普希金，他的基座被石墩子和锁链环绕……是为挣脱锁链站立起来的普希金树立的纪念像"，其有着非凡的象征意义。我们感到，眼前的这套晋军新方阵丛书，同样是一个汇合了各种血液和不同灵魂的纪念像，对于山西文学创作来说，同样具有不同寻常的象征意义。它意味着历史传统与现实境遇、才华与潜质、生活积累量与个体创造力，也意味着山西文学氛围的浓郁、创作活跃度的提升和创造力的不断增强，同时也寄寓了文学的无限希望。我们相信，山西文坛将更加兴盛，山西文学创作必将用事实说明，它不仅有光辉的过去，也会有光辉的未来！

2017年12月25日

目　录

孤独是条狂叫的狗

我满头大汗从街上回来，还没吃饭，把刚买的烙饼扔到办公桌上，这时，一个同事走了过来，一屁股坐在我的桌子上，说，他妈的，老子计划搞一个女朋友。说完，他一边哼着何勇《姑娘漂亮》结尾那句歌词：交个女朋友，还是养条狗。一边打开我的烙饼袋子，往里面窥看，好像除了烙饼还放着金条似的。之后，他告诉我他不会找问他要这要那的那种女孩，他打算鼓动他的一个女同学，租一个房子，然后就跟她同居。我说，靠，有这等好事！他的兴致起来了，他抱怨在这破单位干没有盼头，我点点头，我也没有理由不点头。我说，咱们纯粹是瞎他妈混。之后，他做出一副歇斯底里的模样，靠！他拍了一下我的桌子，说：如果没有女朋友，我他妈简直活不下去了。

过了一会，我告诉他我得下去了。我在走廊里逡巡了一会儿，发现再没有任何有意思的事情要做，就从楼上走下来。我本来到单位吃饭就是为了找到一点乐子，但分明是没有找到任何乐子。我有时总觉得会找到点什么，但其实屁也没有。我穿过门厅的时候，看见门房肉墩墩、被晒得红脸红背的老贾正跟闲杂人员下象棋，从那里传来啪啪的落子声。有个瘦得只剩下骨头的老头指责老贾刚才走的那步棋不对。老贾则默不作声，他没有搭理那个老得没几颗牙的老人。我还看见小卖部老太婆的独生女儿，她只有九岁，穿个小短裤跟几个小朋友跳皮筋。大中午的他们在跳皮筋，也没多少阴凉地，他们几乎就在太阳下面，居然一点也不怕晒。这个大中午非常安静，只有几声落子声和孩子跳皮筋时哼的小调。其他的声音微乎其微，只剩下偶尔有苍蝇飞过的嗡嘤声，连空气都被刺目的阳光晒得凝滞了，打了瞌睡。我就走在这么安静的地方，很快我就拐到了巷道里，这里到处都挂着旅馆的招牌，什么兴民旅馆、富华旅馆，还有大众旅馆。我租住的那个院子没有挂牌子，它非常靠里，挂上牌子也不会被人看到。

我已经进了院子，院子中央立着一米高的水管，我嘴对着水龙头喝了两三口，润了润嗓子。这个水龙头为所有的房客提供日用水。院子四周除了正房里的老头，全部是租住的房客，这里全是一些怪人。我喝水的时候，恰好见到那个瘦子蹲在一座小屋的阴凉地，那是院子里最洁净、最像模像样的屋子，它独立建在与大门相连的地方，侧对着厕所。这个瘦子就是怪人之一。我路过的时候，他还跟我点了点头，以前他很少跟我点头。他长得精瘦，非常结实。但是他默默地蹲在那里，我都为他感到可怜。要知道，屋子里并不是没人，一个颇有姿色的中年女人正在里面，他也知道她在里面，但问题是里面还有一个男人。他也不是抓奸什么的，他跟那个男人也认识，他们见了面偶尔还说几句话，只有等那个男人出来之后，他才会进去。那个男人个子高大，样子孤傲，非常有派头，走在大街上你会误以为是大款大亨什么的。但有时就是这非常有派头的男人在屋外等。他一边等一边抽烟，谁都不理，他还从来没有正面看过我一眼。有时是瘦子跟这个女人生活几天，有时是有派头的男人跟女人生活几天。这么奇怪的事情我还从没见过。那个中年女人差不多隔两天就晾晒出一绳子衣服，能看到不同样式的内裤，有粉的，有紫的，有大点的带一条宽大的筋，还有轻盈灵巧的带着网纱，还有黑色的。我最喜欢那个黑色带花纹的，非常妖冶。它们全部用夹子夹在铁丝上。那是其中一个男人专门为她挂起的铁丝，还没人敢用她的铁丝，至少我没用过。

我上厕所的时候，必然要经过那个最小最破的屋子——厕所紧挨着屋子。我现在就要经过它，这时，那个卖煎饼的河南男人吱呀一声推开了屋门，他好像就在等我过来。他们有时就在屋外的一小块地方吃饭，他们的小屋子几乎放不下桌子，或者恰好放得下。他和粗笨的女人、两个脏兮兮的七八岁儿子吃饭时围着小桌子，每次我路过去厕所，他一边用筷子敲着桌子以示提醒，一边要问：你吃了饭了？

这次他用那副一贯的谄媚眼神看着我，一副木讷的乡下人形象，却配了一副惯于谄媚的眼睛，这很让我吃惊。他看上去至少有五六十岁，但实际上也就是四十来岁，甚至不到四十。他的手、脸、脖子，以及所有露在外面的皮肤都晒得酱黑，都是油腻腻的。这次他没问我你吃了饭了，而是说，你回来了？我说回来了。我也不能说我没有回来，或是其他。他提着红色塑料桶去提水，是崭新的红色塑料桶。他以前没有水桶，只有锅和脸盆。有一次他借用了我的，结果把我的水桶碰出了三角形口子。他买了一模一样的水桶要赔我，我说不用不用。他又给我五块钱，我也没有答应。但是有一天他给那个中年妇女送煎饼，他不停地说，尝尝吧，尝尝我们河南的煎饼，都是邻居。但他却没有让我尝一口，我就有些记恨在心。我怀疑他是想跟中年妇女套近乎，你不能排除这一点。那个中年妇女真的很有魅力。

只见他走到了水龙头那里，先是洗了洗腿和脚，然后把桶放在水龙头下面。他一边拧开水龙头，一边盯着那个蹲在房屋前面的瘦子——你不要以为他就没有好奇心。这时，我已经走到我的房门前，这就惊扰了窗扇上的一群鸽子，它们纷纷拍起翅膀，有的就把风和细小的羽毛扇到了我的脸上。我的窗扇上有一群鸽子，那两扇纱窗一直开着，已经合不上了，它们就乱纷纷站在上面。我以前非常喜欢鸽子，我还专门去广场看过，那里有不少孩子喂鸽子吃东西，还有不少人为鸽子拍照片。站在我们单位窗口向外观望，有时黄昏时就有几只鸽子在空中缓缓飞舞。等我租了这个房屋，我才知道，原来它们就是我窗户上的那些鸽子。它们一点都不温柔，老是咕咕乱叫，拍翅膀的声音非常难听，在我的窗扇上拉得到处是白花花的稀屎，它们歪着脑袋瞅来瞅去的样子就像村妇一样。我关上门，顿时闻到了房间和我的物品独有的气味。这时，伴随着鸽子咕嘟咕嘟的声音的，是院子里水龙头那里急促的水流撞击水桶底部的声音。不过因为关了门，这些声音都变小了些。我租的房子里只有一张双人床，其他什么都没有。我只占了双人床的一边，有时睡着睡着就滚到了另一边。有时也会想象一对夫妇租住在这里的情况。我的铺盖从来不叠，随时可以躺倒，现在我就躺下来，任凭脸上的汗水慢慢往枕头上流，每次在这个时候，我就明显感到了孤单，好像我是迫不得已才把整个世界关在了外面。我闭上眼，听到了自己鼻子里呼吸的声音，只有在自己一个人的房间里，你才能听见自己的鼻息声。很快我就有些迷迷糊糊的了，那水龙头的流水声还依然在耳边哗哗直响。

下午四五点钟，办公室里一下没人了，不知为何人都出去了，我顿时觉得特别无聊，像是有什么东西丢失了一样。这些人都有忙的事，就我没有。然而一瞬间，我就有了想法。我在单位给王艳打了电话。她说，你有病呀？这才几点，正在上班呢。我在电话里一直低三下四地劝说她：这有啥，你出来吧，咱们也好多天都没见了。她问我，你到底有什么事？我说，我没事，就是特想见你。她说道，去你的，再贫嘴我就挂电话了啊。我只好说，再不了再不了，那……你出来吧。我只剩下你出来这一句了。这时那边没有声音了，她好像正跟某个人说什么，之后她终于接起电话。你无聊得不行就……听见她又要来这一套，比如你无聊得不行现在就去用头撞撞墙，或者说你现在就闭上眼念一万句阿弥陀佛。我没等她说完，立刻说，我十五分钟后在你单位门口等你。然后挂了电话。我知道她们机关并不是那种没法提前走的单位。

赶到王艳单位门口的时候，我手上的表才过了二十分钟，我觉得，就是在准备溜号的那一刻，我的生活才突然走上了快车道，不然慢得要死。太阳依然暴晒着我脚下的路面，我总觉得我的球鞋变软了。我一边等，一边用脚感觉，是不是我的鞋底真得变得比以前软了？我的劣质球鞋来自地摊，底很薄，有时能感觉到地面的温度，现在就是。王艳的单位在大路的东面，朝向西边，这时很难找到阴凉地，我只好躲在一个报纸宣传栏的后面，只能确保头和上身不被晒着。我差不多等了半个多小时，才见到王艳的影子走出了楼房大门。这期间我已经把报纸栏里一张旧报纸又看了一遍。这张报纸至少两个月没换过，之前我就浏览过那么几遍。看上去都晒得微微有些焦了，什么东西一放旧，就是这种颜色。新闻里有一条可看的，说的是一个农民青年，只上过小学，做过腿部截肢手术，但是他凭着惊人的毅力自学成才，花费了五年时间写成了一部长篇小说《土地之爱》。重要的是，他还因此找了个贤惠的妻子，上面还刊登了他们的照片，那个姑娘并不难看，圆头兴脑的，有一双大眼，除了身材差点，其他都还可以。有好几次，我梦到似乎在哪里见到的姑娘跟我谈恋爱，甚至有一次我们还抱在一起，那是我第一次在梦里跟姑娘很正式地抱在一起，互相情愿地抱着，仅仅抱着。之前，我不是梦见某个姑娘跟我斗嘴，就是梦见突然之间就跟某个女人发生了关系，常常是个出人意料的异性，比如我幼儿园的女同学，或者某个同学的母亲，甚至是那个有个九岁姑娘的小卖部老太太（她居然说小姑娘是她亲生的，我们只得相信）。有一次我梦见只是绊倒在了某个陌生女人身上，就已经发生了关系，因为我感觉到了一阵战栗，我还弄不清楚是怎么发生的，但已经发生了。也许是因为我还从没跟任何女人干过那种事。

后来想起来，梦里抱着的就是照片里这个姑娘，至少非常接近。我看着这个照片，那个农民残疾人正坐在轮椅上，咧着大嘴，有一副史铁生的派头，但是长相有点猥琐，完全配不上那个姑娘。我每次看，每次都觉得他完全不配。为此我非常心急，也觉得难以理解。

　　王艳已经走出了单位楼，她还撑起一把遮阳伞。我真想让时间停留在这一刻：只有在单位楼的门口，王艳的表情和身姿才显得郑重大方。她穿着非常庄严的单位上班制服，站得很直，并不急着往前走，表情凝重，似乎正有一排仪仗队站在身边一样。也许她在单位时就是这个样子，非常有魅力的那种。尤其是她现在撑起的那把蓝色花伞也很配她——她很少有配她样子的伞，这把伞我还没见过。但是差不多只要走出有门卫值班的大门，再向我的方向走那么几步，她就立刻变成一个孩子气的姑娘。她向我咧嘴一笑，露出她总有些怪的牙齿，好像她的牙齿没有成熟，还是孩子的小白牙齿，一张嘴，还会显露一颗长歪的牙。她走路也拖沓和没有姿态了。我发现，每次想见她的时候，我脑子里想的总是她站在单位楼下的那个样子。越想那个模样，我就越想见她，但是一见到她，她很快就变成了另一副模样，这就为我们的见面效果打了折扣。我常常会很失望地离开她，当然绝大部分都是她对我感到失望，这我也能看出来。

　　什么鸟事？她说。

　　没有，就是想见个面。我听见自己笑嘻嘻地说——看到她出来我还是很高兴。她说话总带一些特脏的字眼，比如鸟、屁、浑蛋什么的。我相信她从不对她的同事这么说，她只跟我在一起才这样。让我立刻觉得，她从不维护自己的形象，是因为她从不把我放在眼里，她也不在乎我。但是，她凭什么要在乎我，她妈正在五百公里之外的老家为她到处打问着找男朋友呢。

　　正好老娘今天有心情，她说，不然我才不理你这么无聊的人呢。

　　去哪里呢？

不知道，你说吧。

你说说看。

我真不知道去哪里。

总不能一直站在这里晒着吧。

那去你那里？

不去，去我那里还不如老娘继续上班呢。

那去哪里？

她对公园没有兴趣，她也懒得去看电影，她差不多没有什么爱好。就是逛商场，她也常常抱怨高跟鞋弄得她脚疼。差不多每次我们都是赶着饭点，在各类乱哄哄的小馆子里度过的。

出去瞎逛逛？

这么晒，逛哪门子的街！

说着我们就左顾右盼，不知道该如何进行下一步。后来她或许是害怕被她单位的同事发现，就建议还是去柳巷逛逛。我立刻有一种获得解放的感觉。附近就有站牌，我们没怎么等就上了公交车，看来一切都很顺利。公交车从来没有有座的时候，但是现在也还不挤。我有意靠近王艳站着，王艳也笑吟吟的，眼神里多出点意思，表示她看透了我的心思。有一个姑娘在身边，我多多少少有了一点自豪感。我也瞅来瞅去地看其他的乘客，想看看一男一女的有几对。我看到一个脸色灰突突、脖子很细的男人，过一会就用手往起拢一下头发，做出很有派头的动作。他长得一点都没有魅力，但是他身边的姑娘非常洋气。她主动靠近他，把头靠在他敞露的有骨头的胸脯上，不时抬起头，嘴巴就在青年人的下巴那里轻声细语，眼神里很活泛地盯着男青年。但那个青年连看都不看她一眼，脸上也丝毫没有表情。他们的身体随着车体晃来晃去，像是一个有些松散的整体。我为何常常看到配不上姑娘的男人，而这些姑娘却那么痴情。为何我总是遇不见这么痴情的姑娘？这么一想，回头看着王艳时，我的兴致就减了许多。我尤其讨厌她那副看透我德行的表情。有好几次我试着用手去碰她，她不是嘴里嗤一声躲开，就是一动不动地盯住我，说，把你的狗爪子拿开。有一次我看到有一对老年人走在路上，手拉着手，我只是指给她看，觉得他们的感情真了不起，她却以为我暗示着什么，她说，再这样我就不理你了啊。我就只好闭上了嘴。

我们已经拐到了商业街，但是看上去王艳已经快没有兴致了，她打着遮阳伞，用手帕扇着风，站住喘了口气。我这才看到她打的是一把廉价伞，上面的蓝花也不是纯正的蓝。纯粹是无话找话，我说：

这是哪个男朋友送给你的伞？

去你的，反正不是你。

放心，我说，我不会送给你伞，分手的时候才送伞。

你还没资格送呢，你好好照照镜子吧。

她老让我照镜子，她每次一让我照镜子，我的兴致就要减半。我只好继续机械地走在她的旁边。

像往常一样，几乎每一个男人路过都要瞅瞅王艳，不仅看她的脸，还要仔细审视一下她的胸部。尽管她今天穿着单位制服，但她的胸部还是鼓得挺猛。右胸那枚单位的小小金色牌子已经被顶得朝下了，它恰好在胸部鼓面靠下点的地方。但是，她往前走的样子像是她并不知道自己长了一对大乳房一样，有时，连我也要不由自主多看几眼她的胸部，以便看看它是否有点过于大了，是不是大得快失去形状了。因为有时穿的上衣不同，看上去的样子也有一些变化。有时我觉得两边都连在一起了，这时我就觉得非常难看。但大部分情况下，看上去还是分开的。路过的男人们一定非常羡慕我的身边有一个胸部很大的姑娘，其实他们根本不知道她到底是怎样的一个姑娘。若是知道的话，就不会这么羡慕，甚至还会唯恐躲之不及。

看什么看？

她一边说一边推了我一把。她正好逮住我注视她胸部的目光，原来我不知不觉已经看了好多眼。但是她推我的时候，我突然觉得自己振奋起来，我一把拉住她推我的胳膊。她的胳膊非常绵软，我的心里一阵荡漾。我听见自己嘻嘻笑着，笑得简直有些龌龊，而且有些吓我一跳。有时自己的笑声都让我感到有些难以接受，像是别人发出的声音。当时，我通过这样的方式让她感到这只是一个玩笑，不然她又要非常正式地说我无耻。就在这时，她脚下一绊，差点跌进我的怀里，我顺便搂了一下她的腰，我只敢搂一下。她的脸迅速红了一下。但她很快站好，恢复了往常那种居高临下的样子，重新变成又孩子气又带着蔑视的神情。她推开我，说：少占老子便宜。

她说出老子两个字，让我放心不小，这说明她又变成了往日的她，而不是别的、让我难以想象的她。搂住她的时候，我听见自己不停地咽唾沫，脑子像洗了一遍一般空白。尽管隔着衣服，也能感觉到她的身体是那么柔软，又柔软又温热。

我们以前来过很多次商业街，我们总是顺着商业街走一遍，大部分情况下都要逛一逛华宇购物中心，然后在这里或者那里吃一顿小吃。这时候就已经非常疲惫，至少每次王艳都会感到疲惫，然后我们就会重新找到站牌，坐车回家。我停止了傻笑，以便让她觉得我不是那么轻浮的人。但是走了片刻，我发现我身边的姑娘已经不是王艳，现在换了一个姑娘，个子高挑，脸很白皙，看上去很清纯的样子。我很想知道她是怎样一个姑娘，我对她一无所知，说不定她就正好是我希望得到的那一类姑娘，正好与我情投意合，但是我们无缘相识，非常遗憾。她已经超过了我，她的步幅很快，非常潇洒，脚后跟微微那么一弹一弹的。而王艳的步子就有些松弛和笨拙。我回过头去找王艳，身后全是人的脸，他们朝着我涌来，就像我是他们的目的地一样，其实他们只是朝着我所在的方向走。我终于在身后十几米的地方看到王艳，王艳也正踮起脚尖翘首看我，向我招手。她站在街边的小摊点跟前，原来她买了两根冰淇淋。我过去的时候她正在掏钱，我很害怕她打开小皮包，她一打开包，那些揉成一团的一元、五元、十元、一百元面币就会跳出那么几张来。她从不分类，只是往里面塞，小皮包里的东西应有尽有，但完全没有次序。有时跳出来的是半管口红，有时跳出来的是面巾纸，有时是口香糖。我就在地上帮她找过几回口红，而且是在人们走来走去的脚中间，半管口红滚来滚去，有一次一个穿高跟鞋的女人正好落脚到那里，没有踩着，但是把口红又踢远了。不过她买冰激凌我还是很高兴，让我感觉到一点柔情。她和我从来都是泾渭分明，吃饭都是AA制，她不想占我的便宜，但也不让我占她的便宜。我们一边吃着冰淇淋，一边路过了披戴着彩带散发资料的一排姑娘，路过了门前摆放着几颗大石球的商铺，这使得我们重新焕发了精神。

最后，我们站在一面照壁那里慢慢吃完了冰淇淋，照壁前竖着一个古人的石头雕像，我们路过很多次，也从没有弄明白这是哪个古人。照壁上的浮雕全是各类动物，一个叠压着一个，这些动物的头部最肮脏，也最发亮，都是被人摸的，摸得像铁器一样发黑，然而它不仅黑，还锃亮。其中有一个动物，我和王艳谁都没有见过，后来我们猜那想必是麒麟，因为再没有这么威武和神秘的动物。照壁前扔着各类废物：歪倒的可口可乐杯、擦过嘴的纸巾等等。不过目前还不是太多。站在那里，我感觉我们从没有这么安静地吃过冰淇淋，吃着吃着，就觉得韵味十足。我摸了摸麒麟的嘴巴和眼睛，然后回头看着王艳，说，你要当心了，我刚刚在心里许了一个愿。

嗤，她非常鄙夷地撇了一下嘴，说，你许愿跟我有半毛的关系！

我们重新加入到了人流中，有时我们会被身边的人挤到一起，我发现，王艳并没有刻意跟我分开，就是没有立刻非常明显地拉开距离，而是顺其自然地重新分开。有时她就会刻意分开，而且我从来不知道她在哪种情况下会这么做，她一刻意跟我分开，我就非常沮丧。好像我专门来占她的便宜，当然有时也不能排除我不是故意，但往往是因为别人的碰撞，我们才被挤到一起。我们偶尔被挤到一起时，我还是很享受这样的感觉。

这时，我们已经快走到华宇购物中心了。有一群人围拢在一起，像是在看什么稀罕事，直到走近些，我们才发现是有人乞讨。一个头发花白的中年妇女正盖着破旧被子躺在地上，闭着眼睛，她的老公跪在地上，手里举着一张牛皮纸牌子，上面写着病危无钱就医。我正准备说这一定是骗子，但发现王艳已经把小皮包拿在手里了。她从未给过乞讨的人钱，不管是他们用了哪种招式。绝大部分情况下我也不会给，但有时我会给拉二胡的瞎子钱，因为他们给人拉了二胡，我也无意中欣赏了那么悲伤的二胡声，觉得给上几毛钱也非常值。不管什么曲子，只要用二胡拉出来，就非常悲凉。况且要让盲人学会拉二胡可不是一件容易的事，首先得让他知道二胡的概念，上面有非常多的关节需要了解。有时我看到盲人用手在二胡的弦上颤巍巍地摸来摸去，似乎在找什么东西。那手指粗糙干裂，但非常灵活，摸索完之后，还要拧拧这里，拧拧那里。我想，做了这一切，他甚至不知道自己的手是什么样子。与此同时，他泛白的眼睛瞅着天，有时那满是眼白的眼睛里突然会浮出半个黑色的瞳孔。就在摸索的那一时刻，他还要动一动鼻子，也许那是他的习惯性动作。但是足以见到在做一些细微的动作时，盲人还是要费一些心思和力气的。

我摁住王艳的小皮包，说，免了吧，我帮你来。我掏了一块钱。这是我给乞丐最多的一次。以前都是五毛钱。王艳似乎要给我解释什么似的，一边走进华宇购物中心，一边说：

我姨姨两年前得了癌症，今年刚去世。

我以为她还要说点什么，但她没有。她欲言又止，我可能也猜到她要说什么。她有时非常迷信。好像她只要给病危的人一点钱，她自己的家人就会好一些，不管他们是不是骗子。

这时我们正在珠宝、名贵手表的柜台那里走动。上面的价格都贵得令人咋舌。至少跟我的工资比起来贵得咋舌。我们每次来都要随意走走看看，仅仅看到那些名贵物品散发的珠光宝气就非常惬意。王艳有时还要拿出来比划比划，售货员都格外殷勤、非常有礼貌地予以配合。因为说到了癌症，我觉得我们之间有了非常正式的氛围。所以我没有调侃什么，什么都没有调侃。此刻王艳把一枚戒指戴在了手指上，她的手非常娇美。她其他的地方不一定好看，但她的手却非常娇美。又白又腻，而且非常灵活，是那种鬼魅般的灵活。有时她把一个东西放在手里，几根手指非常快地完成了一系列动作，快得让我觉得不可思议。她说她可惜没有练过钢琴，她说要是学过钢琴，她一定弹得很好。她其实应该练练钢琴，这对她的仪态一定有帮助。她根本没有什么仪态，除了在她们单位楼门那里的短短十几秒钟。她的肩膀甚至还有点耷拉，也许是被她沉甸甸的胸部拉拽得沉下去一点。

她把戒指挨个在中指、无名指、小拇指上戴了一遍，然后瞥了我一眼，似乎她正有什么心思，被我无意中看到一样。我说，怎么啦？

没什么，她说，我戴上漂亮吧？

漂亮，我说。要是往常，我一定会说，还不如戴到我的手上漂亮呢。但是这次，我只是说漂亮。

乘坐商场的电梯时，王艳用手指尖捏住了我后背的衣服，我能觉察到像鸟嘴那样小小的东西触在那里。她大部分情况下都是抓着我的衣服下摆，但她用手指捏住我后背衣服的感觉更好，有时让我浑身战栗，你还能轻微感到手指尖发出的热量。我任由她捏着，这时电梯到了，后背的手指就消失了。这里是女装区，我们基本上还没有在华宇购物中心买过东西，因为对我们来说那简直就是天价。但是我们常常在这里试衣服，她也差点买过那么一件，只是最后关头放弃了。

现在王艳就拿了一件衣服，是一种渗着黄色的灰色套裙。她很少穿裙子，不知为什么，也许是她胸部偏大的特殊原因。她想显得稍微保守一点，但是这套裙子穿在身上倒是非常时尚，把她的腰身显露了出来，原来她的腰还是很好看的。她穿着套裙不停地照镜子，服务员也不断地说衣服非常得体，她侧着身子在镜子跟前至少看了五十遍，我也配合着说非常好。因为看着她的模样我还有些激动。

干脆买了算了，我说。

这也忒贵了吧。看得出来她正在努力说服自己买。

我一冲动，说，你别考虑钱的问题，我给你付账。她惊讶地看着我，说，怎么能让你付账。我问售货员在哪里付账，好像是害怕王艳不让我付似的。我觉得一股热血已经冲到了头顶，有时候我什么事情都可以做出来。

哎，你——之后，传来她嬉笑的声音，好像看到什么滑稽可笑的事儿。

我被领到了收费处，发现自己都忘了看标价。结账的人说出四百四十八块钱的时候，真的被我吓了一跳。因为我整整一个月的工资四五百块钱，我身上恰好装着昨天刚发的工资，我打开来看，整整齐齐五张一百的，其中有五十块是加班费。这期间我已经冒出一身冷汗。我结了账，把剩余的一点钱装进兜里，这时我就觉得自己像被掏空了似的，一下子轻了许多。

王艳喜笑颜开地站在原地，挎着她的小皮包，她还穿着那身套裙，服务员说她就穿着算了，脱起来也麻烦。她已经把她的单位制服打包到了袋子里。成功地买到一件衣服，她立刻想去阳光下检验一下效果我们就绕着货柜找到了下行的电梯。一上电梯，那只"鸟嘴"又触在我的后背，她穿着新套裙，若即若离地挨着我，我还偷偷看了一眼重新被套裙上衣围拢的胸部，上衣的扣子那里被撑开了一点，隐隐露出白色的乳房，上面有非常圆的弧度，我立刻觉得后脖子那里的汗毛一根一根地立起来。我的胳膊原来规规矩矩地垂在腿上，这时几乎是情不自禁地抬了起来，像是突然失去了重量似的，之后非常贴切地轻轻搭在她的肩膀上，一搭在上面，她就脸一红。去你的。她说。

我没有拿开，我的心脏部位像有整整一个锣鼓队一样。她动动嘴角嗤笑了我一下，但再没有说什么，她居然任由我这么搭在肩上。尽管我觉得这个姿势非常僵硬，但我已经无法改变，我害怕稍稍一动，会让她做出新的选择，甚至会赏我一巴掌。这谁也说不准。我们出了华宇购物中心，来到大街上，这时她停下来，非常自然地碰了一下我的胳膊，我的胳膊就知趣地放了下来。你看看，怎么样？她转了一下身子，让我看到她套裙的全貌。

挺好，我说。这时我觉得这一定不是实话。因为我看到这身套裙一来到阳光下，就失去了柔和光线里的神秘色彩。而且套裙下摆露出她的丝袜，丝袜上有几根线被抽丝了。她小腿的站姿也有点怪，不像她穿着裤子好看，往前走路的时候，更显出她敷衍了事的走法。但是，那个套裙的颜色还是可以，照出她的肤色，使她的脸色散发出光泽。她的手也在袖管里伸出来，变得更加华贵了一点。

你看值不值那么多钱？

值，我说。说着我就不由自主握住她的手，她抽开了，但我觉察到她抽的动作不像以前那么决绝，于是我重新去抓她的手。为了掩饰这个动作，我在抓住她的手的同时说，今天我带你吃个花样吧。她这次没有抽出来。我们差不多每次都是在一家乱哄哄的中餐快餐店吃饭，每次她都要点一份宫保鸡丁。我们也就只吃这么一道菜，然后一人一份大米，她小碗我大碗。她最喜欢吃宫保鸡丁，我也因为认识她，第一次尝到宫保鸡丁。

我们没有朝街边紧挨加州牛肉面的那个中餐馆去，而是到了另一座大商场二楼的餐馆区。那里有各地的名吃，但是我们绕着转了两大圈，还是没有选择下一家。选择机会一多，她就非常挑剔，选哪个她都不满意。这时我看到一家肯德基，就建议去吃肯德基。因为我们都没有吃过，肯德基在我们这里刚刚有了一两家，我甚至不知道价格如何。别了吧，她说。她越是说别了吧，我就越是上劲。我坚持拉着她，觉得今天应该吃一顿记得住的饭。我们还不懂得在这里吃饭的规矩，不知道如何点餐，后来经过观察，我们就来到前台。我对汉堡包没有任何概念，只是看着那里的价格，没想到一个汉堡包也这么贵。我算计了一番，为自己省下十块钱，除了公交车钱，还有明天早上的饭钱——便于为借钱留下点时间。

我们面前摆着两个汉堡包，她的是鸡腿堡，我的是至珍七虾堡，还有薯条什么的。你吃一个够了？够了，我说。她吃了一口，嘴角上立刻沾上了白色的沙律酱。她的吃相不好，嘴角老会粘着东西。我没有机会抓住她的手，她的手正拿着汉堡包呢。我们对面坐着。我发现自己并不喜欢吃汉堡包，我吃不惯沙律酱的味道，她也不喜欢吃鸡腿堡。

你爸爸在干什么，怎么从来没有听你说起他？我们一时都没有吭气，我受不了这个吃食，至少，我想把她的注意力从倒霉的鸡腿堡上引开。

没什么好说的。

说说吧，说说吧。我傻乎乎地说。

能不能吃饭的时候不说他。

我们就这样沉默了一会儿，我忍不住又问：

你看看这里的人，你觉得哪个人最像杀手？

王艳最爱看各类侦探小说，我把周围的人都打量了一遍，煞有介事地问了一句，试图换到她最感兴趣的话题。有一个剃了光头、下巴上留一撮卷曲小胡子的中年男人，他的眼睛眼白很多，非常冷漠地吃着东西。我认为他最像一个杀手。

你无聊不无聊？她说。

接着她又说：

我从来没有跟人说过我爸，已经有八年没见过我爸了。

那他——

跟一个泼妇走了呗。她看上去一点都没有难过的情绪流露，就像说的是别人的父亲。

终于，她还是举起吃剩的半个鸡腿堡，抱怨开了：

实在是难吃，不如宫保鸡丁，还这么辣。

这还叫辣？宫保鸡丁也是辣的。我小心地为汉堡包辩护了一句。我说出这句话，很可能是因为我早就准备了这么一句。

就是辣，不信你尝尝我的。她嘴角的沙律酱更多了，这使她说话的表情显得既严肃又可笑。

只能算是微辣吧，我这个就是微辣。我听见自己不依不饶地说，我有时会恨自己，嫌自己多嘴。

宫保鸡丁真就是不辣嘛，你这人很难跟你处。

我能明显感觉到她不高兴了。她有时非常孩子气，要是跟她稍稍一辩论，她就急得要跳脚，而且还会不理你一会儿。这让我感到非常奇怪。

我怕进一步惹她不高兴，就扭头看旁边，我看到一对学生恋人，他们大概只有十五六岁，甚至更小。但他们深深俯下身，两只手在桌子下面拉着，不仅拉着，还用手指戏耍，互相摸捏，逗来逗去。由于伏下来身子，他们的脸挨得很近，鼻子差不多只剩下一个拳头那么点距离。他们空出去的那只手正忙着拿薯条沾果酱，男孩沾一下喂给女孩，女孩沾一下喂给男孩，女孩还努努嘴，做出非常有趣的样子。

沾一沾这个，我给王艳建议道，一边拿着薯条沾了一下果酱。

我不喜欢沾那个东西。

她脸上的沙律酱没有擦干净，就这样看着身边的人，她也看了看那一对小情侣。我不知道她会怎样看待这样的小情侣，但她的那副神情让我甚至觉得跟这个地方都不太协调，说实话有点配不上这个地方。她还一边用手掌拍着前胸，一边打出个嗝来。我让她再擦一遍嘴角，她敷衍了事草草一擦。她用餐巾纸擦脸的时候，用她那只鬼魅灵巧的手闪电般轻轻点几下，仿佛她的脸非常金贵，甚至经不起纸的摩擦。擦完，我还是觉得嘴角隐隐有点白，像是那里擦的粉稍多了点，我真想替她擦擦。这时，她已经空出一只手，那一刻，我都有点不想抓她的手了，但我还是抓住了它。或许我还想假模假样地安慰一下她，结果她抽出手来，啪一声打在我的手背上，就当着肯德基差不多上百号人，声音特别响亮。因为我丝毫没有防备，我以前确实都有所防备。她的情绪变化非常快，这次就是。这次她什么话都没有说，也没有说把你的狗爪子拿开。惹得那个光头笑了起来，他笑起来更像一个厨师而不是杀手。也有几个人脸上挂着笑，久久不散。这时进来的人越来越多，前台排起了队，我们身边也有不少端着食物等着空出地方的人。我正在吃薯条，看到她已经没有兴致了，就跟她说，我去一下洗手间咱们就走。我并不是特别想去洗手间，我只是想在那里洗洗脸，脸上和脖子里黏黏的。我不知道已经出了多少次汗，衣服都湿透了，屁股那里也湿漉漉的。这里的洗手间居然还有镜子，我就在镜子里看到了自己。我看到多少有些乡巴佬气的陌生年轻人，模样冒着傻气。前额的头发紧贴在额头上，像盖子似的毫无魅力，还长着一个扁平的鼻子，这个鼻子一下子让相貌显得非常庸俗。那张嘴巴也长得不好，又薄又单，黑红的脸面上均匀地撒着几点微小的黑痣。这个镜子非常大，把镜子里的我照得格外丑陋。往常我都是拿着那种地摊上买到的小镜子，它照出来的效果我还可以忍受，多少有点光彩熠熠，看来那一定是镜子里反射出的光线在脸上产生的效果。这使我立刻在心底里重新看待王艳，觉得她跟我这样的人一起逛街，已经给了我很大的面子。

我来到桌位那里，重新看到王艳，我朝她笑了笑，她就起身拿起小皮包。她抬起屁股的时候，她的腰身还是让我心里一动，虽然新买的套裙被压了几道褶皱。我们没有吃完薯条，不少薯条从纸杯里抖出来，散乱地摊在盘子里，我们的座位上落满了碎渣。就这样我们走出了这家肯德基，多少有些失落。我们打算原路返回，但是那里像迷宫一样，找了好久才找到出口。

我刚才就告你走那边的，王艳说。原来她也有指对的时候，我仔细看了看前面的街牌，上面写着坊间街。从那里出去是五一路，但还要走很大一截，如果返回去会走得更远——原来我们下错了大商场的出口，走到了另一边。

应该听你的了，我主动认错。王艳穿着那身新买的套装裙子，站在一条完全废弃的巷子前面，多少显得有些异样。她看着我，显然又有些生气，但她正强忍着自己。因为她也许觉得不应该像肯德基里那般对待我，她的情绪有时总这样来回摇摆。从这里走有一条近道，我说，我指着那条废弃的巷子。

来吧，这不就是莫德出没的地方？我说。

我记得我在她家翻过一本书，其中就写了一个荒废的街区，住着一个孤独的杀手莫德。他常年出没在那里，而他之所以不离开，是因为他的恋人死在那里，那里保留着他的所有美好记忆。而他每一次接受杀手的任务，他都把此举当作一次复仇，所以他的每次行动都非常凶残。

这条荒废的街到处写着带圈的拆字，以前是有名的步行街，两边都是老建筑，有仿古二层楼，也有仿欧式的滨海式建筑，现在都落满了灰尘。路面很少有人走，有几块方石都自行掀起来了，缝隙里长着草。还有一个流檐水的地方放着一把红色的破椅子，椅子下面绿腻腻长了青苔。一条瘦狗有些灰溜溜地靠着墙边走，眼睛溜来溜去找食物吃。我们路过一座古色古香的三层楼，也许是危房，它还支着铁架，只见一层原先的火锅店玻璃上贴着起皮的红字：汗流浃背吃火锅。我指给王艳看，王艳往后拉了拉我的衣襟，说，小心点，你看这个。我见玻璃上还贴了一张白纸，上面用印刷体写着两行话：此处琉璃瓦掉落伤人，人车注意安全。不管怎样，她拉我的时候我还挺感激的，我一边往后退，一边就又拉住她的手。这次她没有抽开。

这时，我们差不多已经走到了尽头，朝西面的路已经封堵，朝东的那边有个巷子，但其实不是巷子，而是一个通道。我们看到上面一块大木板上写有一个大大的十字，下面用毛笔字写着：基督教堂。院落里面应该就是基督教堂，这条路只通到基督教堂。当时我觉得诡异极了，我见过天主教堂，却从来没见过基督教堂，我还是第一次知道我们所在的城市有个基督教堂，而且它就在眼前。但就在这时，王艳终于明白我们已经无路可走，我预料到她会发作一番——她最不能忍受上当受骗的感觉，就装着在那里探头探脑地看，我只能看到那座隐隐露出来的基督教堂。

你这个浑蛋！

王艳一下子掷开了我的手，她就站在基督教堂前面骂了我一声浑蛋。她骂人的时候声音变高，显得尖利难听，简直不像是她发出来的。浑蛋是她骂得最恨的字眼，之前她也骂过我几次。浑蛋是她送给一个男人最重的伤人武器。

我确实是浑蛋，我紧走几步赶上她，听见自己嬉皮笑脸地说，消消气，浑蛋打车送你回家。

让我在基督教堂跟前承认自己是浑蛋，我总觉得有些不对劲。说实话，我心里很难受。但我是一个懦弱的人，我很难大发雷霆。而且我还从未交过女朋友，她虽然不是我女朋友，但她是最接近女朋友的姑娘，而且我从镜子里发现，我真有点配不上王艳。

重新回到有人的街道，我们已经汗流浃背，就像我们在那个火锅店吃了一通火锅一样。王艳的汗水浸湿了乳沟下的一块地方，她那里总是会汗湿。我们已经看不到太阳，但天还是亮的。也许这就是白天最长的一天，即使不是也差不多非常接近。打到出租车不是特别容易，我们走了一截才打到一辆。之前她又觉得自己骂得有些狠了，她扶住我的肩膀，脱下自己右脚的高跟鞋，摸了摸她的右脚跟，说明她那里很疼。她是要摸摸那里是否重新长了鸡眼。她那里每年都要长一次鸡眼，每次她叮嘱去鸡眼的人，一定要把鸡眼的根去掉，但每次都去不掉，第二年一定会在原来的位置再长一个凸起物。这让去鸡眼的人也感到非常惊讶。如果仔细看，她脚后跟有一个小小的微乎其微的坑，就在那个坑里会长出一个鸡眼睛一样的凸起物，先是长出一点厚皮，厚皮周边会越来越黄，中间越来越亮，变成一只圆眼睛。她让我看过小坑，也让我看过一次鸡眼。从这一点来看，我几乎就是她最亲近的人。也正是因为这些，她常常骂我浑蛋。

一打到出租车，她就又稍稍兴奋了一些，我们出门回家都是坐公交，她非常小气，当然我们赚的钱也不多。我先坐进去，等她进来的时候，我又抓住她的手，她一下就抽了出来，她还看了我一眼。令我非常惊讶的是，她像往常那样看了我一眼，她脸上的兴奋一下子就没了，好像我绝不能再那样做一次一样。为了不重新回到原先那个旧的轨道上，我下定决心一定要拉住她的手，不然我再也无法找到合适的借口，又会被她推远到像是距离她十几公里的地方。

这样我就又抓住了她的手，抓得很紧，她摆脱了好几次都没有摆脱掉，我相信出租车司机一定都从镜子里看到了这一幕，正在暗自发笑。我紧抓她的手时一点感觉都没有了，我只是为了抓住它，抓得很紧。后来她又拉了几次，就在快要逃走的时候，我追上去抓住了她的两根手指。我紧紧捏住了她的手指，这次她没有抽走，她也许是嫌烦，也许是她觉得我只配拿她的两根手指。于是我慢慢摩挲这两根手指，一次也没敢超过这两根手指的范围，通过这软绵绵的两根手指，我感觉到了整个手，以及她的整个胳膊，还有她温热的肩膀，甚至她更加神秘的胸部，还有她凹凸的腰身。她的两根手指已经松弛柔软下来，不再剑拔弩张。于是我慢慢回过头，观察她的神情，她也看了我一眼，她的表情和缓下来，但我真不知道她还会干什么。我朝她笑了笑，我笑得有些虚张声势，还多少有点愚蠢。我想起厕所镜子里自己那副尊容，于是我突然刹住不笑了。

　　遇到了堵车，我眼看着数字从八点六跳到了九点二，到了王艳租住小区门口时已经变成九点八。我迅速掏出了剩余的十块钱，那是我站在肯德基前台仔细算了好几遍才特意省下来的十块钱。因为拿钱，我不得不离开了那两根手指。我紧跟着王艳下了车，王艳已经拿走了包着工作制服的袋子。一下车，我就急着要帮王艳提那个袋子，因为一路上都是我提着它，但她一下子闪开了提着袋子的那只手，还用另一只手打了我的手背一下。她说，你今天太过分了。我只是要帮她提袋子，她却以为我要趁机抓住她的手。我感到非常震惊，我发现，一下出租车，我们就又重新回到下午我见她之前的那种关系，当然我非常不情愿。
　　你回吧，她说，我已经累了。
　　我送你上去。我听见自己几乎是在乞求她。
　　不用了，我真累了。
　　没事，我送你上去就走。
　　她推我胳膊，走吧走吧。
　　但我转脸又跟了上来，我也非常不理解自己，我不想善罢甘休，不想丝毫都没有发生改变。她嘴里切了一声，始终不肯把袋子给我。她租的是个一室一厅，在五楼，刚走到一楼，就听见四楼的狗开始吠叫。四楼的狗非常灵敏，一有动向就叫个不停。它被一个老头牵去下楼的时候我见到过，它非常小，不知道是什么品种，又瘦又矮，有一双带黑窝的惊慌的眼睛。它在楼下的时候非常胆小，看见我走过来吓得转身就跑，差点挣脱老头手里的绳子，但它总是吠叫得满楼都能听见。路过四层的时候它叫得最欢，似乎马上就要从门缝里趴出来，它的爪子抓得那里吱吱乱响。就在那儿，我再次尝试着拿王艳的袋子，她终于把袋子给了我。但是她非常小心地给了我，就是尽量不让我挨近她的手的那种姿势，就像我的手沾染着病毒一样。她给我是因为她要掏钥匙，她无法单手取出钥匙，那样她小皮包里的东西会源源不断地弹跳出来。

她一开门，刚进了半个身子，就问我要袋子。我受不了这个，就不给她袋子。你可是说好的，一送我上来就回，她说。她有时非常心狠，什么刻薄的话都能说出来。我往常也能非常刻薄地回击她，但今天我却不想这么干。我赔着笑脸，什么话都不说，我也说不出什么正当的理由，也没有正当理由。但是她后来并没有绝情地把我关在门外，我就趁机走了进去。她的房间总是特别乱，客厅里有一个大包，非常大的帆布大包，装着她所有的脏衣服之类的东西，也扔着她的脏袜子，也有脏床单。同样是没有次序，全部胡乱塞着。她说她母亲每过一段时间就来一趟，为她洗一次，所以她从不洗衣服。她换了鞋子，把脱下袜子随意扔在床脚，穿着拖鞋啪嗒啪嗒走来走去。之后，她拿着睡衣要换衣服。你去那边，她对我说。我就走到阳台那边，她则站在客厅换睡衣。有一次她不愿意走到客厅去，就在卧室床边换衣服，她让我把狗头扭到阳台那边：你要是偷看了老娘，看我不把你脖子扭下来。

她绝不是那种举止优雅说话温柔的姑娘，有时非常俗气。我站在那里，等着她穿脱衣服，后来发现玻璃里隐隐约约能看到她的身体，她穿脱的动作很快，但是也能在那么一瞬间见到她非常鼓的胸部，但是之前我从未觉得那跟我相关，它只是长在她的身上而已。

她走过来的时候穿上了那件熟悉的粉色睡衣，睡衣下面一耸一耸的是她的乳房，她的房间里有一种强烈的女人气息，像是一种奶香味。她拖鞋里的脚非常小，但看上去也是奶白色，跟她的手一样，甚至跟她前胸的颜色一样，都是奶白色。她的几粒脚趾长得非常好看，这也是因为奶白色的缘故，小小的指甲藏身在圆圆的脚趾上，但是拖鞋却是普普通通的廉价红拖鞋。她往手背上抹了一点点油，两手非常仔细又非常快地拍了拍，做这个动作的时候她看了我一眼，我极力想知道她脑子里正在发生怎样的变化。结果，她就用那双非常漂亮的手在空中挥了挥，说：

拜拜！

她并没有像我想象的那样万分沮丧，她有时回来之后就非常沮丧，有一次她甚至说她有好多次都想从阳台上跳下去，她说她决不是开玩笑。

她又朝我拜拜了一回，但是，我决定待下去，我非常不甘心就这么被打发走。

你买了新碟？我拿起一张碟，是《独角戏》。她以前就有《独角戏》的磁带，现在她又买了《独角戏》的碟片。她非常喜欢这首歌曲，有很多回我就是在她的卧室听到这首非常忧伤的歌。我想这是因为她曾经暗恋过一个人，那人是她的高中老师，三年里，她去上语文课都是为了看到这个老师，她还为他写了满满一本日记。但是她只让我看这本日记的封皮，不让我看它的内容。她拿在手里哗啦啦翻了一下，我只看到里面密密麻麻都是钢笔字。她写的钢笔字全部是又长又偏的瘦字，全部倒向右边。她依然带着这本日记，她说这个老师已经不在那里教书，如今变成了律师。他现在非常有钱，是因为他为几个企业打了几个大官司。直到今天，我才终于明白，她或许把这个老师当作了自己的亲生父亲。

我正拿着那张碟，王艳一边躺倒在床上，一边说：

对了，你给老娘放上碟，老子想在休息前听一听。每次从大街上逛回来，她都要在床上休息片刻，她说要休息一下她的腿。她在床上非常快地抖了一下那条薄薄的被单，盖在身上，只露出她的脖子。她的头发乱纷纷垂到床边，垂得非常好看，还露出她常常被头发挡住的那部分脸面，和她同样是奶白色的耳朵。我巴不得找到事情做，就把碟片放进了CD机，她的CD机放在地上，她的小小的劣质饮水机也放在地上，她的几本英语书也放在地上，还有一本湿水后发皱的雷蒙德·钱德勒小说《再见，吾爱》。对了，她一直看英语书，她还没有断了考研的念头。她巴望有一天借考研脱离现在的处境，离开这个边远的城市。但她看英语书也是吊儿郎当，我知道她是不会考上的，这纯粹是为了寻找安慰。有时我觉得，她想考研就是为了远远甩开我，我常常惹得她很烦。

此刻忧伤的音乐已经响起，她闭上眼欣赏着，脸上浮现出孩子气的笑容，这时她看上去似乎只有十二三岁。床底下那双红色拖鞋已经旧了，也像是十来岁的孩子穿的。每当这个时候，我都觉得我怎么会跟这么一个姑娘在一起，怎么想都觉得不太可能。

但是随着音乐的响起，我突然觉得那个语文老师似乎已经步入到这个房间，这让我更加气恼。他似乎就坐在王艳的床边，安抚着她。于是我慢慢走近，我不敢坐在她的床上，那样她定会把我一脚蹬下去。那里有个小凳子，我就坐在凳子上，看着她微闭着眼睛的面部。她闭着眼时，眼睫毛也在颤动，她嘴角的那两点白色沙律酱还隐隐在，嘴角露出幼儿般的笑容。但是她的嘴唇非常红润，也非常诱人，我一直看着这个嘴唇，差点吻了它。这时，歌曲突然结束了，她张开眼，往阳台那里瞅了一眼，发现我不在那里，这才看到我坐在床头，她侧过头，用手推了我一下。

你这个浑蛋，你要干什么？

嫁给我吧。只听见我突然说出这么一声，之前我从未想过说出这等话。我也不知道当时是怎么想的，我就说让她嫁给我。

去你的，她说，别想占我便宜。

她若不这样说，我或许还会非常冷静，但是她却说让我别占她便宜，我想都没想，就想附上去吻她。但她的手突然挡在我们之间，她的手整个推住了我的脸，她那只刚抹了油，非常香、非常白、非常鬼魅的手紧紧推着我的脸，我的扁平鼻子在她的手里都吸不出气来。我像疯了一样朝她迎过去，因为那只手非常香，我还没有闻过这么香的味道。但是，她的一只手指的指甲划伤了我鼻子上方印堂那里的皮，我突然觉得我的鼻子那里流出了水，我以为是鼻血，原来我流出了眼泪。这也让我非常惊奇。

我后撤了一下，连忙又回到阳台那里。我觉得我们都在重新变得冷静一些，我看着阳台那边，怕她看到我居然流泪了，那样她甚至会嘲笑我，不开玩笑，她真的会嘲笑我。这时，只听见她又恢复到了平静的口气，说，再见！

她又改用她惯常的语气，说：

你行行好，帮我做一件事。

我说，行。

恭请您走到门外，然后把门碰好，然后用您的狗腿走下楼梯。

我又有些生气，但我没有动。

对了，她说，你买衣服的钱我完了给你。

那是我送你的。

哪能让你花钱，她说，我一定给你。

我害怕她立马起身给我，她有时就会那么做。我就开始向卧室外走。一边说我是买给她的，一边说再见。

勾了拜，她说，把门关好。

她常常说勾了拜而不是goodbye。

我一打开门，就听见四楼的狗疯狂地叫起来，声音在整个楼道里回荡，楼道里的回音非常大，我觉得比高音喇叭产生的回音还大。

　　走出楼门，发现天已经黑了，天气非常闷热。楼下有许多遛弯的人，他们都拿着扇子。热气流动在每一个地方，有时会迎面扑到脸上，没有一丝风。她家距离我的单位要远一些，但正好有一趟公交车可以抵达，我就走到站牌那里。虽然剩余的十块钱我全部花光了，但我留有后手：我身上往往还在屁兜装一块钱，为的是预防有时花光了钱，连公交车都坐不起。有那么两三次，我都是在很远的地方遇到这样的情况，我身上一分钱都没有了，眼看着公交车一辆辆驶了过去。眼看着那些人刷卡或者花一块钱坐了上去。我没有公交卡，是因为办公交卡需要自己的身份证，我的身份证丢了，已经丢了一年了。我不知道怎么补，还没有去问，我有时有严重的拖延症。

　　但是，一辆公交车过来时，我一摸屁兜，居然没摸到一分钱。我搜遍了全身，还是没有。这是怎么回事？我非常着急，后来我才慢慢回忆起来，原来是我把一块钱给了华宇购物广场门口那个乞讨的夫妻，他们也不一定就是真夫妻，也可能是假扮的。我想起拿出那一块钱的时候，正是我们要进华宇购物广场之前。那时太阳还在西面天空，还有余威。但现在路灯已经亮了半天了，到处都是雾腾腾的，路灯周围能看到晕光，这是因为车辆的烟气和扬起的粉尘。看来我只好走回去了。我还从没有从这里走到我租住的地方，那要穿过两三条街道，行走大致十公里的路程。不过，我晚上也没什么事情，我只好就这样慢慢往回走。一边走，一边觉得路面烤得我的脸发烫，路面一股一股地向上喷发着热气，倒是土路上稍好一些，但是土路太脏。我走得满头大汗，满脖子是汗泥。穿过南沙河桥的时候，我还回头看了王艳家的窗户一眼，那个阳台是其中最落魄的阳台，半个阳台堆放着破椅子、单人床什么的，而其他住户的阳台则非常像是居家过日子的阳台。显然是房东不愿意扔掉那些杂物，在他们眼里那不是杂物，都有不同的价格和用处。有一次我站在那个阳台上，往楼下看去，就看到了这条臭水河。从楼上看，这条河还是非常漂亮的，因为里面长满了蒿草，还有一种可怕的蔓生植物，窜得到处都是，有时把蒿草都掩埋在下面。而且还有不少鸟在那上面飞来飞去，这可不是丑陋的麻雀，居然是一只只黑色的燕子。我们这个城市已经很难看到燕子，但在臭水河那里，有时却看到成群结队的燕子俯身冲下去，又飞快扬起来，你上来我下去的，它们可能在那里吃蚊虫。王艳的窗户里依然亮着灯，灯非常微弱，远比别人家的微弱，有时需要仔细看一眼，才能发现亮着灯。因为是一盏小小的红色灯泡，那是她上一个房客安装的，上一个房客据说是个小姐。只是据说，是王艳通过种种迹象推测的。

沿着南沙河桥往前走算是一条近路，但南沙河里的臭水非常难闻，臭水旁边一人高的蒿草上面，不断激荡起一团一团的飞蚊，这些蚊子不断飞过耳畔，或者撞到脸上。紧挨这座桥有一块空地，被街灯照得亮堂堂的，有许多街边小摊，还有许多人围在那里看套圈游戏。我走过去的时候，有个面色黧黑、瘦高的汉子正买了十个套圈，他表情僵硬地走到套圈的位置，前面放着一个个小物品，其中一个是陶瓷弥勒佛，手捧着大肚子咧开嘴笑。竹子套圈套住哪个东西，哪个东西就是自己的。

套那个香烟，那是个好烟，一个旁观者喊道。黑汉子就听他的话，不断把套圈扔向香烟那里，但大部分都从那儿滚走了，只有一个慢慢晃悠了一下，躺倒在烟盒上，恰好就差一点——它搭在了香烟的最后一个角上。围观者一起高喊着快了快了快了快了，但眼看着没有套住，又一起发出遗憾的声音。黑汉子的十个套圈什么都没有套住，他小声地说：

你这套圈估计就套不进香烟。

这下惹恼了又黑又壮、裸着上身的摊主。你看看能不能套住，你给我看着。来，他一把抓住套圈的人，走到香烟跟前，在香烟上方把套圈轻轻一放，套住了。

你怎么说，他说，还是你功夫不到家。

这么壮实精明的人貌似可以干出一番大事业，但是却在这里摆个小摊，正一个套圈一个套圈地从地上捡，把十个套圈全部拿在手中，并最终跟其他至少上百个圈仔细放在一起。这让我感到非常惊奇。

回到杏花街的时候，不知道已经几点。街口摆的摊点只剩下卖烙饼的，只见还有一张金黄色的烙饼放在最上面，都已经快放凉了，有一只苍蝇正绕着飞。旁边的大桶里已经没有南瓜稀饭，他们也正在收摊。我走得都饿了，但我没有停下脚步，不是因为我没钱，我常常吃他们的，我可以给他们说明天过来给钱，我只是想到我肚子里还有一个至珍七虾堡，就又觉得可以挺住。再说我现在非常急迫地伸着黏糊糊的脖子，希望用水好好冲冲凉。我们租住的院子里那个水龙头流出的水非常凉快，一想起水龙头里透凉的水，我都会打个激灵。我加快了脚步，走进巷子，巷子里非常黑，有两个门口挂灯笼的人家有时亮着灯，有时黑着灯，现在就黑着灯。晚上这里也很安静，越走越安静，我租住的院子门都虚掩了，看来我是最后一个。我观察了一番，他们不是亮着灯，就是一团漆黑中传出点响动。那个中年妇女的窗帘映射出非常好看的绯红色，给人一种暧昧的暗示，好像那里总是在发生什么难以启齿的事情。于是我从里面关了院子的大门——要是不关好门，丢了东西，房东老头会一个一个查问到底是谁前一天没有关门，他有两个非常横的儿子，我只看到过他们一次。如果老头查问到了，他就会把责任推到这个没有关门的人身上。我的自行车就是这样丢掉的，但最后查问的结果是我忘了关门，所以我只好自己承担丢车的损失。

我快步走到屋门前，急切地希望冲凉。而且我嘴里的黏液都成胶水了，一张嘴，像拔丝红薯一样都能粘出丝来，我希望喝至少五到十杯水。我的脚步声引起鸽子们一阵骚动，它们纷纷扇动翅膀，热烈地咕咕叫起来。它们睡觉常常受我打扰，但更多的是它们打扰我。我提着水桶就往外走，把水桶放在水龙头下面，终于长舒了一口气，我这才意识到自己走了一晚上的目的地终于抵达了，不免涌起一点快意。但我不管怎么拧水龙头，水龙头都没有反应，原来是停水了。我们这里常常停水，有时还停电。稍等片刻，我没有任何目的地咒骂了一句，只好先回到房间，等着水来。有时它就会流出来，谁都说不准。

　　我回到房间，开了台灯，我只敢开台灯，不然鸽子的咕咕声会很高，我拿毛巾擦了擦脸上、脖子和身上的汗，擦完，突然发现我鼻子里涌进刺鼻的馊味，那是因为我的毛巾馊了。我急忙走来走去希望在房间里找到点水，没水，连一丁点都没有。只好带着满身的馊味躺在巨大的双人床上等水，一边耐心地闻着馊味，一边听着鸽子的咕咕声。我让自己忍耐一点，不然我气得要命，不知道会干出什么事情来。后来我突然想起来，我可以听听磁带，我一听磁带就会安静下来。我迫切想听何勇的《姑娘漂亮》，但我怎么都翻找不见。我没有CD机，只有一个旧录音机。后来我想起来我把这个磁带借给了那个没有女朋友就活不下去的同事，这个同事比我还不如，他什么都借，有一次居然跟我借了一把洗衣粉。但他说他就要找到女朋友了，而且还能同居，世界上的事情这么难说。我自认为比他还壮实一些，他瘦得只有一把，跟猴子一样。但他有一双非常善于表情达意的眼睛，不管他向我借什么，我一看到那双眼睛，就非常乐意借给他了。他借东西的时候非常谦和，也非常幽默，好像你借给他就对了，比借给世界上的任何人都好。

　　我只好又躺下来，有时我就是这样，我不会勉强，比如我特别想听《姑娘漂亮》，但我没有找到，我就不去凑合着听其他的磁带。尽管那些磁带也非常好听，但那会破坏你的感觉。我躺在床上，突然觉得白天发生的事情就像是假的。只要我一躺在床上，就会觉得只有眼前是真的，因为我怎么会干出那些事情来。白天的那个我几乎就不是我。

我不断想着什么，突然就做起梦来，因为那是我经常做的一个梦，差不多每过几个月就会做类似的一个梦，一做这个梦我就突然明白这是同一个梦。在梦里，我会想起这个梦跟上一个类似的梦有什么区别。这样的梦让我觉得活得非常奇妙，因为你常常会回到同一个类似的梦境，你先是感觉到梦境非常熟悉，后来在梦里发现已经做过同样的事情，于是想起来以前的梦。有一次我发现梦里还落掉一个没去的地方，我记得从一个走廊可以通向一个废弃的地下大厂，那里空空荡荡，什么都没有。以前的梦里我都会想，如果把这里当作我私人的地方，甚至可以当作我的家，那会怎么样？每次我都有一种喜悦的感觉，觉得我暗自占有了这么大的一个地盘，而谁都没有发现。在梦里，我就又开始寻找这个地方，但发现走廊变了，变成了陡峭的台阶。尽管大致会是一个梦，但一些细节总会发生变化。变成台阶后我心里就有些不愉快，它毕竟不如走廊更方便。我翻过这些越来越狭小的台阶，最后看到房门。原先的梦里这是两扇大而宽阔的大门，现在变成了一个小小的门，而且似乎还有锁，我也不知道自己是否拿着钥匙。在梦里，有时你就会从口袋里拿出钥匙。我正要将手伸向口袋，就听见有人大声说话。我暂时停止了行动，因为我害怕我的私人领地被人发现。这时那个声音越来越大，梦里面我越来越慌乱，我渐渐认清那是一个中年妇女的骂声，后来我认清是现实中的骂声。我就继续睡，希望还能回到那个梦里，打开那扇门。

等我再次醒来的时候，我听见院子里有几个人在说话。我们的院子里说话有回音，总让人联想起回音壁的原理，因为它是个四合院，四周都有房屋，尽管有大有小。一个声音在证明自己临睡前确实关了水龙头。只听房东老头说：关了水龙头怎么会流出水来？那个声音说，我从来没有像昨天睡得那么早，鬼才知道后来发生了什么事情。老头没有吭气，这个声音明显来自那个睡在中年妇女家的瘦子。瘦子继续说：况且水桶又不是我的，今天一大早，还是我把水龙头关了呢。要不是的话，水都会跑到我的屋子里来了。老头的语气缓和下来，说，我还以为下雨了呢，后来才知道只有院子里尽是水，其他哪儿哪儿都是干的。他又说，怪不得邻居站在巷口骂呢，水都从地下水道流到人家门里去了。接着一个声音提到了水笼头下面的水桶：应该问问这桶是谁的，一定是有人等水的时候忘了关水龙头。这时，河南口音的男人插嘴道，我认识这个水桶，是那个年轻人的。说话的就是那个卖煎饼的河南人。

这时我听见他们纷纷朝我屋门这边走过来，他们的行动引起窗户上那些鸽子的阵阵骚动，它们发出紧张的咕咕声。接着有鸽子扇动起翅膀，后来又有几只吓得扑腾腾飞了起来。杂沓的脚步声在窗口陆续停下来，这些脚步声格外响亮，我的屋门前从没有听见过这么多脚步声。我感觉到光线稍稍一暗，像是他们正凑在玻璃上看，我似乎还听见他们的喘气声，尤其是房东老头的，之后，有人说：

嘿，这家伙还在睡觉呢。

我听出，这是那个瘦子在说，带着非常幽默的语气。我头一回这么近距离地听到他说话。

而且我突然发现，他的长相其实最像那个叫莫德的孤独杀手。

圣　骡

　　毫无疑问，那一年是我们家重大的转折之一。也许在父亲的高压下，也许在某种不可知的神秘力量下，我家的骡子突然变成圣骡，像狗一样神奇而抑郁地趴伏在我们放着被褥的土炕上。之后，我们开始了一种战栗的生活，那段日子，父母和我以及两个弟弟，就像被蜘蛛网捕获的虫子，我们惊恐地试图摆脱，不断挣扎，日子像战栗的肋骨一样向未来延伸。

　　我记得，就在我们还茫然不知所措的那一刻，父亲肩膀上的翅膀开始了颤抖，就像发情的公鸡那样簌簌抖动起来。小小的翅膀第一次有了一种要伸展开的动作，并在做了许多努力之后，翅膀在空中淫猥地颤动着坚挺在后背两侧，像响尾蛇的尾巴那般放肆地抖着，似乎随时都会在舒服地颤动过后舒展地拍动起来。父亲可能感觉到了一种特殊的快感，眯着双眼，握紧拳头，双腿微微发抖地站在刚刚上炕的骡子前。也许就是在那一刻，父亲改变了主意，奉骡子为圣骡，而不是用棍子把骡子赶下炕来。父亲悸动过的小小翅膀，在我们四双眼睛的惊奇注目下重新疲软地耷拉下来。那是一段大约只有一尺的白色翅膀，长在父亲肩胛骨后面，由于长年风吹日晒和免不了的搓揉，三分之一的毛都已经脱落，露出暴晒过的自行车轮胎一样的硬皮。又因为很少清洗，翅膀显得灰黑肮脏，有时像被折成直角的铁片那般背在身上，那是父亲睡觉时不小心压的，但父亲似乎已经感觉不到多少疼痛。村民看到父亲小小的翅膀和那双健全的胳膊，未免感觉滑稽。但当初，父亲刚长出翅膀那年，翅膀娇嫩洁白，村民掩饰不住嫉妒和羡慕的眼神，认为这是天意的垂青。随着日子的不断流逝，二虎三虎接连出生，父亲的十二指肠胃溃疡越来越严重，许多村民都富裕起来，父亲依然在穷苦日子里奔波。长着翅膀的父亲变成了笑柄。有一年，父亲害怕被人瞧见，穿任何衣服都把翅膀藏在里面，结果后背和胳膊都可怕地发痒，像有许多跑得飞快的小东西在不多的羽毛里窜动，并不断跳落到肌肤上。父亲只好在衣服后背的两侧开个小小的口子，他长年穿着褴褛的、"文革"时期结婚购买的蓝色中山装，每次都是母亲帮忙把翅膀掏出来。翅膀耷拉在两个肩胛骨旁边，像两小片不小心粘了黑鸡毛的不成形状的破毛毡。

那天，父亲决定把我们的土炕腾出来给骡子，而我们只能住骡圈，我们未免都有些惊讶。但很快，神奇的感觉立刻填充了周围的空气，我和两个弟弟都被这种异样的气氛振奋起来。只要不在枯燥的田地里干活、流汗和挨骂，尤其是在恶毒的太阳下，我们像油锅里的肉一样被煎着，一动不动的空气似乎很快就会像油锅上面的空气般哧啦一声烧灼起来，我们就觉得又逃脱了一天。我们走进散发着恶臭的骡圈，开始清理起来，挂在墙上的皮套和马鞍，此刻具有了另一种味道，好像它们也终于摆脱了干活，又因为圣骡而增添了神圣的光。我小心翼翼地把它拿下来，踩着厚厚的骡粪走出令人窒息的骡圈，看见父亲竟然坐在阴凉地里的小凳子上抽烟。父亲脸上是我很少遇见的沮丧表情，就像清空粮食的麻袋一样颓然蜷缩在那里。

这时候，母亲轰隆一声撬倒了砖头垒的马槽，声音吓了我一跳，好像有什么庞然大物突然崩溃了似的。三虎已经把小平车推到门口，我们正要往车里装散落一地的破砖，母亲突然站住，扶住门框，盯着父亲说："王龙，神骡一定要住到咱们的炕上吗？"母亲似乎终于从神奇的幻觉里醒悟过来，她反抗父亲时总是用这种委婉的方式。

我和两个弟弟不约而同地打量父亲后背的翅膀，那翅膀好像羞愧了似的畏缩了，刚才震动时变得粗壮而深红的肉柄，此刻又恢复了纤细和青紫。但父亲很快抬起有威力的、专横的目光，这目光好像正午被遮住的太阳突然闪了出来一样，我们都有些心惊胆战地承受着这目光。

"干球你的吧！净啰唆！"

看到父亲为了说出如此充满火药味的话，脖子里的青筋都暴突出来，我们连忙忙碌起来。尽管我和弟弟时不时听到母亲鼻子的抽动声，知道她在啜泣，这啜泣声第一次杀灭了父亲制造的奇幻的感觉。我忍不住为可能带来更加羞耻的前景担忧起来。

鳏居的爷爷住在一个两间土屋里，爷爷因为一个梦，不断为他的二儿子——我的父亲操心起来。他梦见自己走在去河边的田间土路上，虽然感到自己身体的老迈，可是他清楚地知道这是几十年前的一天。他没有意识到妻子的存在，好像从几十年前起，他就开始了孤独的鳏居生涯。已经是下午，他的几个儿子到河里玩耍一直没有回来，他揪心地预感到不妙。太阳暴晒着地面，他颤巍巍走着。突然，他看见土路边长满杂草的水渠里，躺着一只巨大的一人高的麻雀，大翅膀遮住了麻雀的整个身体，还有头部。似乎翅膀已经与身体分离，只是轻轻盖在上面，而且翅膀的毛在微微颤动。他仔细看，发现羽毛里不断跳出跑得飞快的黑色虫子。正在诧异间，他发觉麻雀翅膀的尽头一个被埋没的头部正慢慢抬起来，那是二儿子王龙的苍白面孔，成年的、漠然的、病态的脸……爷爷惊醒之后，有些不知所措。

这是一个罕见的旱年，地上到处都能见到龟裂的缝隙。太阳在任何时候都投射出火焰一样的光，烤着这个叫东马的村庄。梧桐巨大的叶子笨拙地卷曲着，香椿树难看的狗爪叶子像变紫的火苗在树上燃烧，褐色的种子时不时落下来，翻卷着像掉下来的灰烬。下午两三点，约莫我们下地回家的时间，爷爷出发去我家。走在这样的烈光里，爷爷有一种出现在梦境的感觉。在旷日持久的战争年代，爷爷有过这种恍惚的感觉，现在他已经子女成群，但是他的孩子都陷落在不同的困境里，就像在不同的地方被敌军包围，他如同失去任何权力的将军，只是在为不同地方的部队担心。爷爷穷苦的大儿子在外村的砖瓦窑打工，大媳妇是村里的神婆，她家四处缭绕着赤贫气味的焚香青烟，院子里不时升腾起带着火苗的黑色灰烬，像是一张张扑向天空、不断痛苦卷曲的诅咒；二儿子王龙因为严重的胃病几乎丧失了劳动能力，膝下的三个儿子即将依次生龙活虎地进入青春期；三儿子每天被媳妇的责骂声驱赶着，从早到晚昏头昏脑在二亩田地里忙碌，三媳妇的大肚子意味着又一张来到世间的嘴……爷爷就这样走在村庄里的小路上，两边新建起的宽大敞亮的楼房和平房常常使他眼前一亮，这使得爷爷更替自己的儿子们焦心。

等爷爷被领到圣骡前时，爷爷同样也被一种奇怪的感觉包围。我们全家跟着爷爷再次看到这个刚刚被供奉为圣骡的骡子：这是一头一向老实可靠的年迈骡子，已经老老实实干了十年活，它偶尔也生气地尥蹶子，但只是象征地抬抬腿而已，并不是要真正伤害谁。他干活的时候也施奸耍滑，但只要狠狠给几鞭子，它就立刻老实起来。只是在成为圣骡前，它才真正疯狂起来……

那是这一天的上午，父亲赶着骡子在沟壑里的沙土地犁地。骡子刚走出地头几步，就拐个弯要走回来，父亲只好耐心地跟着转个圈，等着骡子调整步伐再次站在地头。似乎要磨炼父亲的脾气，骡子连着转了好几次，还要趁机悠闲地啃几口地边刺猬般的尖草。这就像中了魔法一样，或者在父亲心中，骡子正变得无比老奸巨猾。转到第八圈时，父亲终于暴怒起来，骂骂咧咧、狠狠给了骡子几鞭子。骡子在鞭子的威力下惊恐起来，抬腿拖着犁铧奔跑进野地。父亲喘着粗气追上骡子，在狂怒中将骡子拴在一棵柿子树上，给骡子使用了鞭笞之刑。暴打完之后，父亲重新套上犁铧，以为这下骡子将俯首帖耳。可是骡子再也不向田地的方向走一步，只有向回家的方向走，骡子才急急地轻快迈步。父亲暴跳如雷，再次把骡子拴在树上，这次，父亲找了一根木棍，向骡子猛击，骡子不断嘶叫着，蹦跳着，狂乱的眼神紧盯着飞舞来的棍子。终于，骡子挣脱了绳子，撒腿奔跑，父亲举起棍子疯狂追赶，骡子像马一样在满是尘土和干裂地面的小路上奔跑，扬起遮天蔽日的尘埃，身上背着一双小脏翅膀的父亲紧追不舍。由于颠簸和震动，小翅膀似乎在有气无力地扇动。跑了五六里路回到我家的院子里，父亲和骡子继续在院子里兜圈，等我们所有人都气喘吁吁跑回来时，我们看到骡子突然朝我们居住的三间老土房走去。骡子撞开门，一直走进卧室，一跃跳上我们的土炕，颤巍巍地转过身子，蹲下，然后喘着气看着我们，似乎即使用棍子打也不会再走一步。这时，追来的父亲不得不放下棍子，因为他的翅膀第一次怪异地颤动起来，父亲才意识到我们的骡子变成了圣骡。

　　此刻，我们多少有些敬畏地围着这头趴坐在眼前的骡子。骡子一改往日那种警惕的、时刻准备应对的眼神，这眼睛平静下来，似乎因为一种深重的痛苦，或者被石头压埋住了腿脚，显露出逆来顺受的神情。即使举起它从来畏惧的鞭子，它都不会有任何反应。它的右眼角还有一颗眼屎，看上去像凝结的眼泪一样。它的姿势完全像蹲坐的狗，长长的身躯横跨了土炕的宽度，尾巴紧靠着熏黑的石灰粉墙壁。土炕上出现这样的庞然大物，使得土炕显得小得惊人。我们的破烂被子堆放在最靠里的角落，骡子的尾巴只要一动，就会扫在上面。它大而发圆的肚子贴着有许多窟窿的脏床单，随着呼吸一张一弛。张开的大嘴巴有时也会微微抽搐一下，分开的大眼睛正温和地看着我们，瞳孔里能看到我们小小的人影。

无疑，爷爷颇为震惊，他的生活已经遭到父亲长出翅膀的打击，现在又有圣骡出现，父亲难以想象的未来会更加辛苦。爷爷枯瘦的手指似乎想触摸一下往日熟悉的骡子，但在父亲突然警戒的目光下缩了回去。这时，隔壁骡圈散发出的浓烈骡粪味道飘荡到了屋子里，使这个时刻有了一种格外滑稽和肮脏的氛围。

傍晚，我第一次被打发去给圣骡喂食，我双手将喂猪用的铁食槽抱到屋子里，放在骡子前面的炕沿上，并在骡子尾巴下面垫上牛皮纸，为了好清理粪便。我怀着莫名的敬畏望着熟悉的骡子尾巴，好多年父亲和爷爷耙地，都是我站在耙上，紧紧抓住这满是硬棕毛的尾巴。我有些伤感地看着这个我们出生其中的屋子，无法理解我们可能再也无法居住在这里。因为是南房，屋子里的光线永远是黯淡的，似乎被熏黑的墙壁染脏了似的。多少个夜晚，我们像从叶子上滑落下来的露珠一样跌进梦中，如果在半夜醒来，我们看不到一星亮光，如同沐浴在一团漆黑的黑胶里。在某个时刻，糊了雪连纸的的窗户，像正在显影的相纸一样，慢慢透出朦胧的长方形的乳色，就像天地混沌未开时，白色正渐渐从黑色里挣扎出来一样。一大早，母亲就在炕下的锅灶上忙碌起来，灶台熏得乌黑的方形大口里塞了柴火之后，立刻冒出温暖和呛人的烟雾。烟雾会不时急匆匆翻滚着，顺着墙壁升腾，像越来越厚重的青色乌云笼罩了天花板下小小的空间。云层越坠越低，最后会轻轻擦着我们仰面躺下的鼻尖，于是我和两个弟弟在睡梦中闻到令人窒息的刺鼻味道，这味道像五色的光谱一样会在梦中刺激出一番异样的景象。同时我们会自觉地翻转过来，把鼻子蹭到枕头下。烟雾每天像为瓷器上釉一样，多少年里把整个墙壁、头上的木椽和高粱秆编织的天花板熏制出光亮的黑色，在时光的火炉里雕琢出这精美的有各种皱纹的黑瓷平面。

"非要把人呛死才算？"

每天，伴随着闭着眼睛、锁着眉头的父亲的一声怒吼，母亲就会搭起门帘，一阵寒冷（冬天）或者湿润（夏天）的风就会轻轻触碰我们的头发，突入我们的肺腑。驱赶走部分烟雾之后，这空气像果肉包裹果核一样把我们裹起来，我和弟弟就会在这纯净的空气里慢慢清醒过来。

此刻，想到我们可能永远离开这个屋子和土炕，我对这个侥幸地被封为圣骡的老骡憎恶起来，这憎恶又让我浑身打战。我挑剔地看着这个曾经老老实实的骡子：毛色发暗，由于劳累过度，显出疲态，它的肋骨在肚子上一根一根撑起弧面，它还散发出大型牲畜特有的甜腥腥的枯草味；它的后背一条一条的鞭痕都肿起来，像暴跳起来的交叉的青筋，后臀部还有木棍打出的瘀伤；它趴坐在那里，低垂着消瘦的老脸，更像一个伤痕累累、走投无路、需要救助的动物，它脖子上的棕毛因为上午大量出汗，一溜一溜粘在一起，耷拉下来。尤其是，它像往常一样咀嚼起来，口角流出香甜的白沫，我第一次有了一种受骗的感觉。觉得这是狡猾的骡子险恶的一招，为了使我们陷入更为荒唐的境地。

晚上，我们一家住在有着淡淡泥灰和粪味的骡圈里。骡子进出的孔洞已经被砖和泥填堵严实，地用旧砖铺起来，临时用砖垫起能睡五个人的木板床占了三分之一的空间，灶台设在窗户边，空地上只能摆放一个小木桌。母亲似乎越来越对父亲的行为不满，她摆弄风箱的时候，常常急躁地来回拉动，发出嗵嗵的声音。三虎在为胃痛的父亲踩背，小心地避开父亲巨大的八字胡一样的小翅膀，父亲不断发出呻吟声，这呻吟声似乎在掩饰着什么。也许父亲仓促做出圣骡的决定是错误的，他正在反省和懊悔，是否因为不想承认错误而选择了将错就错？难道为了不对母亲的挑衅行为有所反应，父亲才故意发出这种呻吟声？意识到这平静中潜藏的危险，我和二虎尽量不发出声音，希望父母之间的敌对行为会自行消除。

可是，母亲决定一意孤行，母亲阴沉着脸，有力地拉动几下风箱后，抱怨道：

"丢人现眼哩，你盘的是啥锅灶？一点不透气，这能做成个饭？"

父亲没有像往常那样立刻暴跳如雷地应对，而是选择了沉默，依然哎哟哎哟地叫唤。

母亲似乎意识到自己可以得寸进尺，于是一跺脚，站起来：

"心烦死了，都别吃饭啦，这弄不成！"

我们都飞快地将目光投向父亲，害怕父亲会突然站起来，把见到的任何东西都摔到地上，但父亲只是抬起头，似乎有愧色地问：

"怎么啦？"

"你说怎么啦？你说怎么啦？你盘的好灶台！"

父亲面色苍白地看着母亲，似乎在用眼神期望母亲冷静下来，但母亲常常是得理不饶人。

我赶紧走过去，说：

"我看看。"

我坐在小凳子上，向新锅灶的洞口里看去，只见几根棉花秆柴下面升腾起缕缕烟雾，这些烟雾不仅丝毫不向烟囱方向走，反而一股脑扑向灶口和人脸，似乎有风执意要扑灭火星。

就在这时，我们听见吹打窗户的风，像毛茸茸的巨大爪子急匆匆摸了一把窗户纸。接着传来奇怪和温柔的声音，是绵绵不绝的蚕吃桑叶的那种声音，如此独特的声音似乎突然急切起来，接着又一阵风半吹开轻飘飘的骡圈桐木小门。清新的、硫黄般的湿润空气让我们万分惊异。

"雨！"父亲侧耳专注地听着，母亲也将信将疑地转过身：

"真是雨吗？一暑天没下过雨啦！"

"看看，这不是灶台的过吧，这是因为下雨。"父亲笑吟吟地说。现在我们都已经确认这是久违的雨来了。

雨点飘落到大地裂开的道道伤口里，发出吱吱的声音。在黑夜，乌云像芳香的女人一样匍匐在大地赤裸粗糙的肋骨上，那些无法飘起的炊烟在夜晚像孤独的幽魂一样四下飘散，在黑夜看不见的雨线中，把各种饭香飘洒到别人的院落里。几个小孩跑到院子里嬉笑起来，雨点在各种叶子的院子里簌簌响着，这油腻腻的雨水下了整整一夜。

父亲把圣骡和雨联系在一起，这增添了父亲的信心。父亲有意将信息透露给村民，许多村民络绎不绝地来观看圣骡，他们纷纷在种地之前走马观花看一眼，怀着嘲弄或者好奇。他们的脸上浮现着微妙的笑意，他们站在骡子跟前时，我有一种奇怪的感觉，似乎骡子马上要在他们的吆喝声中站起来，跟随他们到田地里干活，从而戳破父亲的神话，一了百了地结束这场风波。但男男女女老老少少只是那样旁观着，都是笑嘻嘻的，有的还不忘调笑讽刺父亲几句。许多孩子还上了我家的炕，要骑在圣骡的身上，幸亏我们及时予以制止。我的神婆大妈看过圣骡之后，嫉妒地说：

"我烧香问过二郎神，没听他说让任何骡子下过凡……"

"要不是我天天祈雨，哪能下这么一场及时雨……"

"……为了这场雨，我跳大神跳得鞋子磨破了好几双哩！"

"我不信你大妈的神，你大妈那全是瞎球闹！我凭我的感觉，不是每个人都有这感觉。"父亲说。

不多几天，父亲就将自己陷入更大的嘲讽旋涡里，母亲在下雨后再次不断质疑起父亲：

"没有圣骡的人家像刮风一样刮起一间间新房，你呢，我们天天跟着你受罪，你以为自己长了翅膀就比别人能耐？"

我们觉得，父亲走在村里的路上显得更加可笑了，由于失去了骡子，我们只好自己拉耧种地。父亲无法像往日那样作为驾驭者坐在小平车左前的位置上，而是低着头，躬着背，前倾着走路，时不时因为胃痛，把左拳头顶在肋间。他的翅膀在后面耷拉下来，在雨后又暴烈起来的太阳下卷曲起干燥的脏毛。村民们会明知故问："不用骡子拉耧啦？"父亲会说："没法用啦。"路上到处又开始飘荡起尘土，我们出现在任何地方，都像是腾云驾雾一般：平车震荡起来的尘土同我们走路荡起的尘土会交织起来。如果我和两个弟弟以及母亲在地里拉耧，父亲在掌耧，我们一起震荡起的尘土会更多，它们在火一般的空气中扬起来。在耧眼呱嗒呱嗒响着的小锤声中，我们就像行进在烈焰般的地狱里一样。

我们要尽快利用这场雨，把三十亩沙土地全部种上小麦。

回到家里，我们都累得够呛，我给骡子喂食时，越来越懈怠。拉耧干活时，父亲因为胃痛和燥热，常常大骂我们，或者因为力量不够，或者因为走偏了，或者因为我们不能用脚把种子踩实。我把父亲发在我们身上的怨怒和咆哮，都倾泻给骡子。有时我会报复地剪掉骡子尾巴上的毛，试图看看骡子有何反应，骡子只是像扫苍蝇一样动少了棕毛的尾巴，显得并不为意。有一天，为了让百般嘲笑的村民感到惊讶，我突发奇想，散布消息说："有一次，圣骡悬空了，在空中停顿了好一会儿；又有一次，圣骡竟然说话了，说总有一天，它要走的，会让不信的人后悔；有时候，骡子的眼睛在晚上会变成红色，像灯一样。"这又吸引了不少人来观看，但最终我不知道到底有多少人相信我的话，只有我的家人非常关注我说了啥，他们要求我一有圣骡的奇迹，就马上告诉他们，让他们也看见，这让我谨慎了许多。但有一天，三虎不甘示弱地回来说：

"我真的看到骡子悬空了，我以为它要飞走，但它又慢慢落下来了。"三虎的话几乎完全打消了母亲对圣骡的成见，那天中午，母亲跪在圣骡前，说：

"你要是真是圣骡，你就保佑我们都平安，保佑王龙治好病，让我们全家早日富起来。"

一天晚上爷爷带来消息说，有人偶尔看到我家那个土房上空有紫光，我们都有些震惊起来。爷爷还再次梦见那个巨大的麻雀，这个麻雀竟然飞起来了。只有我认为这消息不怀好意，是一种挑唆，为了让我们把这场戏剧演下去。

全家陶醉在这种幻觉里，我越来越不能忍受这种状况，因为每天种地的农活几乎让我们散了架。由于拉耧，我们的背上都勒出了血印，我们的脚踩在软绵绵而又滚烫的沙土地里，后背承受着沉重的烈日阳光，我感到一天比一天虚弱而嗜睡，往往会忘了给圣骡喂食。有时看到骡子变得一天比一天瘦削而难看，觉得骡子成了一个天大的笑话。有天晚上，父亲躺在床上，突然因为胃痛捣起单薄的土墙来，父亲突然质问我：

"你是不是中午忘了喂圣骡？"

我突然想起，不光是中午，整个一天都忘了喂食，我干脆就没有踏进那个屋子一步。

"忘了！"我不由自主地脱口说出。

"爬你妈一边去！"父亲听见罕见地大发雷霆："晚上别睡觉了，给我跪在院子里……怪不得今晚胃疼得厉害！"

那天晚上，两个弟弟谨慎小心地喂了骡子，我看见他们不断从屋子里端出骡子拉的粪便来，我已经有两天没有清理它的排泄物。我的母亲小心地陪护着父亲，但父亲的胃痛已经到了不能按摩的地步，于是母亲在地上走来走去收拾碗筷，时不时委婉地为我辩解几句，试图让父亲收回跪一夜的话。比如："孩子们累得……他们毕竟还小，大虎才十二岁，哪能吃住这么重的活……"但父亲不为所动，从半开的门里，我正好看到父亲裸露的上身，父亲抬起左腿，不是捣墙就是捣床。我希望看到奇迹：父亲会答应让我起来，但父亲只是在应对自己的病痛，似乎已经忘了我。我把怨恨的目光投向母亲，由于母亲不再劝说父亲，我就一直盯着母亲的一举一动，看母亲怎样对待这个受罚的儿子。我看着母亲投在窗户里的影子，听见锅盖盖上的声音，这意味着母亲洗完了锅。二虎和三虎兴冲冲干完喂圣骒的活后，小心地回到原先的骒圈，瘦小的他们也躺在床上，同样裸着上身。二虎三虎盯着屋梁看，甚至没有向跪在院子中央的我看一眼。最后，母亲出来，在我身后不远发出很大的声音吐痰，然后在院子的东北角上厕所。母亲再次走过我的身边，但母亲也没有看我一眼。等我以为再也不会发生什么事情时，母亲这次走出来，手里拿着笤帚，我不明白这是什么原因，只听母亲说：

"垫上，仔细潮气钻进骨头里。"

于是我知道晚上放我回家是不可能的，我不再期待任何人。我憎恨起执迷不悟的父亲，在没有圣骒的时候，他也常常这样疼痛难忍地度过许多日子，他把疼痛归结为没有喂骒子是荒谬的。我就像真正供奉给圣骒的牺牲品一样跪在院子正中，等骒圈的灯灭了时，我完全绝望了。黑暗像真正的演员一样从各处奔来，把整个院落、整个村庄包裹起来，天空微弱的星光好像正坠落下来，或者马上就会因为某种原因熄灭掉。我的怨恨在院子里奔腾，像黑暗中踊跃着许多不驯服的动物。我想象村庄的过去，数百年里会不会有人像我一样跪在院子里。我听着远处河边的蛙鸣，这恬淡的蛙鸣就像河流睡梦中的呓语。这呓语不时被父亲的呻吟声打破，哎哟哎哟的声音有一种恐怖的意味，惊人心魄，无法让人摆脱对死亡的联想。

天茫茫亮时，母亲才出门把我拉起来，我从她的神情揣摩她对我到底有几分同情。她的嗓音沙哑，嗔怪地说："看你以后还听不听你父亲的话。"

那一刻起，我就对父亲和圣骡恨之入骨。

可是，这样的结局也是谁也无法想到的，尤其是我。

第二天下午两三点钟，从土炕上走下来的圣骡把所有人吓了一跳。

那时，父亲正在搅拌最后一批小麦种子，院子里到处散发出拌在其中的农药味道。二虎和三虎看到骡子出来，不由地惊呼起来，母亲急忙奔出来观看发生了什么事情。父亲瞪着一双满是病态血丝的眼睛，身体僵硬地半蹲着，似乎有一口气没有喘上来。我跟着骡子走出来，之后我们都跟着骡子，我们不知道骡子将往哪里去。骡子走出院门，选择了右拐，在村庄第一个岔口，遇到因为又做了可怕的梦而前来的爷爷。我们继续跟着骡子走，村庄里遇到的村民也指指戳戳好奇地跟着，有个中年媳妇还哈哈笑出声来。几个小孩跟着骡子，试图抓住骡子的尾巴，他们注意到骡子的尾巴上已经没有棕毛了，这是一个秃尾。

而所有的人里面，最惊愕的人无疑是我。

那天中午，我一心想着报复父亲和圣骡，在中午喂食之后，先是拿剪刀把骡子的尾巴剪得光秃秃的。我觉得依然无法表达我的厌恶，于是找来一枚闪着光的、母亲缝纫用的针，我用力掀开骡子的臀部，把针扎进骡子的屁股，骡子立刻哆嗦起来。就在那一刹那间，我第一次出现幻觉，我看到眼前的骡子通体透明，发着紫光，它身上的肋骨像一根一根晶莹的玻璃，身上的毛像镀金一样发亮。随后，我立刻哆嗦起来，这种幸福的感觉里，觉得自己马上将挥发进周围的空气，或者浑身上下将长出舒展的羽毛来。一阵旋风吹拂进我的身体，仿佛也吹进我的灵魂。在这种甜蜜的状态下，我看到圣骡试图颤巍巍地站起来，尽管现在它突然又恢复了萎靡不振的常态，但我再也无法将它视做平庸的骡子。

它就是这样颤抖着站起来的。父亲暴打过的受伤后臀的压力下，半弯着后腿，一瘸一拐地走出房屋，小心翼翼下了台阶。它饿得如此之瘦，好像它真的正在变做一只大狗。它的右后蹄子不能吃劲，总是奇怪地轻轻点一下地，等它走在滚滚浪涛似的烈日焰火下，那雪一样耀眼的亮光似乎像铁水一样正要将它熔化，并打算将它熔炼成一件器具。

我们眼看着它走出了我们的村庄，并走在通向异乡的土路上。有时，按照习惯，它轻轻摆动一下尾巴，于是那变得丑陋的肉棍一样的尾巴就轻佻地弯曲一下，逗得孩子们大笑。等我们再也无法看清骡子的背影时，父亲终于转过身来，铁青着脸，似乎在跟谁生气似的，将目光投注到眼前一米的地方，用他那种奇怪的前倾姿势走去。在许多村民的大声嘲讽中，父亲一句话也不应答，只是背着八字胡一样的两撇小脏翅膀往回走。

爷爷再也没有说他昨晚梦见了什么，那必将可怕之极。但只有我知道，圣骡也许再也无法蹲伏下来，因为它的屁股上扎进一根针。许多年里，我都感觉到这根针正戳在某个人的身体里。尤其是父亲因为胃出血，在冬天某个凌晨大口大口吐血的时候；或者母亲悲伤地呼喊的时候；或者在任何时候，等我准备坐下来时……

某种回忆

路过干洗店，不知不觉站在了理发店门口。

我常常去这个名叫唯美发艺的店铺理发，但很长时间不知道这个理发店的老板是谁。在理发当中，常常听到男男女女四五个理发店年轻员工议论老板娘上小学三年级的孩子，他的作文逗得他们大笑。偶尔我也见到这个常被谈论的孩子推开门，放下书包就跑，"去哪里？"老板娘赶紧问，已经跑到门外的小男孩尖声尖气地说：

"去花园。"

"作业呢？"老板娘更加大了声音喊。

在奔跑着远去的脚步声里，隐隐约约听见点什么。

然后是老板娘和店员们的哈哈大笑。

直到有一天，我发现冷冷清清的理发铺只剩下老板娘和一个年轻小伙子，这次是老板娘亲自给我洗头。

小伙子准备给我理发时，我惊讶地转身问老板娘：

"其他几个理发师呢？"

老板娘还没有回答，年轻小伙子说："现在只有我们俩理，我们一个人也不雇了。"

我才知道这个常被我当作打工仔的理发师是老板。

我习惯在同一个理发店理发。好几年在一个叫"棒小伙"的小铺子，直到他们与邻居店铺打架后突然离去。后来去一个装饰精美的"名人"理发店，店主是一个女老乡，她每次指挥最好的理发师给我理。一年半以前，我们把家搬到朝阳街的单位住宅楼，在妻子的劝说下，我放弃了走很远的路去名人理发店，才在附近选了这一家：每次忍耐着理发的不悦，每次都需要不停地提醒"短点……再短点"。有时理发师就会在忙乱中剪掉一角刘海，形成一个豁口，露出光亮的脑门。

我记得那个被我当作雇员的老板，他习惯将我的一侧修得过短。许多头发已经无法服帖地趴着，而是不安分地站起来，这种有站有趴的一溜头发直到一周后才较为恭顺地躺倒。一年之后我终于发现，自己不仅可以忍受这种状况，而且已经不是过分在意自己的发型。尤其是脱发以来头发开始趋于稀少。更重要的是：即使冒着理坏的风险，我也不愿意去任何一个陌生的地方。或者说我也无法理解自己的行为，每次坐下来之后，等我把头交给了老板之后，我都想：是否可以再找一家理发店？

我总是下午五六点，或者晚饭后去理发，多少年来，我都遵循着这种规律，毫无例外。所以等我在早上十点左右站在理发店门口，连我都有些吃惊。

我上轮休制夜班，一般来说，上午我总是在家里。有了女儿后，更是走不开，妻子专职看孩子，妻子是娇生惯养长大的，在她眼里所有的事情都是大事：孩子该换哪条裤子，出门该换哪双鞋，甚至是她自己穿哪套衣服，都要来请教我。或者因为种种事情开始了她的数落，而我也或者被激怒，或者在被激怒前的一瞬间，决定讨好她。这样小心翼翼地应对着，以至于等我衣冠楚楚地出现在大街上时，深深觉得自己在家庭外的一切举动都是一个假象，家庭生活完全成了一个隐秘而龌龊的地方，展露了自己的无能、狡诈、污浊。男子汉会不会在千层百摺的裙袖之下保持那种光明磊落？我异常怀疑，也常常自责。

而今天，我第一次在早上十点左右被激怒，在几乎要暴跳如雷的情况下，选择了出门，而事情的起因，也不过是孩子去不去楼下晒太阳。按照科学的说法，孩子只有在阳光下晒一两个小时，才能更好地吸收钙，但妻子总是因为有点风，拒绝带孩子下楼。

"孩子还没有喝水呢。"妻子辩解说。

"那就赶紧喂了水下去嘛。"

"说得好，喝了水一身汗，下去就被吹感冒了。"

"那就晾晾再下。"

"晾晾就中午了——"

"下去再喝也行呀。"

"下去总不好好喝，喝得少了又要得病。"

……

也许还有一些自私的原因，等她们都下楼之后，我能有一小块安静的时间，可以看书，写东西（每次投入地看过书后，都会重新燃起雄心，多少年里，这雄心一直这样起伏着）。妻子也看透了这一点，也许会认为这是赶她们走，于是坚持自己的说法，表示一种委婉的抗议。

于是话题开始由缺钙说到孩子曾经得的佝偻病，妻子将全部责任推得干干净净，而妻子的抵赖更加深了我的怒火。妻子从来不承认自己的某次错误，总是将原因归咎到别人身上。而我执拗地认为，只有承认了自己的错误，才能更好地改善养育方法。而她很快将抵赖变成了对父母的责备、对婚姻的指责：

"你当时根本不是喜欢我，你喜欢安仪，你现在让我离开，我还能成全你。"

女儿哭起来。

"别说了，别吓着孩子。"我说，心中隐隐升腾起怒火。

"你心虚了，我就知道你不是个东西。"

我和妻子谈恋爱的第三天，我们在一个塔的内部台阶里嬉笑着爬升时，有那么一些时候，我觉得这是命运特意安排给我的。为什么命运特意让我失去别的姑娘，为什么我们是在一个二百年的塔里，她开始允许我抱着她，我们念着古碑上的字，那时候我是否有过杂念？

"来，宝贝。"我去哄哭泣的女儿。

"别动我的孩子。"妻子抱起惊哭的孩子。

……

又经过了几轮毫无理由的争执后，我选择了下楼。

楼的侧面是有两个小花池的长方形休闲场所，被当地居民称作花园。一条绿地，几张长椅，花池里已经没有花，长着乱糟糟的常青树，这小小的安静之地吸引了许多晒太阳的老人和玩耍、奔跑的小孩。有时会见到一个头发污秽发黄的老人坐在轮椅里，微微仰着脖子，在阳光里安详地闭着眼睛，从嘴巴过于松弛的动作来看，也许已经睡着了。

小区外面是杏花路，许多老人还记得，几十年前这一带是杏花林。杏花路常常拥堵，拥堵是因为靠墙的一侧总停着一长排小区里放不下的车辆，每次有车驶入杏花路只能小心地单行。常常因为堵车，鸣笛声响成一片。人们顺着杂乱的小摊点往前走，慢行的车辆像礁石分开流水一样分开人群。

此刻，我就混在这样的人群里走着。一旦袒露在外面的阳光下，我就尽量保持着一种应有的风度，因为这里全是单位的熟人。但有时会被内心的戏剧所牵引——刚才激烈的台词还在心中轰响，于是觉得所有喧闹声都是戏剧特有的背景，为了衬托或者起到讽刺的作用。偶尔有车辆里的音乐放出来时，那几乎使自己真实地体验到电影里背景音乐的魅力。而自己完全是电影里需要用悲伤的音乐抚慰的一个演员，一个毫无疑问的主角。

我有些迟钝地走到杏花路上，摊点形成的喧哗和车辆的鸣笛，似乎无法进入自己的耳朵，但是等我走过另外一个小区门口时，我才开始想要去哪里的问题。

接着路过欢乐干洗店，为了更好地想出一个目的地，并隐隐怀着报复的、并为即将得以报复而觉得自己备感残忍的心情，我停住脚步，希望想出一个合适的场所，可以溜达上整整一天。可是在无意中注意到那栋高层住宅楼下面的唯美发艺，才想起自己走得急，枕头上压了一夜的头发还没有梳，用手摸摸，果然被压扁了，于是更加懊恼，懊恼中出现了一个念头：何不去理个发呢？虽然心中非常犹豫地想，一旦理了发，仁慈和宽慰的心理就可能会鼓动自己回家去。但我还是向理发店走了过去。

需要在侧面上一溜台阶，因为这台阶，去年第一次来就差点打消了在这里理发的念头。因为，如果你已经站在了台阶的中间，再回头就显得有些滑稽了。而我正在寻找一家满意的理发店，其他的店铺都在街边，举目就可看得清清楚楚，唯独这家无法看到它的内部，只能瞧见转动的装饰轮，和红色的霓虹招牌字——唯美发艺。等我站在台阶的中间时，差点回头作罢。如果不是存车棚的老师傅正抬头看着我，微笑的欢乐干洗店老板娘在柜台里朝我点头示意，我就已经下去了。不过，等我一鼓作气进了理发铺，就再也没有试着去其他的地方，就为了他们围绕老板娘的滑稽儿子引发的阵阵大笑，或者其貌不扬的老板娘不紧不慢的搞笑语言，反正我只喜欢比较熟悉的地方。

唯美发艺有六面连成一体的镜子，占了半堵墙。平时人多的时候，我会从镜子里寻找另外一张面孔，有时是很久不见的同事，有时是一个陌生的年轻女子，有时是一个年过半百的老妇正在烤发做卷。我常常通过镜子里观察他们，并发现了其中的乐趣，因为你不必正面看某人，而是从镜子里非常隐蔽地看。这样，往往自以为会看到同事的另一面，在理发师摆弄下低头或者仰头时，常常有令我惊讶的细节，有的那样逍遥和随意，似乎都已经睡着，而有的却紧张地伸着脖子，这与他们平日的做派往往完全相反。而年轻女子总有一种温柔的风情，使周围的空气变得异样。等我看到老妇油腻腻的头发被一拢一拢卷起，一些颜料顺着发根滋出，并露出罕见的干尸般的皱纹（额头、眼角、下巴颏）时，我心里对时间的流逝就会感到格外的恐怖。

现在，我走进唯美发艺，吃惊地发现只有我一个客人，老板仰面坐在理发椅上眯眼休息，为了省电，他们关了镜子前的一排灯，现在老板娘赶紧开了灯，并招呼去洗头。但理发店的冷清气氛显然保持了好久，镜子、椅子看上去有一种慵怠的浑浑噩噩的神态，连地面的反光都有些没有睡醒般的滞涩光泽，老板娘的声音也丝毫没有往日那种兴奋。老板站起来，伸伸懒腰，用毛巾拍打一个椅子，表示做好了理发的准备。等我备感沮丧地坐下来后，又听见老板如往常一样的发问：

"留长点短点？"

"像上次一样，理短。"

"上次是什么时候？"

他总是记不住应该理多短，显然完全不能跟先前的任何一家理发店师傅媲美。

"短就行了。"

然后，我望望空洞洞的六面镜子，失落地将自己沉浸在镜子虚拟出的空间里，从我熟悉这里的环境以来，我总是慢慢习惯这里的变化，直至现在这种特有的气氛。正在漫无边际地走神时，听见老板娘问："我怎么觉得一点也没意思？"

"你看下一张碟，能把你笑死。"

我这才发现理发店发生的重大改变：镜子对面平椅上放了一台二十英寸的旧彩电，屏幕里一个动作夸张的女子在唱歌。也许是为了打发没有客人的无聊时间，他们弄来一台电视。

我好奇地盯着镜子里的电视屏幕，老板娘小心地拿起一张碟，仔细认了认碟上的字，然后放进DVD机，短暂黑屏之后，突然出现如雷的掌声，接着一个浑厚热切的声音说：

"欢迎来到广州西部酒城——"

镜头掠过骤然疯狂、拼命击打手中啤酒瓶的观众，不断推进，并对准手拿话筒的虎背熊腰的男子。

听到"西部酒城"这几个字，我突然一阵莫名的战栗，等镜头移向观众正有节奏击打的啤酒瓶时，我想起省城的西部酒城。"原来到处都有西部酒城，"我想，"可惜省城的西部酒城已经倒闭了。"

西部酒城在解放路上，大学毕业刚到省城后，每逢星期天我就开始探索这个城市，向北最远的地方就是到这里，因为斜对面有一座全省最宏伟的教堂，不远还有一个巨大白色圆顶的清真寺，这另类的建筑很远就可以看到。我每次下车后，总能听到前行的公交车继续报站道："下一站——动物园。"那时我从来没有去过动物园，包括世界上的任何动物园，我奇怪当时从来没有想过去动物园转转。

而且这里有一个店面很小、但有宽阔套间的书店，很便宜可以买到经典书籍：一套彩色封皮的昆德拉的小书，还有早先出的纳博科夫的黄皮《文学讲稿》等，总有类似的惊喜出现，让我激动一阵。在夏天的烈日下，我满头大汗徘徊在这一带，常常见到破旧的解放路电影院。电影院的售票口下面，靠着一张大木板，用煽情的红毛笔写着几个艳情、惊悚或者武打电影的名字：《蜜桃半熟时》《色欲难禁》《鬼街》《赌神2》……由于用墨太多，许多字的笔画下面流汗一样流下道道血一样的墨迹。有时，我会喉咙发干地幻想《色欲难禁》的情节，体会着心中焦渴的欲望。我总是显得很无意地将目光投放在每次变换的预告板上，电影院售票口的圆洞里有一个表情淡漠的中年妇女在发呆。有一次，我鼓起勇气试图看一场电影，以平息心中的骚动。于是走到售票口，问：

"今天演什么电影？"

"吖——"

"电影，什么电影？"

"只有录像！"中年妇女蔑视般盯着我。

我连忙走开，很长时间不敢到售票口附近，怕被中年妇女看到。这才知道，电影院已经倒闭很久，影院高大的红色木头门松松垮垮地半开着，能看到里面的光线很暗。

黄昏，总有一群民工围着街头的卡拉OK看，有时也簇眉闭眼扯开嗓子唱一首刚刚流行的《流浪歌》：

"流浪的脚步——走遍——天——涯——"

具有巨大穿透力的声音似乎控制了整条街道，并牢牢焊接了解放路电影院，以及附近的各种店铺，簌簌震动着路旁密密的老刺槐树叶，最后扑进我的心里，深深摇撼了我。我当时举目无亲，正在一家报社实习，工作也不知道会在什么地方，租住在省城郊外村庄十平方米的单间，身边常常只有几元钱……歌词突然变成眼泪冲出眼帘，防止被别人看见害臊，于是尽量离得远一些，同时矫情地看看远处的教堂尖顶，希望耶稣或者玛利亚能看到我，毕竟我在那里买到过他们的卡片，并被我虔诚地夹在黑皮的《圣经》中。

两三年后一天，解放路电影院突然被拆了，许多民工在架子上忙碌，外面罩着划开许多口子的巨大布幔。那一年冬天，木头结构的建筑落成了，上部有着啤酒桶一样圆滚滚的表面，中间突出的木头台子上站着几米高的深棕色木头浮雕，一个戴卷沿礼帽的西部牛仔骑着马，正在眺望远方。就在他的头顶，啤酒桶般的表面上嵌着四个霓虹大字：西部酒城。

一直到第二年春天，每次去书店都看到没有丝毫动静的西部酒城，白天冷清，似乎只是城市里无人理睬的一个巨大雕塑，西部牛仔的帽檐上已经落了灰尘。晚上，西部酒城更是没有一盏灯，黑洞洞一片，如同城市灯海里一个阴森的去处。终于有一天，西部酒城外挂了一副红布，上面贴着大字：

"国内摇滚上帝崔健今晚在此演出。"

尽管非常仰慕崔健，但从来没有设想过看演出，这种演出似乎高高在天堂的一端。此时，我已经在一个小报社打工，只有四五百元钱的工资可领，去掉二百元的租房费（租到了市里），平日身上只有几十元钱生活费的我从来不奢望去西部酒城，只是暗暗为这宏伟的建筑欣喜。等灯芯般灿烂纯白的光，流水一样从西部酒城的门、窗里流溢出来时，心中感到一种隐隐的骚动。于是在工资里分出小小一部分去音像店买崔健的摇滚：《红旗下的蛋》《像一把刀子》《飞了》……买不起录音机，去同事家时我就带上磁带，在他们家占了一张桌子的巨大录音机上放。大约半年之后，在地摊上买到一个只有两个巴掌大的录音机，声音尖利，但看上去崭新，金属发着格外的亮光。于是把录音机摆放在房间的桌子中央，更起劲地买磁带。

音像店店主是一个十八九岁的年轻人，束着马尾巴，有一副洪亮的嗓门，常常拨弄一把蓝色的吉他。有一天听说他们也在西部酒城演出过，我惊讶万分。店主拿出一盘磁带，说这是他们自己灌制的磁带，我听见一个模糊、呐喊的声音在唱：

"世界在哪里，我怎么感觉不到？

我操你妈，我怎么感觉不到！

……"

他在我崇敬的眼神里推荐了国外摇滚乐的打口带，晚上，我因为能听上披头士的《yesterday》而感到自己已经同世界同床共枕。披头士在为我唱，尽管乐队成员们大都已经死去，我一遍一遍地听，直到它终于同我融为一体。我席卷了摇滚的各种门派，不过，等我第一次听说死亡金属时，还是吓了一跳。在之后的岁月里，每当爱情失利或者过分抑郁时，我就听死亡金属，还听窦唯佛音一般的《山河水》，当然听得最多的是"R·E·M"乐队的《You all in the air》，它让我觉得满载着所有美好事物的过去，像一艘巨轮，正在慢悠悠驶离我，包括我的亲人、我爱恋的人以及所有一切。这些音乐常常唤起我的绝望，还有矫情的自杀欲望。每逢这时，我就整天躲在家里听，躺着听，或者坐在椅子上听，借口生病不去单位。这个椅子原先屁股朝上堆放在阳台上，红丝绒的面脏得可怕，尤其是放屁股的位置和放胳膊的扶手，有一层烤漆般的油光。下面一条腿会来回摆动，不过如果仅仅是坐着，椅子就没有什么问题。我坐在上面，在音乐声中郑重地想我何时去死，以及怎样去死，最后总是确定为用安眠药，并在远离城市的一个野外山洞里，最好永远不被人发现。最后总是在两行泪水中结束幻想，又有一两年之后，一次我对自己的形象做了自拍，我意外地从照片里看到墙上贴着的一副毛笔字。那是一位书法爱好者同事为我书写的《聊斋志异（序）》，那印证着自己的雄心和抱负。似乎是当时唯一能把我从死亡欲望中拉回来的小小念头。

　　婚后，我在照片中翻找出这张照片，妻子说："这张照得最丑了。"我试图向妻子解释当时的状况，妻子丝毫也不感兴趣，于是我放下了照片。

　　又是三四年之后，我和还没有成为妻子的对象去动物园，路过西部酒城，突然发现西部酒城已经倒闭，门窗紧关，变得又脏又旧，大门上还贴了一溜封条，我备感惊讶。那正是各种酒吧遍地开花，而且城市大举往南移的时候。我看见那个西部牛仔浮雕浑身都是浮土，特别是卷帽檐和他的胡子上。他牵着缰绳的手背像染了色一样变成灰白。而那时，小书店也早就停业，我已经很久没有来过这里了。尤其令我们惊讶的是：我们的目的地动物园也搬走了。

"早就搬到东山上啦！"一位老太太说，"好小伙子，你就不看电视？"

老太太说，去年动物园用了一年时间才把动物们全部搬走，为了把大象、长颈鹿等运走，还专门做了特制的车来拉，大街小巷围了许多人来看，而且还有电视台的人来摄像，热闹了整整一个秋天。

那是我们约会的第四天，我们刚刚在前一天兴奋地去塔里转过，于是我们异常扫兴，甚至等我说西部酒城原先是解放路电影院时，对象也没有一点惊奇的表示，似乎没有听见一样。于是，我在对象的提议下去了附近的教堂，幸亏那里有一座教堂。

现在，坐在理发店的椅子上，想象着过去的西部酒城，西部酒城就像有人在演奏的大提琴一样，一直在理发店的任何地方流淌，最后汇聚到我心中。等我集中注意力再次从镜子里看电视中的演出时，发现并没有出现更有趣的情节，依然是一个男人在唱歌，并且一瓶瓶地往嘴里灌啤酒，啤酒从嘴角一直倾泻下去，在耳朵上形成白色的泡沫和流水。有两股水一直从头的后部倾注到地上，看上去只是在往嘴里倒，而一口也没有喝。并没有出现"能把人笑死"的场面，老板娘也靠在柜台上耐心地期盼着。

下一个节目，依然看不出怎样搞笑，一个长发男人走上前来，他说他就是崔健。

"各位朋友，用你们的慧眼仔细瞧瞧，我是不是真正的崔健，这两年没好好减肥，肚子大了些，脸大了些，你们看看我的眼睛，这下认出来了吧？"长发男人瞪大双眼，特写中看到一双张飞般的环状豹眼，这豹眼的眼珠突然集中起来，变成对眼。

"什么？长得不像？像头猪？！"于是他又装腔作势地说："信不

信我揍你！——如果你答应不还手的话。"

观众席响起一阵笑声。

"开个玩笑，这位朋友说的对，我就是流行大江南北的歌手豪猪！长得不像不要紧，唱得像才算好汉，江湖人称小崔健的就是在下，下面请听一首《花房姑娘》。"

过去我常常听这首曲子，这旋律足以让我激奋不已。西部酒城特有的狂乱的气氛常常干扰我的心情，可是突然，正是这种狂乱击中了我，以至于流入我心中的音乐突然失去了任何声音，伴随着惊悸般的感觉，和耳边茫然的一阵嗡嗡声，就像小小的水流瞬间变做从天而降的瀑布，这大瀑布激荡着冲刷了很乱的梦境一样，使我猛然记起，我不光不停地路过西部酒城，而且竟然进去过一次。

大约五年前，一天下班时（我们晚上九点下班），宋姐不停地拨电话，最后摔下话筒，说："你们都别走，姐今天心情不好，陪姐坐一会再走！"后来，宋姐才突然决定去西部酒城。

当时，我已经到了另一个报社，单位新组建，人员全部是从各地招聘来的。像上个单位一样，不解决户口和档案，也没有任何医疗保险，只需要学历，不过工资总算超过了一千，大约在一千二三。我惊讶地发现，上一个单位的几十位同事突然像梦境里的人物一样被抛到了脑后，甚至等我想起那个单位，都像想起一个陈旧的在暗处被遗忘的一个巷子，似乎从来没有过那个单位，尤其是经过跟形形色色新同事的结识，总有一种新气象推远了同过去的距离。大约每天都有一个尚未被认识的人说：记住了，我叫某某，以后多关照。或者在背后打听：那个胖胖的、老背黑包的是谁？于是听到一个经常在报纸上见到的名字，把这个形象同那篇稿子联系在一起，觉得此人也不可轻看。或者都意识到某个可笑的人，长得怪异，行为举止也很不一般，比如在自己的座位上方挂个写得枯瘦的毛笔字，桌子上摆放着一溜用蛋壳做的脸谱，没事的时候翻的是一本文字竖排的武术秘籍，于是被起个"白眉大侠"等等的外号。或者半年后又有一两个新人进来，又是一番介绍和客气。

宋姐是在我们文化部人员已经全部熟悉，都备感亲切时突然插进来的。这天，我看到一位不修边幅的瘦小妇女坐在我的桌子上，用手指指画画说着什么。我示威似的站在她的背后，她突然转过身来，忽闪着一双大眼，大笑一声："你的桌子？"然后很快又抬脚坐在对面的桌子上，"以后你们都得叫我姐，宋姐！"她用手指横扫了我们几个：牛之瑞、卫强、圆圆、小叶、安仪、和我，小叶说：

"你多大？"

"别管多大，叫就是了，哪还能找到我这样的老女人！"

于是有一些尴尬，我看到，这个自称宋姐的人也有点做作的神态，因为她笑的时候总有一点不自然。但很快，她指导我们这些刚刚见识过因特网的人建"邮箱"。

"快，谁还要邮箱？"

安仪微笑着回头问："你不建一个？"

我本来决不肯在这样一个泼妇的指导下建什么邮箱，尽管也有一些好奇，但很反感她的举动。而安仪的提议却让我心中一动，感受到一种格外的温柔。那时，尽管安仪还有一个男朋友，但文化部同事都起哄说应该把过去的对象甩了，找我，他们都开玩笑地撮合我们，于是我不假思索地说：

"建，我也建一个，谁不建谁是傻瓜。"

等我们都建了邮箱，宋姐下了桌子说：

"你们小孩起开，让姐上网取个东西。"

于是我们集体看她怎样取东西，她说："有什么好看？又没有情书。"

我们赶紧散开，她又说："你们小孩真有意思，跟你们开玩笑呢。看吧，不准走开。"然后自得其乐地笑一阵。

她下载了几个文件，然后开始用打印机打印，我好奇地跟过去看，原来是童话。

"我没事干，自己给小孩编的。"她夺过我手中的几张纸，我已经深深为如此现代和诡异的童话感到惊奇，"要看，你看这个。"

那是十几首诗，像是出自某个大师之手，"我写的。"

我惊呆了，这诗完全超出我的期待，几乎可以跟国内最好的诗媲美。

"骗你们小孩子呢，我老公写的，要出版呢，打印几个稿子。"

宋姐很快成为文化部欢乐的中心，我们不再觉得她多余，如果她没来，我们都会会意地问：

"怎么？宋姐还没来，怪不得气氛这么差！"

宋姐有个多年的朋友李小梅，常常来串门，是一个干练的女人，眼睛很大，尽管常常被逗得笑出泪水，一边说："这死女人！"但很少开玩笑，总是问："那啥弄好了没？""没有？快点呀，这有什么难的。"后来知道她结婚后寡居，生了个男孩放在孩子姥姥家。我们曾经看到这个非常机灵英武的男孩，安仪把他抱在怀里，快速地吻向男孩额头时，我感到一阵嫉妒，尤其是她的胸脯紧紧挨着男孩，男孩有些害羞和满足地靠在她的脖子侧面，于是我说：

"来，健健，跟我说说话。"

男孩笑着把脸转过去，额头正好放在安仪的下巴上磨蹭，我仔细盯着，但又装着毫不在意的样子，以免被发现嫉妒一个小孩子。

这时候，安仪已经同过去的男朋友分手，我看到这个个子不高的年轻人流着泪闯进我们办公室，在众目睽睽下说：

"安仪！安仪！我最后送你一趟总可以吧！"

安仪站在办公桌前，异常冷静地说："你回吧，我还要工作呢。"

"我等你。"

"我不会跟你回的。"安仪绝对没有任何感情色彩的语气让我胆寒，这完全不像平时温柔的声音。

小伙子用异样的目光盯视了我一眼，似乎在确认是不是因为我而甩了他。许多人围在办公室外看，办公室主任说：

"小伙子，你先下楼，别影响工作。"

于是小伙子双眼通红地下去了，回头狠狠地看了我一眼。

而我并不是小伙子真正的情敌，我和安仪之间总隔着一点什么，她不反对别人撮合我们，但也许在期盼某个更好的人出现。我能体会到她的温柔，比如她仔细为我擦桌子（我们的桌位并排放着），反正谁先到，谁就擦，但总是她先到，而我常常恰好在她擦着时进来。她擦得很细心，还要在角落里抖一抖布子，但似乎并没有见抖掉灰尘什么的，如同《皇帝的新衣》里的表演一般。她要把桌面上所有的东西拿起来擦，并顺手收拾得更利索一些。等全部擦完，她再弯腰在地面上抖抖布子，然后看也不看，轻巧地把布子挂在桌子侧面的小钉子上，小钉子是她的发明。

她的桌子上放着闪着釉光的瓷笔筒，稿子整整齐齐放在蓝色文件盒里，她留在稿子上的字显得柔软，字的下部总有许多温柔的小弯。她个子高挑，等她穿裙子时，有一种典雅的风度。这会让我觉得我们之间的距离更大。我深深了解到，办公室同事之所以撮合我们，主要是我们年龄相符，其余两位男士一个已婚，一个刚刚毕业，而其他的女士都已经结婚或者同居，没有任何人觉得撮合我们而感到嫉恨或者受到伤害。也许因为看出我们之间的悬殊，才有这种故意的撮合：一个没有省城户口、没有任何保障的乡巴佬，看不到任何前途，长得也平庸；一个是标准的省城人，漂亮，户口和关系在国有企业。他们也许看出了其中的不可能性，才极力地撮合。但等我觉得她的眼神有鼓励的神情出现时一嗔怪委婉地一瞥、会意地飞来一眼，我就试着扩大战果。我们部门同事总是轮流请客吃中饭，等只剩下我和安仪单独吃饭时，我就在心底暗暗加紧了攻势，可正因为心里有压力，一路上竟然很难找到一句话来说。

于是我们在餐厅坐下，各自回头看看周围，似乎还像往日那样要招呼同部的同事过来。我不由自主地叹口气，安仪问：

"为什么叹气？"

"看来是有了心事。"我笑了笑，自己觉得笑得很假，很厚颜无耻，于是脸红了。

"咱们吃什么菜？"安仪机灵地跳过尴尬的暗示说，听出她喉咙里故意在控制的嗓音。

"你点吧，你点的我都挺爱吃。"

"再胡说！"她像往常一样笑着看我，我为自己油腔滑调的声气很自责，希望制造一个正式的气氛，但总是事与愿违。

于是只听见吃饭的声音，很快，她开始用餐巾纸轻轻擦嘴，我赶紧招呼服务员结账，两个人抢着付钱，我付了账，她说："下次要让我付，不然不和你吃饭了。"于是她打开包里的小镜子，涂上若有若无的口红，然后抿抿嘴，我继续吃，等我一放下筷子，她就说：

"咱们走吧！"

终于，在电梯里我找到正式的感觉，说："咱们到吸烟室的沙发上坐坐。"

安仪诧异地看了我一眼，脸淡淡红了一遍，手捂着嘴笑着说：

"办公室就咱们俩，想说啥不能说？"似乎这是一个很滑稽的提议。

于是坐在了办公室，我再也没有找到一种很正式的语气说任何话，我猜想她并没有接受我，她只是在审慎地观望。

就在几个月之后的一天，宋姐说："你们都别走，姐今天心情不好，陪姐坐一会再走！"

当时办公室只剩下来看宋姐的李小梅，还有安仪和我，一共四个人。其余的同事都提前回家了。

"咋？"李小梅说。

"心烦。"宋姐说。

"心烦个狗屎，你还会心烦？"

宋姐笑着，眼里突然湿润起来："老公吃里爬外能不心烦？"

"没那么严重吧？"

"我又不是傻瓜，今晚他又不回家了。"

于是我们都劝说她不要胡思乱想，也许是真的有事。

"我倒希望他出车祸了，这样我还好受些。可我这没出息的，又真的不希望他出任何事，反正我能看出来，他外面有人了。"

"哪有那样的事？"安仪说。

"你小姑娘家懂个屁！男人没一个好东西。"然后又笑哈哈看我一眼，眨眼道："不过小李不是。"

"哪儿跟哪儿呀！"安仪说。

"安仪也不能走，陪姐坐一会。"看到安仪在收拾东西，宋姐说。

"有俩人陪着你呢。"

宋姐给我使个眼色，要我拦住安仪。在所有同事里，她最起劲地撮合我们，而且是最希望我们能成为一对的人。一次，她拿着几张游泳券要安仪陪她和孩子去游泳，安仪答应了，临走，她向我使眼色，说："你也去吧，还多一张票。"

安仪并没有反对。等宋姐同孩子在浅水区玩水时，我和安仪站在深水区，我第一次几乎裸体地面对一个姑娘。我看着她游了片刻，她笑着说："你傻站着看什么？游泳呀！"

"我不会。"

看着安仪只露出头轻巧地游过来，我浑身起了鸡皮疙瘩。

"来，我教你。"她站到我面前，异常温柔和平静，像教练一样说：

"先学会在水面放平身子。"她用细长的手掌老练地做了个手势。

等我自以为放平了身体时，身体很快往下沉，我感觉到一只手轻轻扶在肚皮上。

"放松！腿，腿要伸直。"

每一次，我都自以为已经完全放松，但总无法将腿和身体保持在一个平面上。

"你看看我。"

她向前轻轻一纵身，身体平展地伏在水面上。她身材匀称，肤色很白，深蓝色泳衣紧紧包裹出一个曲线，这身体不沉也不移动，像飘落在水面的树叶一样。

"看到了没？要展，只要完全放松，就不会沉。"

一下午时间，我都无法在她面前完全放松，身体总是在想象中平展了，而事实上总像虾米一样紧绷着有个顽固的弯度，不停地下沉让我丧失了信心。

"这样吧，"她说："我扶住你，你试着找感觉。"

我再次匍匐在水面上，暗自努力保持平衡，她伸出整个胳膊，在水下几乎将我的腰揽在怀里。

"别撅屁股！"

"嘻嘻！"她笑着说："你怎么老爱撅屁股呀！"

等我意识到自己笨拙的姿势无法胜任这种不需要任何力的消遣时，我沮丧地说：

"算了，农民总是撅起屁股干活，我改不掉了。"

"什么？"安仪将手放在嘴唇上问。

"没什么，还是看美女游泳吧。"我尴尬地说。

"去吧，宋姐从来没有求过人。"那天我劝安仪说："太晚了我送你。"

安仪微笑着独自思索，我看出她犹豫开了，就说："我嘴笨，不知道说点啥，梅姐只会骂宋姐，还是你说的话宋姐爱听。"

安仪笑了，说：

"别耍嘴皮子。"

于是看见她拿起话筒，说："我怎么向家人说。"

"加班呗，还不由你说。"李小梅说。

"别教坏这小孩子了。"宋姐看我一眼说。

于是安仪打了电话。

我们分析了宋姐老公不回家的种种原因，结果都不能自圆其说，宋姐情绪越来越不好，最后说：

"不说他了，今晚咱也潇洒一回。"

"怎么潇洒?"李小梅有点讶异地笑着说。

"去西部酒城! 我这里还有几张演艺票呢。"宋姐常跑休闲娱乐场所的采访，所以总有各种各样的赠票。

"不会吧!"安仪难以置信地笑着，捂嘴看看我。我第一次听到如此大胆的计划，也觉得是虚张声势。

"去，怕它甚?!"宋姐说，"咱们也散散心。"

我们都没有去过西部酒城，在我们眼里那是一个异常奢华和堕落的地方，就像夜总会一样。但宋姐的意志似乎很坚决。于是我们才觉得这是真的要去。

"西部酒城在哪里?"安仪茫然地说。

"我知道。"我莫名其妙地变得很兴奋。

没人知道我是如此熟悉西部酒城，包括它的来历、它前面西部牛仔骑马的姿势和那顶卷檐帽子。

老板娘第一次发出咯咯的笑声，我迅速从过去切换到现在，发现电视屏幕里的节目已经换成荒诞群戏，唐僧正拨一个纸糊的巨大手机，呼叫孙悟空，要孙悟空拿钱来，因为没有钱，女儿国国王把唐僧赶出了门。

"孙悟空，快给我拿来二百美元。"

唐僧说完自言自语嘀咕道："记得以前打炮不要钱的。"

"师傅，口袋里除了一块去年的干粮，什么都没有！"装扮成孙悟空的年轻人坐在舞台边缘，假装看了看袋子说。同时，他面向舞台张望，似乎在看师傅到底在哪里。

"什么？快给师傅化缘去，师傅马上就要取上真经啦！"唐僧探头探脑望向女儿国的美女。

"师傅，你一定要把真经传给我。"

"什么？你也要……这真经需要钱啊。你懂不懂，废话少说，二百美元来见。"

……

老板一边给我理发，嘴角一边隐隐露出笑意，偶尔赞赏地看一眼屏幕，似乎在用动作说明，这正是他自称"能把人笑死"的节目。这让我很失望。

老板总是一遍一遍地剪短我的头发，我记得原先棒小伙理发店的老板总是只剪一遍，一边剪一边看，就像在打磨一件工艺品，最后，再在头上这里那里蜻蜓点水似的飞舞几刀完事。而名人理发馆的理发师剪得飞快，剪刀离开头发之后，还要示威似的在头顶咔嚓咔嚓空剪两刀，让人听到剪刀令人畏惧的磨牙声。那里的师傅运剪从来不加思考，从把布子系到脖子上开始，不到十分钟便结束了。我突然想到：从第一次到棒小伙理发到现在，已经过去十年了。

这十年里，发生了太多的事情。宋姐离婚了，两年之后又改嫁了。而李小梅在去西部酒城之后不到两年车祸身亡，安仪也嫁了人，宋姐为我介绍了同乡女子吴惠，不久之后，我和吴惠结了婚。

"如果你不离开文化部，李小梅也不会死。还不是你走了她才调来的吗？咱们都是图省事，在省城跑跑就算了，哪次离开过省城。她闲不住，总给自己找事，非要去什么灵云山采访……"有一次宋姐说。

他们应该都知道我为什么突然离开了文化部，那天，我终于鼓起勇气向安仪表白了心思，但安仪说，她父母就在当天中午安排了一个约会，她已经答应和这个公务员谈恋爱了。我在极度震惊和羞愧中坐在办公室，思维像被漂白一样，曾经的梦幻和激动完全成了一种戏弄，此后文化部的人再也没有同安仪吃过中饭，因为总是一个戴眼镜的黑瘦年轻人来门口接她出去吃饭。听了一些天死亡金属《山河水》《You all in the air》之后，我选择了离开文化部。

"怎么样？"我在过道见到宋姐问。

"我快崩溃了。"那是在宋姐离婚前夕，宋姐笑着说："我正在把受苦当饭吃呢。"

很快遇到李小梅的事故，宋姐反而坚毅起来，她前前后后组织了丧礼，包括单位职工的捐款，当时的倡议书就是通过宋姐建的邮件发给了我。

李小梅出事那两天，各种关于车祸细节的议论像风一样刮来刮去，那些不认识她的同楼其他单位人员也来打听到底谁是李小梅，长得什么样子。"平时肯定见过的，哦——就是那个大眼睛、有些日子老带个男孩的吧。"他们探讨车祸到底坐在什么位置最安全，最后总是认为除了司机的座位，哪个都不安全："遇到危险，司机的本能会让司机脱险的。"一些女同事在感叹："活着真没有任何意义，说死就死了，没有任何道理。"然后集体陷入沉默片刻。有人低了声悄悄说："认尸的人吓得好久不敢进去看，听说头部都被撞裂了。"各种各样的议论和传言让我觉得死亡就是一个羞辱。死亡不是结束，几乎才是羞辱的开始。这让我心悸。

火葬场在郊外的山上，我们二三十人的队伍稀稀拉拉穿过一块荒草地。我平生第一次来这里，有些惊奇地看着立在眼前、几乎耸入云端的四角方鼎。从远处焚烧炉里冒出淡淡的青烟，轻盈地飞升到了天空，看上去就像方鼎里有香火在冒烟一般。站在这里，就能听见远处低低的打击乐器发出的哀乐，和集体的号哭声。我们向前走，一些散乱的穿白衣白裤的送葬人员神情木然地往回走，或者站在、坐在空旷的院子边缘，抱着黑白遗像的小孩或者双眼红肿的年轻人夹杂在其中。李小梅的孩子尚不知道母亲已经去世，被亲戚小心看管在老家。抱遗像的是李小梅的姐姐，她一踏上火葬场前的草地，就大声哭起来，最后甚至哆嗦着无法走路，被两个同事架着往前走。我们都穿着黑色或者暗色的服装，如果不注意辨识，很难找到某个人。无意中，我感觉到站在我前面就是安仪，我熟悉她走路那种文雅、有些中规中矩的步态，一个同事凑近安仪问：

"听说你怀孕了不是，怎么还来？"这个同事是文化部的小叶。

"来送送梅姐吧。"

"别太难过，会伤着孩子。"

……

宋姐走在最前头，苍白的小脸上一双红肿流泪的大眼，她带着哭腔招呼李小梅的父母，不时对李小梅的姐姐说：

"姐——，姐——"

几个例行公事的乐队奏响哀乐，在无限扩展的伤感穿过皮肤牢牢控制我之后，我突然发现，自己仍不能相信李小梅已经不在人世这个事实，甚至无法理解离开人世意味着什么，如果她再也无法出现在生活中，那她会在哪里？她也许总会在某个地方，不然她过分逼真的音容笑貌意味着什么？过去每一天每一刻的思虑、行动、语言，以及一个活生生、无限丰富的身体姿态去了哪里？无法想象它们只是被冷漠地丢弃到了时间当中。在火炉前最后送别遗体时，李小梅的姐姐哭得躺倒在地上，谁也无法把她扶起来。火炉里的火映红了方形的炉子口，难以想象肉体马上就要变成一小罐灰出来。我紧盯着炉子口，似乎以此可以抵抗心中的恐惧。棺材伴随着李小梅姐姐的一声尖叫，嗵一声送进去之后，炉门关上了，很快从炉门里冒出浓烟，这浓烟让我惊讶地瞪大了双眼。

一个阴阳怪调的中年男人主持了拜祭，然后是烧纸，宋姐跪在一个供烧纸的口子边，大声哭着，往里面扔纸钱：

"小梅，这是你的钱和衣服，你好好在那里，你别省，有我给你烧纸呢……"

我举着一个只剩一条腿的大花圈，花圈太大太沉，细长的腿马上就要被风吹折，我赶紧将它放下，拉着走，放到已经很大的火堆里。

最后，我们来到一片墓碑的墓园里，一些同事开始活跃起来，偶尔会像往日一样开个玩笑，并且议论墓园三六九等的区别。而我们正在去的地方，是其中最普通和最便宜的。所有的墓碑都是半米多高，下面一个很小的长方形石头穴，可以用石板严严盖住。所有的墓碑上，或者双排竖写着两个人名，或者写了一个，空着一个。等我看到一个写在正中央、大大几个字的"李小梅之墓"时，才想到她已经离异，在另一个世界里，她只有一个人。

一边从镜子里观看似乎已经白热化的电视里的演出，一边揪心地想起许多往事，这些往事果真像"R·E·M"乐队所唱的那样"You all in the air"了。等我意识到马上有眼圈湿润的危险后，立刻试着使自己高兴起来，我开始仔细看电视里的演出。

电视里再次出现狂热的观众用瓶子击打桌子、大声呼叫的特写，这很容易让我想起那天去西部酒城的往事，不过，迟疑了片刻之后，我才决定仔细回忆那晚发生的事情。

在老板一遍一遍理短头发时，我一遍一遍修复和补充那晚发生的细节，并为最后完全形成一个近乎完整的经过而欣喜和伤感。

那应该是春天，因为我记得她们穿得都不多，李小梅已经换下常穿在身上的灰呢子外套，只穿了件单薄的短夹克，衬衣的白色大翻领映着她的脸。安仪穿着紫色裙子，露出肉色的薄丝袜，在单位楼下的夜色里，借着明亮的月光，我仔细从侧面看安仪的小脸，她的头发被束在脑后，一缕刘海格外温柔地弯在额边。

"看什么看？"安仪回头笑着说。

"不会吧？才偷看一眼就被发现了。"

"看得都呆了吧！"宋姐听见后转身取笑我："以后娶回家仔细看去，晚上点上蜡烛看。"

李小梅咧嘴笑着，用利索的眼神上下扫了我的脸几遍，似乎想说话，但没吭气。

我们这样说着，似乎都忘了为什么去西部酒城，都有一些格外的振奋，我们都没有去过西部酒城。想象中，西部酒城那种未知的、放纵的情调，似乎正在心中激起一种潜在的邪恶的快感。但每次只要一把目光停留在安仪端庄的脸上，这种感觉就会被那种格外的端庄和温柔所消解。

我一直无法评估我在安仪心中的分量，此刻，月色把更为妩媚的东西投射到她的脸上，加上她走路的那种端庄和摇曳，使我几乎羞愧于评估这种分量。

我们坐出租，很快在西部酒城跟前下车，西部酒城在夜色中显得灿烂辉煌，月光下，木头表面全部是那种浅白色，闪着釉光，像人的皮肤一样。沉闷的节奏声和音箱的嗡嗡声从酒城深处传出，淡蓝和玫瑰色的光束从仿百叶窗里照出来，不停变幻着色彩。让人觉得西部酒城是一个庞大的有生命的躯体。由于自身没有光，骑马的西部牛仔有些阴沉地站在半空中，在夜晚显得更高大，更有西部风情。正好有玫瑰色的光照在那顶帽子上，显出格外神秘和滑稽的感觉。

一想到不是路过，而是要走进西部酒城，我就激动万分。远处，教堂的尖顶在淡淡的月光里，如同沐浴在丝缕般的梦中。两排路灯照出淡黄色的一块块路面，香烟店、百货店、药房等大大小小各种商铺都还没有关门，或者即将关门，偶尔听到某个店铺拉闸门的哗啦声。开着的店门向路上投射出白色和黄色的光，照出空中被车辆激荡起的粉尘。不断来往的车辆的声音和鸣笛声，向人们宣示一天最后的繁华。

西部酒城前面有一个较大的小广场，以前我买书经过时，常常站在那里听街边的卡拉OK。而现在上面空无一物，全部铺了方块地砖，只有一个小报摊摆在靠街的东北角，用一根竹竿挂一盏脏电灯。我们走在这地砖上，三个女士同时发出咯咯的鞋后跟的敲击声，这格外响亮的敲击声引起了宋姐的注意，她回过头抿嘴一笑：

"你还穿高跟鞋了？"

李小梅说："为啥我就不能穿高跟鞋？"

"从来没见你穿过呀。"

李小梅哈哈笑着说："这你就不知道了。"

顿了顿，宋姐说："我知道了，怪不得呢，说，你家桌子上的香烟把是怎么回事？"

"这死女子！看我不掐死你！"

我和安仪正莫名其妙，打算问个清楚，但安仪突然猜到什么，红了脸没问。

我一直担心他们不承认赠票或者赠票已经过期，但我们很顺利走进了酒城的演艺大厅。螺旋状三大层座位围绕着前端的演艺台，座位几乎都是满的，充满啤酒味和汗臭的污浊空气升腾着热气，一个主持人正汗流满面地逗笑，声音通过话筒的扩音嗡嗡地充满了整个空间。他一边说着笑话，一边大声索要掌声和击打声。"来，击打声！呐喊声！……"这时，光线突然暗了下来，我们挤在一个角落里，几乎看不见任何东西。

"怎么样？够火爆的吧！"宋姐大声嘲讽道。

"够黑的。"李小梅说。

"咱们还是分开坐吧，不然找不下四个在一起的座位。"

灯又亮了，我们赶紧找座位坐下，我和安仪被宋姐推到前排的座位上。坐下后，我寻找她们的身影，发现她们远远坐在后面，并且隔着一个柱子，如果不是听到宋姐的一声孤零零的戏弄般的呐喊，并看到李小梅笑得向后仰倒时夹克袖筒里闪烁的白衬衣袖口，根本无法知道她们到底在哪里。我突然意识到宋姐的良苦用心，脸红了一阵，并再次想起游泳池里那种尴尬。

我侧过头看安仪，现在我们每个人手中都有小啤酒瓶，坐下时，安仪仔细地把屁股后面的裙子弄展，放好，没有朝我看一眼，但她知道我一直在看她，只是在坐好后，她才回头一笑。我们碰杯喝酒时，我仔细捕捉她眼睛里闪烁的笑意。

在电影里，常常见到男女主人公碰杯的镜头，那种优雅似乎是我学习的典范，有那么一瞬，我也自以为有了那种恋爱的氛围，尽管我一旦意识到这只是一种模仿，就立刻会动作僵硬起来。有一次我们各自深深喝了一口，安仪有些呛，弯下腰，眼神忙乱地活泼着，朝我非常甜美地一笑，我立刻忘乎所以，更温柔望过去，似乎希望这样努力的一望，永远将她的容貌吸附到我的眼前，喝了酒，她的脸色红润起来。

"咱们太放肆了吧？"

我没听见，安仪又说了一遍："咱们也有点太过了吧？"

然后回头寻找宋姐她们。

"你找不到的。"

"什么?"

"我说你找不到她们。"

"为啥?"安仪惊奇地说。

"你答应一件事情我就告你。"

安仪听到话外有话,眼里闪着光笑了一下,没有搭茬。

之后很长时间,她一直盯着演艺台。

不管是主持人讲话,还是有人唱歌,还是没有任何人出现的间隙,观众都有节奏地敲击着木头桌子,有时声音整齐,有时差半拍,但很快就会找到统一的节奏。桌子右上方都有一个小坑,专门供击打。安仪熟练地拿起啤酒瓶子,轻轻敲击着桌子。

我突然觉得无法应对这个晚上,不知道怎样度过这一两个小时,如果仅仅是这样坐着,对我来说似乎没有任何意义。老天为什么会突然决定宋姐的老公不回家?为什么安仪今天没有早走,而且决定来看演出?为什么正好没有四人的座位,使自己和安仪坐在了一起?为什么是在距离教堂不远的地方?刚才教堂又给人一种如此圣洁和神秘的感觉。为什么是在西部酒城,好几年里,我经常来到这附近,难道它注定要为我扮演一个角色吗?

我一直没有拿起啤酒瓶子,觉得自己拿起它敲击起来肯定很傻。我觉得自己很僵硬,不管是坐着的姿势还是放胳膊的姿势,如同在游泳池里那样,无法将自己完全放松。而安仪这个城市姑娘,似乎已经是城市的一部分,对于城市里的所有事物,她都没有任何困难和障碍。我仔细端详她,发现她虽然在敲着,可是动作真的算不上一种故意的行为,似乎是天然的,同整个西部酒城是连在一起的,而只有我才是一个例外。

有时,我开始想:我是不是应该开诚布公地向她表达爱意,恰好在这样特殊的天赐的单独机会里。可是，这个想法再三涌出来以后，一个反向的思考开始质问我：

你是不是真的爱她？

我竟然从来没有想过这个问题，只是每天上班前，隐隐带着一种对她的期待；每天晚上回家，常常品尝白天与安仪之间的交谈，还有她温柔的眼神。如果她正好没有在，就有些慌乱地想她去了哪里，是不是今天不会来了。

同曾经喜欢的另一个姑娘相比，她似乎缺一些精灵鬼怪的劲头。这让我有些遗憾，而且她似乎并没有多少艺术方面的知识。不过，她现在就在我身边娇美地坐着，提供了整个夜晚的温柔感觉，我无法想象，如果我同她一起生活一辈子，这样幸福地坐着（或许会抱着）。可我竟然从来没有在她身上体会过欲望的感觉，难道她同那些风骚型的女人完全不同吗？或者真正的爱情总是那种柏拉图式的精神恋爱？

突然间，这样的胡思乱想解放了我的神经，使我不再将自己和安仪的距离想象得过于遥远，可是每等我再次看到安仪的侧影，近乎完美的额头、面额和优雅的下巴，仍然会将安仪推到遥远的距离上，并不断为自己污秽的想法而深深自责。

演艺台上走上来一个光头青年，带着浓郁的东北腔，他一边做着激烈的手势，一边鼓动观众呼喊：

"嗨！嗨！"

安仪扭过头望后面看，惊喜地说：

"我好像听到宋姐叫了。"

"什么？"

安仪由于突然听到宋姐嘲弄般的尖叫，十分惊讶和开心，于是兴冲冲地几乎挨着我的脸颊说：

"我听到宋姐在喊了，嘻嘻，真疯了！"

她带来一阵淡雅的香味，类似栀子花的味道，温暖的口气轻轻触在我的脸上，我们的胳膊紧挨着，隔着衣服能感觉到里面有温度、有弹性的柔软肌肉，一种肉欲般迷醉的气氛突然这样袭击了我。瞬间，我觉得演艺台变成了芳香的花蕊，而整个演艺厅成为一朵颤巍巍的夜来香大花瓣。直到光头唱起崔健的《一无所有》，我才突然从梦中惊醒。

"你总是笑——我，一无所有——"

这歌声让我羞愧地感受到自己同安仪之间无限的距离，我不由自主地想起，某个星期天，我找个借口打了她家的电话，她的母亲警惕地问：

"你是谁？有事吗？"

"安仪的同事，小李。"

"李民吧！"声音冷冷而果断的中年妇女嗓音说："你等会。"

那时起，我就再也没有尝试打电话，害怕这个冷漠的声音。我常常想，她母亲知道我的名字，说明她提到过我，而她的母亲，似乎非常害怕自己的女儿被一个来自偏僻小村的穷小子拐走。

"你怎么了？"安仪问。

"又有了心事。"我笑了笑，自我解嘲地露出一脸坏笑。

"好好看你的吧！"安仪说。

"怎么样？"自称叫狗蛋的东北艺人向观众喊道："还要不要再来一首崔健的歌？"

于是又唱了《花房姑娘》《在雪地里撒个野》还有《飞了》。

接下来演出的是一个群体节目，名字叫《抗日游击队》，有些淫秽的搞笑剧，安仪开始不停地回头：

"回吧，我明天中午还有事呢！"

"中午？"我有些惊慌地问："中午不一起吃饭了吗？"

我不断地在心中掂量不能同安仪一起吃饭的损失，安仪几乎从来没有缺过吃中饭，难以想象没有她会是怎样的情景。

安仪看看我，这次没有笑，说："不了。"

我们从西部酒城出来，宋姐打趣说：

"我们可看不见你们啊，你们千万别害臊。"

"我们是来开导你的，你倒好，比谁都高兴。"安仪说。

"管他呢，姐现在是乐着呢。"

"一会一个人在被窝里哭去吧。"李小梅说。

宋姐做了个哭鼻子的动作，然后甩了甩手，很快又做了个拧毛巾的动作，说："看，眼泪都一脸盆了。"

"要不你去梅姐家睡吧，反正没人。"我建议说。

"你真聪明。"宋姐说："我把安仪奖给你了。"然后宋姐又说："我才不去她家呢，说不准今晚小梅还约了人呢。"

"你这嘴！看我不把你的嘴撕烂。"李小梅笑着说。

安仪家在西面，不在一路，于是我们挥手告别，由我送安仪回家。十点多，街道上已经冷清了许多，几乎所有店铺都关了门，连教堂以北的路灯也灭了，除了停靠在门口的出租车外，街上的车辆也变得很少，偶尔有人慢悠悠走过去，发出轻微的鞋子擦地的声音。

我和安仪一起在后座，安仪说：

"宋姐也真是，图了个啥？……不知道是真高兴还是假高兴。"

"她叫得那么怪异，很不正常。"我说。

想起宋姐的叫声，安仪又咯一声笑了。

为了打破沉默，把刚才的幻觉保持下去，我绞尽脑汁想说句什么话，一直没有如愿，终于，在出租车冲进一片黑暗的没有路灯的区域时，我说：

"那本《商市街》，你有没有看？"

"啊呀，对不起，拿了都半年了。基本上都看了，挺好。"

半年前，她说想借本适合她看的短小散文的书，我推荐了这本。

"书里面那个男的就是萧军，她当年的恋人。"

后来又分了，萧红凄惨地死在香港，这些后话很不吉利，我没有说。

"挺有意思，很俏皮，我赶紧看完给你拿来。"

"不用了，我送给你了。"我心血来潮地说。

"不用。"安仪说："那成什么事了，借着借着就成了自己的了。"

"没事的，明天我借给你她最好的书，《呼兰河传》。"我一边说着，一边琢磨会有好一段家里没有这本书了。那一刻，我只希望把最好的都给她，只要她也认为好。

"我这，看书有一搭没一搭的。"她说："不过，在文化部，真需要看些书了。你们——宋姐、牛之瑞、卫强、圆圆、小叶，还有你，都是读书人，就我不是。"

"明天整天都不来，还是光中午有事？"我问。我不喜欢她说读书人和非读书人的区别。

"就中午。"

"真不一起吃中饭了？"

"对。"

我心中突然万分失落，只好想着她至少明天一上午都在我身边。

出租车最后按照安仪的指示停下来，我在一侧看到亮灯的门房后面高高的几排住宅楼，"我家就在第二排。"一下车，安仪就指着说。

"我送一下就回来。"我跟司机说。

"不用你送，我这已经到家了。"

"你快点！"司机不耐烦地说。

"真的不用了。"安仪推辞道。

我执意要跟着她送，进了门房，我们并排走在小区的路上，就像一对情侣，我刻意制造这样的感觉，等走到她那个单元时，她推我，让我回去。我也害怕看到她有些冷漠的母亲突然出现在某个地方，就站在那里，没有前进，一直到她进了单元楼。这时，我突然后悔没有问她在几层，于是盯着楼上的房间，看哪个房间会亮灯。这时，三层一个房间恰好亮了灯，我连忙盯着看，指望能看到她的身影，或者她会走到阳台向她挥手。但那个粉色的窗帘里没有任何动静，也没有任何影子落在上面。

"如果她看到我，并向我挥手，"我得到上天的启示一样心中暗想："我一定在明天说我爱她，一定破釜沉舟这样干，不再有任何顾虑。"

直到听到几声尖利的出租车催我的声音，亮灯的窗户里依然没有任何动静，我沮丧地看着三层粉色的窗帘，突然，灯灭了。我顿时心灰意冷，有点万念俱灰的感觉。

这时，突然听到四楼阳台的门打开的声音，看到一个穿白色睡裙的姑娘走在黑乎乎一片花盆前，是安仪！她似乎听到出租车的声音才走了出来，她看到了我，并笑着向我挥手。

我一定，一定会在明天当面向她告白。我欣喜地想。

我没有走另一条街去铜业公司的后门，那里直接可以进入我租住的宿舍楼，而是选择了走前门。这是为了可以省钱，同时利用那条厂内大路单独散散步，消化刚才不断汹涌澎湃的感情波澜。铜业公司早已经倒闭，不再生产任何东西，早年为了防止有人偷东西，前门和后门都专门安置了一个有金属探测器的门房，几个老头轮流值班。现在是为了防止偷生产器材，门房依然有人二十四小时值班。

整个铜业公司内部是一大片罕见的黑暗区域，有时我一个人在晚上走在里面，难免都有些害怕。不过今天因为心里万分陶醉，刻意选择了这条路。进了门房，左拐便走出了门房灯光微弱的投射范围，进入一片漆黑之中。凭着感觉，再向右拐，那里有一条贯通东西的大路。虽然此刻什么都看不见，但凭借想象，也能感觉到两边宽大得过分的生产厂房。白天能看到里面错综盘踞着大得惊人的机械，机械的一条腿，有时就有巨大烟囱的根部那么粗。机械全部生着红锈，白天，有时也能看到戴帽子的工人在其中走来走去，但绝不是生产，而是在寻找，或者抬头估摸着什么。

而我的头顶，由于月亮被云遮挡，现在也是全然一片黑暗，路两边长有几十年的老槐树，高处密密的树枝已经在空中连在一起，更是把光亮遮挡得严严实实。不过，我现在喜欢这样严密的氛围，正是刚刚长出叶子的季节，空气中有甜甜的湿润的味道，路边的许多草已经长出来，黑暗中也能闻到它们的特别的味儿。

我在心中比对着各种有利的信息：安仪接受了我制作的小陶器，上面刻着"献给上帝和安仪"，那是文化部几个人在陶吧玩时，我在同事的鼓动下格外用心制作的；每次出外活动遇到下雨的时候，我总是有意无意同她合用一把伞；每次有单位的聚会，她总是坐在有我的桌子上……而不利的信息也很多：她从来没有许诺过什么；还有她的父母……

等我出了后门的门房，眼前的光亮似乎突然将我带到了现实地带，听着自己的脚步声，《一无所有》的旋律骤然在心中轰响，心中再次遇到前所未有的退缩和迟疑。

已经能看到宿舍楼，小路边有一个老年夫妇开的百货小铺，只有四五平方米大，中间还有一棵巨大的槐树伸展出来，小铺就围着槐树而建，现在那里黑着灯。接着这个铺子，是一个更小的裁缝铺，一对年轻夫妇在里面，那里几乎只能站着，但晚上有时他们就睡在柜台上。现在，灯光从遮挡木板的缝隙里挤出来，听见他们依然嘻嘻哈哈的笑声。白天，每次经过那里，我都能看到一个高个子姑娘站在柜台里，看过往路人。她长得异常漂亮，而那个瘦小的男人总是坐着。我常常想，她为什么要找这样一个丑陋、没有钱的男人？但现在，她却给我以勇气，我想，这也许是老天对我的一种暗示吧。

我租住的房间在顶层，合租的中年律师还没有睡，他的房门铁把手上系着红绳，自从他得了痔疮动手术后，红绳就系在那里了。他是一个爱唠叨的男人，戴副眼睛，每天晚上看电视到十点，就准时睡觉。等他不戴眼睛时，他就变成了另一副样子，几乎认不出他来，像一个迟疑的老太太。

这两居室我们各占一间，卫生间和厨房公用。我打开灯，心中有些异样地坐在那个脏红丝绒面的椅子上，水泥地已经变了颜色，像发着油光的旧铁制成。旧货市场买的小木桌子上摆着几本落了灰尘的书，磁带散落在录音机跟前，有一个磁带被绞带，从磁带侧面掉出深棕色的一团。台灯夹在桌子边缘，深深弯向一侧的床，床打横紧靠着窗户，抵在暖气片上，蓝白条纹的窗帘靠铁丝固定在屋顶的暖气管道上，白天黑夜都拉着，只有星期天才被打开。这些熟悉得有些惧怕的景象同心中的感觉分外不协调，于是有些沮丧地躺在床上，眼睛正好瞅见椅子上方龙飞凤舞的毛笔字："独是子夜荧荧，灯昏欲蕊；萧斋瑟瑟，案冷疑冰。集腋为裘，妄续幽冥之录；浮白载笔，仅成孤愤之书……"这幅字不禁让我产生羞愧和滑稽的感觉。

很久以来，我都忘了原先的志向，我有些羞愧地翻起放在床头的书，是一本三岛由纪夫的《金阁寺》，还有一直没来得及看完的《马丁·伊登》。

我吃惊地坐起来，盯着看对面书柜里满满的书脊，所有的书曾经都满载着我的雄心，此刻我慢慢地放下关于雄心的想法，尽量使自己充满浪漫的想象。

"她也许会支持我的事业。"我这样想。

可是许多人终生没有娶妻，他们仅仅为了艺术事业而孤注一掷，比如福楼拜、卡夫卡……

我躺下来，由于一直没有打开窗帘，床单有些湿冷，我干脆盖上被子，依然无法平息心中的波动。于是，我打开录音机，挑选了巴赫的《圣母颂》，在交错盘旋的声音中，一刹那间，我的曾经穿着褴褛衣服的父母、我的兄弟，村庄、沟壑里我家小小的土屋，我踯躅在解放路上的某个黄昏，等等所有的景象突然滑过我眼前，使我震惊。等最后出现那个放满花盆的阳台、安仪不断微笑着向我挥手的情景时，我顿时觉得这挥手凭借月光下的教堂那奇瑰的一刻，向我显现了奇迹。此刻，《圣母颂》的旋律像越来越神秘的花朵盛开在我心中，使我的心不断战栗，我的眼泪流了出来，我喃喃地说：

　　不管怎样，明天，我一定向她说我爱她……

看人家如何捕捉蟑螂

小汤听见敲门声时，正坐在嘎吱响的床上发愣。他盯着脏玻璃外面四五百米远处的火车站，黄昏的光线已经黯淡，火车站像年久的黑白照片浮现在远处，孤零零地靠着田野，更远处是田野尽头的一片树林组成的雾腾腾的天边。窗外一大片广场似的平地通往车站，没有铺水泥，这里那里长起一簇簇深色的草。

他不理会敲门声，松了松领结，把包打开，看了看他放在塑料袋里的洗漱用品，他另一个袋子里的裤头，一本《浮生六记》夹在中间。靠边还有一个沉甸甸的银白色保温杯，这是主编前些天把额外的纪念品给了他，他处于炫耀拿了它。他很少用水杯，尤其是，这保温杯晾上水，往往两个小时还烫嘴。他现在拿出它，把它放在这个小旅馆房间唯一的凳子上。它依然显出它华贵的气派，跟这个房间格格不入，他再次小心地把它装起来。这时，敲门声又响起来。

旅馆房间墙壁似乎只有一张木工板相隔，隔壁几个年轻人的喧哗声像在耳边，夹杂着"龟孙子""放屁"等等粗话，这种声音往往令他畏惧。他不知道敲门声跟这些年轻人有无关系，处于隐隐的恐慌，他用遥控打开窗下的电视机，一个小小的凸面电视，灰色油腻的机壳上还落着两堆烟灰。荧屏里先是伴着哧啦响，然后尽是雨点，然后是一阵带状的猛跳，最后慢慢平稳下来，原来是县城的满是文字的广告，播音员不停地念着不同的联系号码……

他本来可以住在县城中心地带稍好些的宾馆里，但县城唯一一趟去省城的车在凌晨四点一刻开，他急切地想离开这里，害怕会错过火车，于是选了正对着车站的这个小旅馆。一办了手续，他就有些后悔：窄得只能通过一人的楼梯；薄薄的门一推，整个房间都有些颤巍巍震动；汗水浸脏的床铺有团状的污迹；没有被罩的蓝色破被褥；有浮土的地板；邻居震天的嚎叫声；还有不知何处传来的音响，放着"抱一抱，抱一抱……"那种狂热、喜庆热闹的歌曲……

敲门声再次凶猛地响起时，他硬着头皮去开——门很松动，他害怕插销会自己跳出来——他看到一个陌生的似乎有些奇怪的和善老人。

刚才，他一到县城，还没有找旅店，传呼就响过一次。他知道也许是她打来的，他没做理会。她叔叔一放下他，就开动摩托驶走了，临走没有表情地看了他一眼。他站在县城中心的大街上，那一刻，他只想立刻返回省城，回到他租住的十平方米的小房间里，还有他打工的单位。他同事们熟悉的面孔会抚慰他，只要他们互相开开玩笑，他就会把发生的事情忘掉，他知道现在终于有一件事情结束了。

这两年里，每次他的父母催迫他找对象时，他都说他有对象，他指的就是她。他们要他赶紧就订婚，最好马上就结婚，那时往往是春节期间，他们一起在沟壑中那与世隔绝、昏暗的小土屋里，他的父亲坐在炕沿，翘着二郎腿，说："你的对象都处了两年了，再等下去事情只会黄了。"他的母亲赶紧配合说："花儿就要趁开得艳时摘，非等蔫儿了才动手，额娃憨得——"等父母得知她已经毕业回家之后，他们就催逼他赶紧去把婚事敲定。

事实上直到那时，他依然没有表明他的态度。很长时间，他和她都是在她上完晚自习之后，在她学校的后花园里坐一会儿，他算是一个刚进入社会的打工仔，一个在《生活与法》杂志社工作、每月只有六百元的聘用人员。等她试图找个正式单位留在省城时，他就开始退缩起来，他知道他无能为力，她委婉地说她也找她的姨姨想办法。很快，她说她只好回老家了，等待她的是教初中的教师生涯。

　　事实上结果更差，她因为没有县城的关系，被分到山里教初中，同时回乡教书的有十个人，只有两个人去了山里，她是在山里教书的唯一一个女大学生。

　　有几个月，她不断写来情绪低落的信件，常常会描写到山里荒凉的景色：长在教室附近一直延伸到山脊的松树等等。还提到她简陋宿舍里乱串的老鼠。他不断写信安慰她，他坐在省城郊区阴冷的租住单间里，室内只有一张床，别无他物，他只好垫上书来写。有时就垫着《浮生六记》，好长时间，他都在仔细阅读它，他喜欢里面那种诗意的婚姻生活，他向往那样的生活。

　　就在其中一天，他终于向她吐露他的爱意，等待了很久之后，她从山里回信说："我母亲不同意，你可以给她写信。"他给她母亲写了一封感人的书信，并说他要亲自登门拜访。很快，他收到一封鼓囊囊的信，她母亲用有些歪歪扭扭、小学生般的字体写道："求求你，你最好别来，来了也没用，你如果一定要来，我也只能把你当作小莲的普通朋友对待……我和他爹好不容易找了关系，小莲马上就要被调回县城了，她在这里能更好地照料我们……"

　　他下了长途汽车，很长时间没有找到她。他看到一个有些陌生的女子朝他笑，那就是她。她变了，油光光的长头发变得滞涩发黄，被剪短，并收拢成一个小小的马尾巴翘在脑后。她面色苍白，甚至连走路的姿势也变了不少。但更让他惊奇的是她竟然认真地说："你变了，跟照片完全不同了。"他不知道他到底哪里发生了变化，他听从同事的建议，平生第一次穿了借来的西装，还有闪烁紫色浮光的领带，他刮了下巴上寒毛般的胡子，理了发。一路上他都在习惯这样的打扮，觉得手背上老有耷拉下来的西服袖筒，或者总觉得领口下面空空荡荡，让他担忧。等他们过了一两个小时，走在通往她家的村庄土路上时，他们才渐渐习惯彼此。

现在，小汤突然面对旅馆这个陌生的五十岁出头的老年人，有些摸不着头脑。这个高个子、身板硬朗的老人，看上去心不在焉。老人有着短短的紧贴头皮的花白头发，肤色微黑，单眼皮的两边都耷拉了下来，跟皱纹混在一起，但正是那里不断释放出笑意。小汤堵在门口，问老人有什么事。

"先让我进去，一两句话说不清楚。"老人笑吟吟地说。老头笑的时候盯着地板，好像地板上有什么秘密似的。小汤将信将疑地松开胳膊，放老人进来了。老人转身仔细帮他插上门，说："我告你，小伙子，这里很乱，随手都得关门。"

老人瞅着他，慢悠悠走几步，坐在他身边。小汤不断揣测老人的身份，他从来没有遇到过这样的情景。

"你知道吧，这里啥事都会有，花花世界嘛，乱得很哩！"老人用一副精于世故、好像有天大的秘密要交代的表情说："你想不想半夜有人来打扰你？"

"当然不想。"小汤有些惊讶地说。他想尽快把老头打发走，然后再仔细舔自己的伤口，

"那就得求求我，我能办到没人打扰你。"

"求你？"

"很简单，开门见山地说吧，你给我二十块钱，我告给他们别打扰你就可以了。"老人的笑容现在看来像一个早已做好的面塑一样，让小汤厌恶和紧张。

"他们是谁？"小汤好奇地问。

"这你还不知道？坏人么。"

"我是记者，你看这是我的工作证。"小汤掏出有些拱背的简陋工作证。他没有心思跟这样奇怪的事情周旋，若是平常，他也许会看看到底会发生什么事，但他现在只想尽快摆脱这个老人。

"这没用。"老人把他的工作证拿在手中，翻开仔细看，然后轻蔑地把工作证扔在床上。

"你们不怕被媒体曝光吗？"

"不懂。"老人冷静地看着他，换了一副试图威胁他的表情。

小汤知道遇到了奇怪的麻烦，但是他无法感到好笑。小汤解释了什么是被媒体曝光，会有怎样的后果。老人重新拿起他的工作证，说：

"我问问我们老大，过一会给你答复。"

小汤重新上了插销，他担心老头不还他的工作证，他也不知道老头是否还会回来。他其实还不是真正的记者，他还没有国家新闻出版署注册登记的记者证。出去采访时，单位只是给他们这些聘用工开证明，因为在许多人眼里他的工作证就是废纸一张。他认识她的时候，他刚刚成为所谓的实习记者，每个月只有二百元。半年后他开始署名为本刊记者，正等他和几个同事要为得到记者证而努力时，单位的上级部门要求清理聘用工和借调人员，每天他们都担心自己被清理掉。她要去他们单位看看，他带她走过一楼的大厅，她异常羡慕和惊喜地四处打量，她要看黑板上的粉笔字，他尴尬和巧妙地把她拉走了。那上面正好写着限期整改通知，要求下属各部门尽快清退非正式职工。她坐在他办公桌前的椅子上，清清嗓子，点点头，煞有介事地拿起他的笔，圈点一个废稿，然后微笑着仰头看他，露出少有的妩媚，她的长头发一直拂在他的椅背上。她觉得这就像他的家一样，她还坐在那张浅绿色的沙发上，她也许还没有坐过沙发，但她并没有显出自己是第一次坐。他们从沙发的角度看到楼房后面的宿舍楼，那是正式工能分到的单位宿舍。他们看到一些种植着绿色植物的花盆、晾晒出来的一些内衣。或者某个穿着睡衣的人出现在阳台，说出一句话，这句话扩了音似的突兀出来，但依然无法听清，于是她伸伸舌头。

等他不再想起这些往事的时候，才发现旅社的窗外已经昏暗了，有不明方向的红色灯光从窗户里照进来，他发觉房间根本就没有窗帘。他不想打开灯，那样他感觉自己完全暴露在窗外陌生人的视野里，会没有任何安全感。不过电视荧屏发出的光足够他看清周围的东西，他不停地换台，终于了解到只有两个县台：一个省台、一个中央二台，都有雪花闪烁在人脸和景物上。还有一个影影绰绰的台，只有线条和不断变形的轮廓。他把它固定在中央二台。遥控有些失灵，需要使劲用大拇指去捏。他的手指有些发抖，当天早些时候，他还在她家的时候，他的手指就有些莫名地发抖。不过那一切已经过去了。

老人果然回来了。老人敲门时小汤甚至有些高兴起来，好像事情并没有完全失控一样，老人依旧把房门插上，并把工作证还给了他。

"我们商量了一下，小伙子。"老人说。

小汤心中窃喜地盯着老人满是皱纹的脸，为自己的工作证起到作用而兴奋。不过老人却说："你只需要拿出十块钱就可以了。这算是照顾你。"

"一分也不给！"小汤有些恼羞成怒，好像老头的话瞬间点燃了他胸中蓄积已久的愤怒，他突然而至的恼怒令老头一愣，老头低下头，两只手插在自己的短发中哧啦哧啦摩挲一阵，抬起头，说：

"我看你还是给了比较好，这是我作为过来人奉劝你。"

小汤扭头看电视，不再理会老头，他在想象中挥动拳头暴打老头可恶的笑脸。然后，他故意沉浸在电视节目中。

电视荧屏里，一个老年妇女正用塑料袋将柜子里的各种餐具包起来，紧紧地系上口。这时，画外音女声用标准的普通话说："为了防止蟑螂，马大妈只好把所有餐具都包裹起来，买来各种蟑螂药放在角落，企图把蟑螂杀死，可是蟑螂总不能除尽。原来，蟑螂的尸体尖鞘里也有虫卵，窝里的蟑螂尸体依然会产生大量的小蟑螂……接下来，马大姐可发愁了，这该怎么办呢?"电视里的马大姐愁眉苦脸，故意对着镜头甩甩胳膊，表示无奈……

小汤仔细看右下角的字，是"蟑螂'杀手'李庆南"，原来是要介绍如何捕杀蟑螂。

小汤用眼睛余光看到荧光一闪一闪映在老头脸上，老头似乎并没有催逼他的意思，于是他有意忽略老头，老头也似乎已经投入到电视的情景之中，他们就这样看着电视。通过沉默的方式向对方施压。

小汤在农村老家从来没有见过蟑螂，他第一次知道蟑螂还是那天在办公室时她告诉他的。那天，他们坐在沙发上聊天，他的办公室里除了他的黄色木桌之外，靠窗还有三个庄严、光滑的黑色办公桌呈品字型摆放，那里平日坐着三个领导：两个副主编，一个副社长。不过当天是星期六，他们一般不会来。但是他们就居住在窗对面的宿舍楼上，他们从窗玻璃上也许就可以看到办公室里的情景。他们有时也会到办公室拿个什么东西，小汤担心他们会看到自己跟一个姑娘在他们的办公室里，他们的目光或许会流露着许多潜台词：

"小汤还不知道怎样把姑娘骗到手了呢。他肯定使劲吹嘘了他的单位和自己的能力，他其实不过是个聘用工。"

而她的表情却似乎根本没有意识到这些，她让他觉得，她正在为他自豪，她甚至根本不考虑她所在的是个领导办公室，她的概念里还没有领导。而他有，那个副社长常常用谴责的神态拿起自己的空杯子，望着他，他会想起他忘了给副社长倒水，他会在副社长有些轻视的眼神下把水倒好，他也害怕由副社长首先提议把他清除。他知道副社长对他不感冒。

他无法体会到在她学校花园里的那种轻松，只好把目光停落在办公室不同的位置上，有一句没一句回答她的问题。就在那时，他看见一只小小的虫子正爬过副社长油光光的黑桌子，它爬得非常小心，两个长长的触须轻轻晃动着，似乎在偷听他们的谈话。在某个瞬间，它还会警惕地闪电般走上一截，快到他几乎捕捉不到它的踪迹。但它一停下来，他就再次看到它和它摇晃的触须。它的壳是那种油亮的深黄色，他很少注意到有这样的虫子。他看着它顺着桌面的边沿走了下来，很快他看不到了，接着它又出现在桌子侧面的黑色平面板上，直到接近地面时，它才犹豫起来，动了动触须。接着它终于走了下来，出现在方格水泥地面上，它似乎正要向竖立的几个高高的铁皮柜子进发。

"呀！蟑螂！"她也看到了，略有些惊异地说。他终于知道了那就是常常在耳边被谈论的蟑螂。"我们餐厅有时也能看到，很恶心的。"

他羞愧于这种虫子出现在自己所待的地方，不过她并没有显出惊慌的神色，倒是跟他一起冷静地看着它慢慢在柜子下面爬行，似乎它并没有下定决心：是钻入下面的缝隙，还是到柜面上去游逛。

那正是她常常谈到毕业分配的时候，不过那天她还给他提到一个追她的男生：

"他要约我去看电影，我明白他是什么意思，我没去。"

他笑了笑，没有回答，她也许要他更诚心的表态，但他不敢。当他再次寻找蟑螂的踪迹时，它已经不见了。

电视荧屏里的主人公已经换做一个扬扬得意的中年男人，他有精明的小城镇居民的那种眼神，上唇有一溜胡须，他用南方话介绍自己的小小发明。

"这是两个一模一样的塑料瓶，把它剪开，最后要这样严丝合缝地套在一起，待会儿你就知道它的妙处……蟑螂喜欢缝隙，它只要钻进来，它就出不去了。怎样诱惑它进来呢，你看这是一小块海绵，把它粘湿即可，这味道蟑螂就爱闻，再在塑料瓶的侧面钻一些小窟窿，可以把海绵的味道散发出来……"中年男人耐心地解释他的发明，电视还列出一二三四的条目介绍制作步骤。

他听见老头清了清嗓子，似乎要说话，但没有说。小汤觉得他们互相成了对方的难题，他从来没有经历过这么奇怪的遭遇，老头也从未遇过他这样麻烦和棘手的人。他们似乎都准备硬撑到底。小汤正渐渐失去耐心，他决定把老头打发走，他扭头看老头，老头依然精力集中地看着电视，似乎已经完全被节目吸引住了。

很长时间，自从他和她分别后，他再也没有这样跟一个人如此近地坐在一起，这种感觉让他五味杂陈。他和她在后花园里的最后一个夜晚，他们就是这样坐在花池边沿，他知道他也许再也见不到她了，她也许同样明白这一点。

那天，她一吃完晚饭就出来，跟他走进宿舍楼后面的后花园。她特意洗了头发，又厚又密地披在身后，她的脸色在蓬松的几乎根根分明的发丝里显得粉白，那也许还有月色的功劳。她的五官都轻巧地布局在脸面上，像一幅古代素描。她让他看过她同学的留言，他们有很多人称她为古典美人。他还注意到那个追她的男生，给她写了五页，说他不论以后到了哪里，他都不会忘了她。不过她不是那种轻浮的女生，她从来没有那种撒娇的举止，这让他总是带着敬意跟她说话。她不断地提到她的家人，她的父母，他们为了她付出了怎样的辛劳，他们只是普通的农民。她的父亲怎样卖西瓜，怎样会挑瓜，怎样是个庄稼的巧手。而他也偶尔说起自己的父亲，说他的父亲是方圆百里难得一见的木匠，办过村里第一个制袜厂，学过武术，通过自学懂得了中医。他不断接受从她那里流露出来的欣喜，他没有说出自己父亲只是居住在远离村庄的沟壑里，常年穿着褴褛的中山装，而且他们还需要到村子里挑水。那时，他一直以为她在心里明白他爱她。可是在她毕业后写的第一封信里，她写道："我不知道你是怎样想的，你从来都不说你的想法。"

他知道所谓的想法就是他是否爱她。

他们坐在那里，直到感到水泥边沿有些潮湿时，才发现时间已经不早。他需要紧紧抓住这最后的一小段时间，他不知道怎样才能抓住，等他想说点什么时，发现在这一刻很难找到合适的话题。他们都沉默了片刻，甚至他都觉得她要跟他告别了，不过她没有。他看到眼前一朵小小的野花半开着花苞，高高举在他膝盖附近，他不知道这是一朵什么花，他对花没有研究。但是他突然决定把他摘下来，他摘下似乎在月光下还闪烁着些微黄色的小花，从她的肩膀上递过去，用那种半搂的姿势。他怀着微醉的大胆和甜蜜的慌乱，将胳膊绕到她的另一面，她回头一笑，在银白的月光下似乎都能看到她红了一次脸。不过她以他想象不到的那种有些谐谑的笑嘲讽他，好像他搂抱的是另外一个姑娘，这让他觉得她一直在期待他这样的举动。他顺着她右边的胳膊下去，抓住她的手，她的手并不小，但比较软，正是这双手经常下地帮她的父母干活。她在她的散文里写到，她做过各种各样的农活，她觉得自己的父母太苦，常常发现他们的头发里添加的白发。

随后他们找到了分手别离的感觉，他第一次牵着她的手在她的校园里走动。穿过图书馆，穿过竖立着篮球筐的体育场和更大的有草坪的足球场，还有一个个他不知道用途的灰色建筑，他们到了从来没有去过的地方，甚至一些过于黑暗的地方。他们再次找到许多话，或者找到凝重的跟黑暗很合拍的感觉，他们还在柳树下面徘徊，直到最后，他们已经无法知道到了什么时候，她提出时间不早了。她从她的脸上没有找到过于伤心的表情，她甚至还甜美地一笑，好像他们有了一个天大的好消息一样。

回家的时候，他突然发现自己丢失了一个重要的举动，他甚至都没有吻过自己的女友。他知道有一首歌，它的名字就叫《吻别》，他觉得她其实一直在等他的嘴唇，他为自己如此重大的失误而懊悔。那将是他最美好的一个回忆。不过很快，他高兴起来，因为他的同事问他为什么回这么晚时（他们有时也偷偷睡在单位沙发上），他跟他们说他的女朋友要毕业了。他第一次宣布他有个女朋友，而这个女朋友两天后就要回家了，他们再次说他肯定是跟女朋友吻别去了，并开玩笑说他是采花大盗，他笑着不肯定也不否定。

第二天中午，他再次冲向她的学校，原本她已经告诉他们这就算分别了，她将跟几个老乡一起走，她们还有好多事情要做。但他冲向她的学校，心中希望自己的唯一的庄严一吻可以把所有的遗憾和感伤丢弃给时间。见面后，她一直带着诧异的表情看他。

"有什么事吗？"

"到后面去说吧。"他指的是后花园。

她跟随着他，但是她只是站在那里，并没有坐下来的打算。"我正忙着呢！你直接说事吧。"

他坐着，突然慌乱和尴尬起来，他觉得他再也没有勇气重新拉起她的手，但是他鼓起勇气，"再坐几分钟。"他说，走过去拉她的手。

她笑了，巧妙地抽出她的手，"你昨天太过分了。"她说，"你变坏了，我都不认识你了。"

中午，太阳几乎晒着整个后花园，他的汗水冒出来。

"你到底有事没事，我还着急着呢。"

"就说几句话。"他沮丧地说。

"有话就说吧，我听着呢。"她有些歉意地笑着，但她显然并不肯走过去坐在他身边。

太阳晒着他，有一刻，他觉得太阳几乎要把他晒爆了。他原先试图用最大的决心来说他爱她，无视他被清退的前景，并在脑中不断想象自己吻她的不同动作，但他发现自己像爆裂的气球皮一样瘫软地耷拉在水泥边沿上。

他想起这些场景和画面，甚至都忘了自己是在一个黑暗的小旅馆里，跟一个陌生的、试图敲诈他的老头坐在一起。现在，小汤听见老头再次清清嗓子，并动了动身子，单薄的床再次发出惊人的嘎吱声。小汤带着回忆里的慌乱紧张地回头看老头，发现老头蹙着眉头，依然在看，干涩的眼睛里有荧光在闪耀。

　　"这里有蟑螂没有？"小汤无话找话地问，好像他这样问老头，老头就会把他当作一个友好的陌生人而不再纠缠他。

　　老头不回答，似乎还沉浸在电视里。画面里那个马大妈又出现了，她正把瓶子状的捕捉蟑螂的自制器皿放在角落里。下一个画面，是墙上的时钟，时钟的时针像有人在拨似的飞快地走了两圈，这时画外音响起来："两个小时后，马大妈走过去瞧，果然发现有两三只蟑螂已经被诱捕进塑料瓶子里，马大妈将把蟑螂倒到火里烧死，只有这样才能确保干净地清理蟑螂，不然蟑螂还会繁殖起来……"

　　"我们这里没有蟑螂。"老头说："饭店或者住户才有。"老头用手掌摸摸脸，说。

　　小汤原先以为老头不准备回答他的问题，现在发现老头变得比刚才亲近了许多。

　　"蟑螂很恶心。"小汤喃喃地说，想起来这是她说的一句话。

　　老头没有说话，有些古怪和和善地看了他一眼。

　　电视再次变成广告，小汤觉得老头随时都会站起来离去。老头也许在心中盘旋和思量了很久，看看是否冒险在他这样的记者身上下手。他觉得老头已经准备退却了，但他们都没有动静，他们依然还在看广告。

　　小汤处于无聊，开始转头四处看。这时已经完全黑下来了，远处的火车站有两个大大的窗户映出昏黄的光，那也许是候车室。偶尔有摩托引擎的声音闪电一样划过窗前的广场，震动着窗户上的玻璃。他想起了那个传呼，他现在似乎乐意打开来看，他迅速从腰间摸出来，用那个发抖的手指摁上面的键，发现并不是她发来的信息。

传呼上面写着："柳县办公用品商厦欢迎您，我们竭诚为您服务，电话号码：3489322。"

此刻，他似乎觉得老头像一个沉默不语的朋友一样陪伴在身旁，给了他这个刚刚经历了挫折的人从未有过的抚慰。不然他几乎不知道该怎样度过这个夜晚。她父亲冷漠的、从不想搭理任何人的表情时时出现在他眼前，她母亲几乎饶舌的拒绝也让他难过。还有她不知所措的神态，这一切都让他伤心，让他急切地想离开这偏僻的县城。

可是，老头看来并没有饶过他，老头一边慢慢地站起身来，一边盯着他看。小汤赶紧注视着老头皱巴巴的脸，老头的脸上到处都有皱纹形成的刻痕，小汤注意到，刚才他从上面感受到的和善笑意，迅速消失在这些皱纹里，变做吓人的带有一些厌烦和粗暴的凶相。老头有条不紊地抬脚走过去一步，弯腰嗵一声关了电视，电视猛地闪出一个亮光，亮光受到惊吓似的迅速凝缩为一个小小的光点，然后完全黑下来，只有一个小红点在右下角害羞地闪烁着。这时，小汤觉得自己的头皮发紧起来，就像他第一次把胳膊放在她肩膀上的那一刻一样。他听见隔壁那些嘈杂的声音已经平静下来一些，不时换成一种诡秘的唧唧咕咕耳语般的声音，然后突然会爆发出一阵阵响亮的笑声。音响依然高亢地回旋在旅馆里，只是换了歌曲，现在是一个忧伤甜美的女声在唱《最浪漫的事》："我能想到最浪漫的事，就是和你一起慢慢变老……"他看到老头站在漆黑的房间里，有一个更黑的轮廓勾勒了老头有些佝偻的形象。他一动不动地坐着，隐隐看见老头眼睛里蟑螂后背那般的些微亮光，这亮光现在盯着他。老头用低沉的、带有威胁的声音说：

"小伙子，想好了没有？"

老头接着又说：

"我们的耐心可是有限的！"

盲人摸象

每次下楼,小汤都会看到五层楼梯拐弯处靠窗堆放的垃圾。多少年来,垃圾变化不多,但从来没有减少:油污的几块玻璃,墙角高高竖立的长条旧木工板,随意摆放起来的塑料花盆,软塌塌装着东西的塑料袋,还有简易墩布、一个破损的小桶,桶里竖着一个马桶刷……这些东西全部落满陈年的灰尘。奇怪的是,他觉得总有一天这些东西会被清理掉的,可是这些执拗的存在物始终是胜利者,它们日复一日地在他的视野里逗留片刻,见证着他一次次路过时的兴奋、愤怒、焦虑、茫然……他的视力下降以来,他才第一次觉得这些垃圾正准备逃逸出自己的视线,它们变得越来越模糊,最后会同墙壁混为一体,并将以这种方式渐渐消失在他眼前。而伴随着不确定地来临的心悸和胸闷,让他简直觉得,冥冥之中也许正有一只手准备给他致命一击,把他从万事万物的联系中连根拔起。

大约半年前,小汤意识到他越来越严重的心悸。在一次常规的夫妻口角中,他灵机一动,决定以特殊的方式结束争吵:他手捂住心脏,作势要去医院做检查。妻子吴丽春有些惊慌起来,问他要不要拨叫120急救车,他连忙摇头后,吴丽春配合他穿好外套,打发他去医院。他一边偷乐，一边被妻子那种郑重其事所感动。那天，他有生以来第一次去医院检查心脏，觉得这是一次意义重大的行为，可是等他发现心脏彩超需要预约到第二天时，他觉得医院没有把他当回事，更没有把他的心脏当回事。他既然已经做出决定，就觉得已经刻不容缓，于是立刻到体检中心。在淡雅洁净的氛围中，他坐在长椅上等待结果，他既希望没事，又希望有些什么状况，这样可以加重他的砝码，让他在可以预料的家庭争吵中得到天赐的保护。同时，他一边忍受着另一种被轻忽的态度——到这里来的都是不同单位安排的全面体检，只有他做单项检查，医生不叫他的名字，而是漠然地叫"那个做单项的"；一边鉴赏般把目光投放在穿浅淡天蓝色衣服的不同女护士脸上，自得其乐地在其中游移。他忐忑不安地拿到彩超结果单，发现上面写着"可见少量积液返流"。他以为找到了心悸的奥秘，他逮住一位过往的女护士，护士说："形象地说，就是您的心脏门关不严，有少量血会流出来。详细的情况您可以找专科医生。"他立刻有些眩晕，战战兢兢、但又有遇到大事的那种格外的兴奋。他打电话给吴丽春，"我马上就去！"吴丽春刚送完孩子，慌慌张张从幼儿园往过赶。那一刻，他觉得他的心脏已经承受不了任何过激的情绪，他无法想象血液从"门"里流出去、无法归拢的状况。他已经软弱到极点，他觉得妻子正像母亲的怀抱一样向他扑来，他需要这样的怀抱。妻子扶着他，好像他已经病入膏肓。他们一起返到医院，在集市一样熙熙攘攘的队伍中，他们经过漫长的等待之后，见到主任医生，医生说：

"这不是病，有些人生下来就返流。"

他已经受到惊吓，突然解除了惊吓的源头，他已经不习惯。在心底里，他现在迫切需要这种惊吓的氛围，他觉得这种氛围很让他自得。最后他们决定到中医科，用中药调理，但中医科专家却认为需要做全面检查，包括脑部的核磁共振，因为心悸的原因很多。这要花差不多五六千元，他一周之内几乎做了所有检查，基本上平安无事。在

B超室门外，他同那些躺在病床上、数人陪护的重病号一起排队。他是其中最年轻的患者，他还看着报纸，似乎只是闲逛到这里的游客。按照规定，他同时做三个B超检查，甚至包括动脉B超。他躺在简陋的检查床上，正在用纸擦掉涂在不同地方的黏液，女医生讽刺地说：

"公费医疗也不至于这么夸张吧！年纪轻轻哪有什么毛病？！"

"不是……"

"下一个！"医生不等他解释，就把他打发出去。他还从放射科拿到许多螺旋CT片子，那是他的胸腔、头部、脊椎等等，他看到自己骇人的骷髅头。出现在眼睛位置的是虚空的黑洞，他的嘴巴处，裸露到槽牙尽头的两排牙齿吓人地咧开直到咽喉部，巨大的下骸骨悬空出来；还有他咽喉下面一串大小变化的珠子似的骨头，他一根一根匀称的肋骨，这些让他联想起古墓中的尸体遗骸。他第一次觉察到自己的物理属性。

只是在做最无关紧要的肌电图时，医生让他做了两遍，他们把带电线的针扎到他头部的不同位置，有时他能听见戳破头皮的声音，他有些无厘头地盯着电脑里的图案，觉得这是一个奇怪的小儿游戏。电脑里是一个圆球状的黑白相间的图案，图案动起来后，形成绚丽的迷宫，甚至连黑白的色块此刻都变成了亮丽的颜色。他不知道它运动的逻辑和秘密，但好长时间，这幅宇宙一样无穷无尽的图不断在他脑子里出现。第一次，医生在他身边有了一种迟疑的神色。一个医生问：

"你的手有感到无力的时候吗？"

"有！"他常常会觉得手没有力气，甚至无法拧开瓶盖。他认为这是肩胛骨受凉引起的，这也是他常常去小区盲人按摩屋的原因。

几个医生互相看了看，那个医生继续问："视力怎样？"

"不好。"

"有明显下降吗？"

"不注意，好像有下降。"

在小汤有些紧张地发问中，医生回答说：

"您患的是少见的视神经脊髓炎，会导致肌无力和失明，以前可是绝症，现在应该能治。你找医生吧！"

他急忙跑到中医科专家那里，中医科专家同神经科专家会诊后说："需要再做胸椎、腰椎等五个核磁共振才能确诊。只有确诊之后才能药物治疗。因为需要用免疫系统的药物，副作用大，要格外谨慎。"

他和妻子决定放弃，他觉得他再做五个核磁共振，他的心脏也无法挺过去。在做头部核磁时，他躺在巨大机械的孔洞里，在看不见的磁波中，他闭住眼睛，总是联想到他待在宇宙飞船里，窗外发出各种令人恐惧的噪音，他只有一个人来应对这没有源头的声音。这声音不断变换声调，这声调同骷髅头一样有一种冷冰冰的东西让他不安。

从上周起，小汤的视力就变得越来越模糊。今天是星期天，他每周唯一的休息日。他和妻子终于决定星期一，也就是明天去医院，他觉得自己从心理上已经接受了"视神经脊髓炎"这个称号，好像这个病是他命运里的一部分，他根本无法逃脱一样。他试着逃脱过，以掩耳盗铃的方式，这证明是失败的。他第一次急迫地等待次日，以至于不知道该干什么。他想象视力正常时，他捧着一本书在看的样子，于是他从书柜里拿出一本书，他隐约看得见封面上的字：《兰波作品全集》。翻开书，看到一行行黑色庄稼似的句子，只有标题颤巍巍地浮现出字的样子来。诗行和文章的小字他无法辨认，像一根根棉花秆一样，有许多到处伸展的枝丫和枝丫的影子，他看不出字的形体。他想起《醉舟》里一句话：

"我狂奔，松开缆绳的半岛

也从未领受过如此壮丽的混沌。"

这句话现在才释放出波浪般的感触，在他心中翻滚。不同的是，迎面汹涌而来的将是无边无际的黑暗。他下意识地用手指敲打裤腿，缓解某种紧张。他怀着卑微的想法，试着想象自己躺在病床上，此时已经彻底成为盲人，他只好用手触摸自己的孩子，他不好意思触摸自己的妻子，他害怕被同房间的其他人看到。电影和生活是有距离的。

他走到阳台，像往常那样扫视一遍阳台面对的不同楼群，看到有许多重影的、键盘般的模糊建筑，前后的层次已经分不清楚，一两块玻璃在远处闪光，像是大自然怀着一种恶意在晃他。他仔细比较着：同昨天相比，他的视力是否变化很大。他发现自己无法作出判断，因为视力的变化非常缓慢，缓慢到每一步都让人意识不到，就像衰老一样。

卧室里，妻子侧身坐在床边，他们三岁的女儿在床边站着，只听得见女儿剪纸的细微的咔嚓声。他们的大床靠着窗户，光线明亮，这样的情景小汤常常见到，但因为视力变得模糊，他无法看清妻子脸上的表情。床罩上的大团红色图案也混淆在一起，这样的场景他感到很温馨，但又独特，好像现实正变成梦里或者回忆起来的情景，眼前的卧室图正在变成一幅印象派画作，而不是原先清晰逼真的照片一样的真切图像。

"你看爸爸！"妻子看到他，向正在埋头剪纸的女儿说。

"爸爸，快来看看我剪的蜗牛。"女儿转身锐声说。

他走过去，激动地把女儿抱在怀里。

"放下我放下我！我还要剪纸——"女儿挣扎着，他在女儿额头上亲了一口。

他和妻子一起看着女儿剪纸，心中充满莫名的冲动，好像这一刻将会永久存在一样，他在难熬的等待中终于暂时得到平静的感觉。但是一想到也许再也无法真切看清妻女的脸庞，他未免还有些恐慌。

"你为啥不去看书？"这时妻子突然问他，语气冷静，也许她侥幸地认为，他睡了那么一觉之后，他的视力已经得到了恢复，她也许听到他在书房翻书的声音；或者她干脆一直不相信他病情的严重性，她怀疑他在夸大他的病情。可是此刻在他敏感的耳朵听来，这句话还充满奚落和攻击，这是因为他看书是他们引发常规战争的重要诱因之一。但是为了刻意保持这样的平静感觉，他只是温顺地解释说：

"看不太清，这都两三天了。"

他带着些微的怯意害怕妻子说出不近人情的话来，每次他想着讨好她，她常常因为心中的积怨说出一句什么话，引起他的怒火，破坏了他友好的尝试。她常常抱怨自己找的不是同路人，抱怨他看书，也抱怨他的书，他和她都在抢夺他的星期天上午，如果他没有抢夺成功，他常常报复性地在下午去小剧场。

妻子没有说话，他放下心来，但他不敢在这里停留很久，害怕会再次引起口角。

"我去洗个头！"小汤说。他觉得如果以目前视力下降的速度来看，也许明天就无法看见洗面池了。

可是这引起意外的反应：

"你要出去？"妻子问。

小汤有些惊讶地说："没有呀。"

"你就别骗我了，都到什么时候了，你还有心思出去。"

小汤想起，他总是在洗过头之后出门。

"你说我能去哪里？"小汤有些不愉快地质问道，他天然地不喜欢妻子这种口气和态度。尤其是现在，他因为"视神经脊髓炎"，变得有些焦躁。

"小剧场呗！我还不了解你！眼睛都快看不见了，还要看电影。"

我是决心在家里待一天的，小汤心里想，我只是想找个事情做。

可是现在突然有一个画面呈现在眼前，他看到剧场里的大屏幕，主人公一个惊恐的特写，还有那种紧张的音乐。就像是他在紧张时刻的一个命运的写真。不知道为什么，现在剧场突然吸引了他的全部注意力，他知道小剧场放的都是艺术电影，出现这样激烈的镜头是很稀少的，但他希望在成为盲人前，再看一场电影。别人的命运会给他壮胆，而且，这也是向光影世界告别，他觉得这具有无穷的意义。

于是他选择了沉默，这是向来默认的标志。妻子被激怒了：

"有本事，你出去就不要回来！……我早就觉得你在骗人，你说看不见东西，现在你又能看电影了。你就拿眼睛吓唬别人，眼睛长在你头上，谁知道你到底怎样。你老把病挂在嘴上，我看你就是为了骗我……"

小汤依然记得检查心脏那天妻子的温柔，可是几个月以来，他的心悸次数越来越少。心脏病再也没有被他提起过，毕竟他戴着动态心电图过了两天，检查结果说明没有大碍。任何检查都说明他的心脏比较健康，顶多是医生说的精神焦虑引起的"植物神经紊乱"。他的视力本来就不好，等他不断向妻子汇报视力发生的惊人改变时，开始还引起了妻子的惊慌，但后来妻子也习以为常，让他别大惊小怪：

"还没有病，就把别人和自己吓死了。"

他在妻子的唠叨和骂声中洗好头，穿好衣服，尽量轻轻地关好门，他不想用这样的声音再次刺激妻子，但这个铁门总要发出很响的声音。他站在五层楼拐角处那堆垃圾跟前，静静听家里的动静，看妻子会怎样定义他的离去。他只听到女儿的哭声，那是妻子的责备声引起的，等女儿停止了哭声，他才慢慢抬脚下楼。

小汤站在楼下的阳光里，有一种异样的感觉，他觉得自己像灯芯一样，不只是被光包围，而且那些光似乎从他身上散发了出去。他的目光无法区别射来的光和离去的光，他们形成一个光团。不过，一旦他背对着光，就立刻感到坦然多了。因为前面的景物慢慢就从光里剥离出来，重新成为有些重影的似乎多了好多阴影的花池、树木、汽车等等。

遇到有人迎面走来，他看到走近的黑影依然能猜测出是谁。一个同事跟他打过招呼，他才记起忘了请假。明天他要去医院，这已经是决定了的事情。但每次请假，都让他懊恼。

他所在的单位是一家叫《城市新闻》的小报社，他所属的时事部只有四个人，一个主任，三个编辑，一般情况，编辑每人每天要做两块版。周五周六周日他们三个编辑能各休息一天，因为这三天每天只需要出三块版，两个人就绰绰有余。每等他请假时，主任就说，一个萝卜一个坑，让他很为难，小苗又是个孕妇，不能让人家过于劳累。主任每次都说，让小汤再给另外两个编辑说一声，这样主任好安排，不然其余两个编辑会抱怨。自从上周五他因为看字费劲请了两天假以来，他已经先后给小苗和王丽云打过电话，他说自己的心悸又很厉害，他始终小心翼翼掩饰自己即将成为盲人和肌无力的前景。这样的前景他觉得会带来看不见的耻辱。

几个月前，他得到"视神经脊髓炎"的判断之后，他觉得他编辑的各类国际新闻都无法让他震惊，好像他有了一个惊天的秘密一样。一天，趁只有小苗在的时候，他终于忍不住向小苗吐露了真实情况，他觉得小苗跟他私人关系不错，有时候，她总是站在他的角度看问题，让他感动。可他发现，这是他犯的一个重大错误。因为小苗突然认真起来，除了流露出过于浓郁的同情之外，眼睛里出现了本能的恐惧神色，好像他现在是一个临终的人，随时都会暴毙在她眼前。他赶紧灭火说：只是医生的猜测，没有确诊。但她带着有些惶惑的眼神，喃喃地说了一句："呀，你可要——注意……"就离开了办公室。下午上班的时候，文化部的小林笑嘻嘻地问他："开什么玩笑，听说你得了什么绝症了？"他才知道，小苗把他得病的消息已经传播了出去。为此他花了好几天来消毒，用"没有确诊""只是猜测"等等来搪塞，好长时间，他把"视神经脊髓炎"当作一个玩笑来谈论。他坐在那里工作时，有时觉得别人似乎把他当作未来的尸体来看待。这令他无法忍受。

所以，如果他想请星期一的假，是很复杂的，他必须向三个人打电话，而王丽云是一个三十八岁的孤僻单身女性，有时因为他要请假，正向她解释，还没说完，她就挂了电话，显示出她的愤怒。而她再打过去，只听见对方已"不在服务区内"。但他依然决定给他们每人打个电话，向他们解释自己的心悸，这病他觉得体面一些。

他拿出手机，才发现遇到困难——他已经看不清屏幕上的字。他专门走到大楼的阴影里，这是为了看得清楚。但他发现自己依然无法辨认手机里的字，总有微微的浮光黑得屏幕更加模糊。他着急地走来走去，体验到梦中的情景。在梦里，他曾经试着拨一个救急的电话，可是他总是记不起号码是多少，或者手机拨键总是没有任何反应。

于是，他只好凭着手的感觉，一边按键，一边想象出现的结果。他在想象中，看到手机屏幕里的电话簿页面，再艰难地摸索着输入主任名字的拼音，查找主任的电话。打错几次之后，他终于拨通主任的电话，但此时他觉得已经耗费了大量的力气，再也不想同他们周旋，突然直截了当地说：他怀疑他得的就是以前说过的"视神经脊髓炎"，眼睛快看不见了，明天去检查。说完这句话，他几乎要自艾自怜地为自己哭起来。电话那头很久没有说话声，他"喂"了一声后，听见主任说："就是那个'肌无力'病吧？那你好好检查……你需要什么言语着……"

这将是星期一报社最大的新闻，他希望别的新闻能冲淡他造成的效果。他还准确记得自己在星期四做过的两块国际新闻版，版上的新闻题目像肌电图室里那变幻的电脑图形一样出现在眼前，以提示现在他大脑的空洞和紊乱：

《朝鲜炮击韩国岛屿》（文中有一句：朝鲜半岛看上去真像世界因为惊奇而伸出的长长的舌头）《科特迪瓦闹出"两个总统"》《俄三颗导航卫星坠入太平洋》《14岁"割喉杀手"震惊墨西哥》……还

有意大利总理色迷迷瞄着俄罗斯美丽空姐的巨大照片……

他觉得自己身后拖着长长的影子，这影子将是他在报社引发的耻辱。关于他的"瞎眼"和"肌无力"新闻，将像朝鲜的炮弹、俄罗斯的导航卫星一样在报社的办公桌上爆炸，引发一股另类的旋风。

小区的路还是比较熟悉的，他依靠自己变弱的视力能很好地走出去。在十步之内，还是一个没有多少重影的世界，只是像透过脏玻璃一样，有些模糊，似乎必须紧紧把眉头蹙起来用力看，待在模糊地域的景物才能现出真身。他发现，在他身体两侧的可见世界要多一些，形成一个狭长的地带。其余的地方完全属于影影绰绰的范围，是许多明亮和不同灰度的区域，好像那些高高低低的楼房、站在花池里的大树都遗失在自身过多的重影里，以至于各种浓度的灰色被水化开一样，印染出一个别样的世界。这似乎变成平面的幕布般的世界，因为某个地方的蠕动，会慢慢分娩出一个独立的黑影，这个黑影越来越有个性，最后往往会发出一个声音，这声音似乎没有特定的指向，直到他看到一张笑脸进入自己的模糊视野，他才能确定有人正向他打招呼。

他路过椭圆形的花园（显现在他眼前的只有一个有草地的弧），路过三号、十四号、十五号以及新建的十八号住宅楼（都只向他现身一个带有部分棱角的平面），以及楼房之间的绿化带（只有一棵光秃秃的瘦高枣树出现在他的视野）。经过熟悉的小区盲人按摩屋时，他第一次觉察到自己的荒谬：多少年来，他一直把手的僵硬和无力感归结为受湿着凉，在这里做过无数次按摩。就像他少年时把鼻窦炎引起的头疼嗜睡归罪于神经衰弱一样。

路过街口的水果摊时，他为自己依然能分清各种水果而高兴。他一出现在大街上，就体会到一种异样的受压迫的感受，他一下子无法说清这种感受，要说有的话，也许是一幅典型的怪异的大街透视图。

尽管远处已经变得混沌、没有纵深，但是因为大街中部没有被高楼覆盖的明亮部分突然创造出一种奇观，好像他走在一个瓶底。不，他突然想起来，是在红海海底，那大海被上帝分开，原先的高楼如同动荡的浑浊海水，随时会在他的头顶重新汇合成一体。尤其是，他正走在大街中央的时候，他几乎要惊呼起来。

现在，他顺着右面的人行道走，他将在前面不远处拐到一条主街上，这条主街会把他带到广场附近的小剧场。广场周围全是显赫的"国际大酒店"、中国工商银行总行、小世界电影院、商贸中心等等气派威严的建筑，在个别地方夹杂着一些书报摊等小铺子。而小剧场却相形见绌地藏身在这些建筑背后，那里原先是一大片废墟，刚刚建起几栋高层建筑，这些楼房正在陆续入住，到处看到沙子和堆放的水泥，不断有装修工人抬着木工板从楼下的入口进去，每层楼道都黑乎乎的，没有灯光，弥漫着刺鼻的油漆味。他第一次去的时候，他在这栋楼房周围汗流浃背地不断寻找，从来没有把它当作目的地，直到他的朋友成一鸣下楼把他带进去。那是一个简单装修的双层家，安了投影，他们就在那里欣赏艺术电影，还会有各种先锋艺术展览。每次他走到通向小剧场的小路，他都发现这里充满了邪恶的象征意味：几辆黑乎乎正流汤的巨大垃圾车停放在路口，发出让人魂飞魄散的恶臭。远远看到垃圾场前的简易小平房上的两个字招牌："花圈"。有时，那些巨大的花圈就摆放在外面，使周围增添出灵异和临终的氛围。许多时候，他离开报社的办公桌，离开地球上发生的各种震动性的新闻，来到这里地狱一样的小路上，然后在黑暗中欣赏了一个艺术电影，这给他以奇怪的震撼。

手机里有短信发来，他无法看清，这才想起现在大约已经上午十一点，星期天上午的电影应该已经放了一半，他决定看下午两点半的那一场。这样一来，还有三个多小时他无法打发。

他一失去目标，就觉得被抛弃一样散落在周围的噪音里，走路变成了一种机械的走动，那些路也失去了固定的意义。他试着给陈飞打电话，为了避免错误，他仔细摸索了好一阵后，觉得自己手中非常确凿地找到了陈飞的号码，但电话两次都无人接听。许多年里，他唯一真正的交谈对象是陈飞，他们曾经都是文学青年，现在都羞于这样的头衔。他们真正的身份是编辑和记者，陈飞的脑门开始半秃，眼睛下面起了眼袋，等他抽烟时，小汤常常想起陈飞曾经的风貌。现在的容貌变化，如同对过去恶作剧的仿作，时光正在残酷地打发他们进入中老年。

电话回过来的不是陈飞，他听见一个熟悉的声音，是成一鸣：

"汤哥，你找我？我正准备跟你说呢，不办了，散伙了。"他懵住了，过了片刻才意识到：显然他刚才错打给了成一鸣。

"什么散伙了？"

"小剧场呗还有啥？！"

"什么时候？"

"刚刚，今天上午就没看成。以后也不会有了。正想跟你聊聊呢。"

今天预告的电影是：上午场，伯格曼的《穿过黑暗的玻璃》；下午场：塔可夫斯基的《潜行者》。半个多月前，他们就公布在豆瓣网。他曾经无限遗憾地想，他从此就要错过在大屏幕上看《潜行者》的机会，他因病自动放弃了星期天的出行。但意外的口角让他决定去小剧场，现在又因为一个意外状况，他不得不放弃了。他几乎无法理解这样的状况意味着什么。

他们约定了一家肯德基，落桌的时候，他发现还有一位清秀的女士，成一鸣并没有介绍。小汤有好几次试图看真切这位姑娘的容貌，最后不得不放弃，他下意识觉得她的眼睫毛很长。

有女士在场，小汤总有一种特别的感觉，他猜测她是成一鸣新认识的女友，他知道他正在给她留下一个印象，可是这印象不由他控制。许多人对他的第一印象都不好，包括他的妻子，这让他常常无端地紧张起来。

在说了主办方闪电退出的经过之后，成一鸣照例炫耀般谈起贝拉·塔尔的《撒旦探戈》，这张碟还是几年前小汤淘到后送了成一鸣一套，但小汤总是因为种种原因没有看过这部电影。贝拉·塔尔是最新一些年被奉为顶级大师的导演，每当成一鸣谈起他，小汤就隐隐觉得这是他的软肋，这个经典无法在他眼前形成概念，他只好听任成一鸣大谈特谈，时时提防对方会问到他对它的观感，或邀他共同探讨其中的一些细节。

"汤哥，你肯定看过，这是我的碟友，"成一鸣给姑娘说："这家伙看的碟甚至比我还多。"

小汤每次坐在小剧场里，都觉得无法保持许多年里自己塑造的那个形象，那些年轻人对什么都表现出一种不恭，如果没有被称为"恶逼"就是很庆幸的事。他必须用另一套语言，时刻提防不被永久性称为"恶逼"或者"青蛙"等。而单位里流行的虚假客套和暗含的嘲讽，都是极文雅和无聊的，是绵里藏针。他穿行于小剧场的世界里时，总有恍如隔世的感觉。

小汤心虚地不置可否地嘟囔了一句，说："他跟塔可夫斯基是一个类别。"

这句话没有引起任何反应，也许他们都没有在听。小汤意识到自己的虚弱，他跟以往已经不同，现在他面临盲目的未来和不祥的预感，在年轻人饱含锋芒的话语里他更加惶惑。这个活跃而有些亢奋的世界他似乎从来没有真正进入过，他只是一个勉强没有被过度嘲讽的过客。有很长时间，他沉默着，用那双已经看不清事物的眼睛看着他们。

精瘦的成一鸣有一双过于灵活的大眼睛，他常常把手插在牛仔裤屁兜里，不容许别人打扰地讲出许多观点。有时候，小汤觉得成一鸣比他更有艺术的领悟力，只是他知道他们都是艺术边缘的人，他作为曾经的文学青年，无法动手写出一部小说，甚至是一个开头。而毕业于电影学校的成一鸣最害怕被催促去拍哪怕是一个短片。成一鸣曾经不断设想过，也写过剧本构想，但甚至连小汤都鄙夷那拙劣的构想。成一鸣去北京当过落魄的北漂，曾经发短信让他速寄三百元救急钱。回到省城先后做过广告策划、记者、私立大学电影老师、碟店打工仔，最后干脆成为啃老族，一个艺术混混。

他发现成一鸣的脸距离他越来越远，这是因为他视力的原因，他的视力推远了他们的距离。

"最近，我本来准备做一个行为艺术展，我有一个好创意：用湿布子把自己厚厚缠起来，戴上头盔，然后在身上布满一万响鞭炮，鞭炮炸响的景象会多壮观。我再把他录下来……"

"我讨厌行为艺术！毫无意义。"小汤顿时气愤起来，曾经有一次，在他刚刚为心悸感到不安时，成一鸣带来一个U盘，拿他制作的噪音音乐《噩兆》让他听，自称自己已经成为网上有名的噪音艺术家。那时，小汤就有过类似的气愤，他讨厌一切投机取巧的艺术，也为成一鸣诅咒般的题目而感到神秘的恐惧："你根本连乐谱都不识——"

"你不懂，噪音音乐是更自由的一种音乐形式，是音乐的新走向，它能自由表达你潜意识里的东西，你听听就知道了……"

那是一阵嗡嗡响的让人惊恐的噪音，噩梦般的声音。小汤立刻关掉了它。

很长时间，他都意识到自己的生活中充满了这种嗡嗡声，似乎是这个叫《噩兆》的噪音铺展了他的未来。

……

"这里要表达的是：生活中每个人都把自己厚厚裹起来，躲在一个面具里，尤其是他们面临一个陌生的处境时，比如你到了一个新地方，面临许多陌生人，你会处于下意识的保护意识，把自己包裹起来，而鞭炮就是来自外界的危险，现在你不得不承担这危险，并经历这危险……"

"我觉得很有意思啊！"姑娘第一次开口说话，并做出欣赏的姿态，这让小汤很诧异。

他看看姑娘，有一种说不出的愤懑，也许因为目前所发生的一切，他失去了平日的宽容和冷静，他大声而嘲讽地说：

"你不会把自己的眼睛蒙起来，做一个星期的盲人吧！这也算一个行为艺术。"

"诶，不错，这也是一个好创意！厉害！不过估计已经被人用过了。"

如果不是姑娘在场，小汤也许会说出自己的病，他看不到任何东西的未来和他的肌无力，他觉得任何说话都是多余的，他真想离开，他不想把自己最后的有光影的时光浪费在口水上。

他们一时找不到其他的话题，小汤终于意识到自己刚才的态度，丝毫没有给成一鸣留有余地，尤其是对方女友在场的情况下。但行为艺术正像"视神经脊髓炎"一样惹恼了他，尤其是那个《噩兆》又在潜意识里让他生气。就在小汤感到懊恼，正准备配合成一鸣营造一个适合他们情侣的温柔气氛时，成一鸣接到一个电话，突然急匆匆告别了。成一鸣离开的原因里面，小汤不知道自己的态度占了几分。

现在只剩下他和对面的姑娘，小汤未免尴尬和惊讶起来，他意识到自己将在某一个时间段里陪着成一鸣的女友。

"你们认识多久了？"小汤问。

"呵呵——刚认识啊！就是我在小剧场门口认识的，他说他是电影主持者，对我们说解散了，不办了。"

"我以为是他女友呢。"小汤略微轻松了一些，听见对方捂住嘴巴嘻嘻笑了一阵。

　　他知道了她学的是电影表演专业，她是第一次去小剧场。面对一个大约比他年轻十多岁的女大学生，他感到自己的老态，他无法把气氛活跃起来，时时出现冷场，他觉得任何时候她都会站起来说："我得走了。"但她一直这样有一搭没一搭地说着。

　　"其实我在豆瓣上关注这个小剧场已经一年了，只是我对象不乐意去，每次我提出来，他都反对。今天我们因为别的事情吵架了，我正好可以来看电影了，结果第一次来，就被告知解散了。实话说吧，我一直回不过神来。"

　　他盯着她模糊的喜气的脸部："为什么？"

　　"因为——我很迷信啊，我觉得期待了一年的小剧场正好在我终于能去的时候解散了，一定会发生另一件特别的事情，所以我不走，看看会发生什么。"

　　"可是，没有什么事情发生吧？"

　　"我还在等呀……一个是不能现在就回去，万一碰上男朋友，会被他奚落，要回也要等到中午或者干脆下午很晚。另一个是，我在等一件特别的事情。"

　　又一次出现冷场，他想，他和她因为一个奇怪的机遇坐在一起，不管怎样，这都是一个不可思议的结果。尤其是自己在几乎成为盲人的时刻，他深刻体会着一种无聊和虚空，之外还有一种简直有些邪恶的被吸引的氛围，在这样的氛围里他甚至觉得会有奇迹让他看清对面姑娘的脸庞，他只是凭借经验意识到她的美丽。

　　纯粹是为了找到一个有趣的话题，他由刚才那个扮演一周盲人的讽刺性提议，突然想起他认识的两个盲人：

　　"刚才拐弯处那里你是否见到一个盲人？那是我们小区的，每天就那样站在路边卖零食，常常坐公交，在省城到处转悠，他生下来就瞎了，从来没有见过任何东西，但他好像对这些楼房啦什么的都很了解，有时候谈起某个人的住处，他会说'那不是就在锅炉房旁边，第一单元右边住吗？'人们问他：你在城里不怕迷路吗？你猜他说什么？他说：不怕！有什么可怕的，我的脑子里完完整整装着一幅省城地图，什么路什么街我都清清楚楚！"

姑娘果然被他逗乐了，于是他把另一位盲人的一些事情也安到这个牛奶盲人身上：

"有一次，路上遇见这个盲人，除了盲杖什么都没有带，问，去哪里呀？盲人回答说：'我们约好了去饭店，就是在煤炭大厦背后的那个红辣饭庄。'原来是他们四个人约好了中午一起吃饭，四个都是盲人！"

姑娘笑个不停。

这另一个盲人就是给他做按摩的那个胖乎乎的师傅，赴约的都是这个师傅盲校里的同学。这只是半个月前的事情，他还是第一次遇见这个盲人师傅出现在大街上。听说盲人师傅要赴约，小汤万分好奇，也许考虑到自己可能盲目的未来，他怀着一种战战兢兢的说不来的愿望，决定悄悄去那个饭店，亲眼看这些盲人怎么吃饭。在空荡荡的大街上，他看到盲人师傅站在路边，一直把右手高高举向空中，像雕塑一样站在那里拦车。小汤坐公交车去了那个饭店后，发现这四个盲人已经坐好。他坐在附近的桌子上，看他们怎么把菜放到嘴里。刚开始，他们的筷子探索般伸出去，有时没有伸进碟子里，而是落在桌子上，但试探过一两次之后，他们已经分辨清哪个位置的盘子里是鱼香肉丝，哪个位置的盘子里是土豆牛肉……他们异常自信地伸出筷子，吃的姿态同常人几乎毫无二致，只是他们的眼睛以一种奇怪的方式眨巴着，翻着眼白。小汤怀着一种罪恶感，静悄悄地吃饭，连点菜都不敢发出声音来，他害怕盲人师傅会通过声音认出他来。

"你快看，那不就是你说的盲人吗？他嫌冷，搬到太阳地里去了。"

小汤立刻像往常那样向窗外扫视，却发现这样的扫视是没有任何作用的，他根本看不到那么远，所有远景都模糊一片。

"你往哪里看？这边！那不是！身子总是一前一后摇动，每天都是这样吗？"

"大概是。"小汤移过目光，有些沮丧地看姑娘的脸，好久不再说。

"那……咱们撤吧？"姑娘犹豫着站起来："不用留电话号码了，如果有缘，咱们会再次见到的。"

小汤觉得这是委婉地表示他不值得她留号码，他立刻回答道：

"真正的缘分只产生于第一次，不会是第二次。"

"我不觉得，我给你说吧，我的男朋友就属于这种第二次的缘分。"他们尴尬地站着，最后又坐下来，因为姑娘说："还是给你讲完吧！"

"我们不是一个年纪，不是一个系，我一直没有注意到他。一次寒假回家在火车车厢遇到，他问我餐车在哪里，顺便说了几句。然后就是返程坐火车上学，我们的座位竟然挨着，你说这不是第二次的缘分吗？"

"他之所以问你餐车在哪里，是因为他被你打动，属于无话找话。"

"那第二次呢？"

"你想过没有，他一直关注你嘛，你下车之后，他估计也一直留心你的行动，你是不是一下车就买了返程票？……是吧。然后呢，看到你去买返程票，他突然觉得真是一个好主意，也去买了。"

"那我怎么没见呢？他若排在我后面，我肯定会发现的。"

"他本来是想排到你身后的，可是当他跟过去时，你的后面已经站了几个人，于是他站到另外一排，为了好看到你的侧面，一直欣赏你。"

"那我也应该看到他的。"

"你们美女都有个特点，那就是喜欢被陌生人欣赏，但很少去打量别人，你不会发现那个男同学，因为他在第一次根本没有引起你足够的重视。"

"不会吧？你是干什么的？学心理的？"

"那是因为我经历过，几乎是一模一样，只不过我的运气差一点，她买的不是返程票，而是南下广州的票。回省城的时候，我正好和排在她身后的那个邋遢农妇挨着。我当时并没有奢望会同她相挨，只希望能在一个车厢里就好。"

"倒是有些道理。"她说着，意味深长地点点头。

"真正的第二次缘分大都是这样的：比如需要第二次缘分，我会到你们学校乱窜，总有机会遇到你。"

"哈哈。那多不自然啊。"

"现实就是如此，如果没有缘分，第二次也味同嚼蜡。我曾经再次遇到一些人，但不仅没有缘分的感觉，还十分厌恶。"

他觉得他说这些是隐隐怀着恶意的，为了把姑娘的幻影破灭掉。

"你说的盲人太有意思了，我记住了。"姑娘站起来，"谢谢你请客，本来我可以付的。"

"不客气。"他说："我说的有些绝对，你不要全信。"他开始后悔自己的冲动。

"不，你说的不是没道理。"

他们并排走在大街上，他觉得自己身边从来没有过如此修长健美的女性，尤其是在他有些模糊的视力看来。他觉得今天发生的这一切似乎都是为了给他显现一个女神一样貌美的少女，而他却像魔鬼一样非要戳破她的幻想，谁能确定那个男生一定是故意的？他不能确定。

姑娘挥手离去后，小汤慢悠悠溜达起来，他在有意无意寻找刚才提到的那个盲人。只是因为他视力的局限，他得在这附近尽量周全地走动，以免错过那个盲人。最后，他在站牌附近找到了。这是一个瘦小精干的中年人，脸上总有一种干练的神色，微笑着，总是在倾听什么的那种姿态。在小汤视力好一些的时候，他仔细观察过。他总穿那件很干净的绿色旧军装，把半纸箱零食放在脚下的路牙子下，右手用细长的棍子不断在路牙子上敲打。有时也用左胳膊夹着那根棍子，袖着手，嘴里念叨着让人听不清的话。小汤走过去，站在盲人身边，似乎为了刚才他的关于盲人的话，而有意向他表示点什么。盲人立刻转过身来，用那双不自然的白眼"打量"着他，他以为盲人会立即认出他来，因为这个盲人认识他。但盲人笑着说：

"这位师傅，买东西？"

小汤意识到自己是不能说话的，说话会暴露自己的身份，于是摸出一张零钱，碰碰盲人的胳膊，盲人立即把钱拿到手里，一边侧着脸仰望着，一边用手仔细地摸捏一遍纸币。

"一块钱！买什么？打火机？"

小汤没有吭气，盲人立刻弯腰，从零食下面旁边一个小小隔层里拿出一个打火机给了他。

盲人冲他点头微笑，好像盲人完全是一个正常人。当小汤在过往行人的注视中（在小汤模糊的视野里，是几张突然扭过来的脸面）尴尬闪开之后，盲人依然朝着他原先站着的方向致意，那里已经是一块空地，只有一个电线杆支在那里。

小汤将打火机放在口袋，用手不断揣摩着，就在那一刻，他决定不再到处闲荡，而是回家去。

他慢慢走着，觉得原先从来没有注意的噪音现在层次分明起来，简直像叠放得整整齐齐的卡片，每个卡片不仅颜色不同，而且都标明一种特有的声音。甚至某个汽车驶过时，引擎里发出的细微差别都让他觉察到。车流经过时，他像收集声音的使者一样收集这些车的引擎声，并把这些声音归置到大脑的某处。他发现自己的视力同上午相比没有变得更坏，这让他欣慰。在路过水果摊点时，他意识到自己的回家有些仓促，他似乎并没有得到什么，他原先的期待现在依然还悬置着，除了现在已经无法回忆起的漂亮姑娘之外，他的一天是个空洞。他转过头，发现已经走到盲人按摩屋跟前，他不由自主地向小屋走去，似乎这个盲人依然同那个姑娘有些说不清的联系一样。或者，多年来，盲人按摩屋就在等待这一天的到来。自从他知道所谓的"视神经脊髓炎"以来，他本来以为自己再也不到这里来了。

"你来了!"

"你怎么知道是我?"

"这不是就听出来了!"盲人师傅说，哈哈笑着，好像这是一个玩笑似的。在他多年的印象里，盲人师傅一直保持着这样的形象：胖脸，嗓音洪亮，嘴唇很厚，那双眼睛也很大，整个人给人很精明的神气。此刻在他已经弱视的眼前，盲人师傅的形象反倒略有些模糊起来。但他的语气立刻激活了他脑海中的生动形象：那张黑色的大脸膛，很厚的充满笑意的嘴唇……

"刚才许部长来了，他儿媳妇很好，声音很甜，长得也漂亮。"

"哪个许部长?"

"就是艺校那个宣传部的许部长嘛! 个子很高、很瘦那个。"

"是吗? 你咋知道人家长得漂亮?"

"哈哈，我咋知道? 我就是知道嘛。人们都这么说啊。难道不漂亮? ……你慢点!"

每次的谈话都很快乐，盲人师傅常常找到一些话来说，这些话题一个接着一个，无疑这也感染了小汤。但小汤还是遗憾地发现，由于视力下降，小屋的光线显得更暗了，他走路都觉得轻飘飘的，似乎在黑灰色的空间漂浮起来。

他一躺下来，盲人师傅就熟练地开始按摩他的头部，他知道这是无益的，许多时候，人们就是这样做着徒劳无益的事情。盲人师傅的手揉捏起来很劲道，那种格外的认真让他觉得非常滑稽，因为盲人一直认为小汤因为风湿而感到手的无力。现在他像往日一样卖力地驱逐他身上的风寒。他一边听着盲人师傅的闲聊，一边想：在盲人跟前，他不需要做出什么表情，所以很放松。可是想到可能会有越来越多的黑暗汹涌到自己的眼前，他觉得自己简直不知所措。

几乎是突然之间，他觉得周围非常安静，他看见盲人师傅站在一个耀眼的空无一人的街道上，不断地说着无人能懂的什么话。小汤觉得奇怪的是，他不知道自己在哪里，直等到从远方走来一头威武的狮子，他才突然发现自己正隔街面对着盲人师傅，盲人师傅着急地用手指指点点。他终于明白盲人师傅一直在说的是这个狮子，而这个狮子正不慌不忙，用那种在捕猎中、怕惊动猎物的眼神瞅着他，他立刻惊慌起来，好像这满街道的光亮也是一种无法驱除的威胁，使他没有藏身之处。他开始不停地奔跑，几乎在一瞬间，他面前出现了从未见过的蔚蓝的大海，是一种奇怪的靛蓝，而大街像半个高举出去的桥一样延伸到海面上，他就站在不知什么时候已经断裂的大街末尾，看着汹涌的海水，就在无路可走的时候，他突然想起那句诗：

"我狂奔，松开缆绳的半岛

也从未领受过如此壮丽的混沌。"

一阵眩晕引发的心悸中，他张开眼睛，发现自己躺在黑暗中，是那种浮荡着的海水般的、旧相片一样发黄的黑暗。很长时间，他不知道自己在哪里，黑暗让他惊慌。他急忙伸出手，用手摸见自己是在一张床上。

"你睡着了。"盲人师傅哈哈笑着走过来，"捏着捏着你就睡着了，我就没打扰你。"

"天黑了？"他尽量用往常的声调问。小汤找不到盲人师傅的脸，但他凭借声音徒劳地"望"着盲人师傅。

"没有呀，现在是黄昏吧。"

他在惊愕中坐着，盲人师傅又说了句什么，他没有听见。他不以为自己的眼睛真的会看不见东西，他认为只要张开眼睛，多少是能看到一些事物的，即使在这几天，他也只是恶作剧地想，如果他看不见的话，或者万一看不见的话，会怎么样。但从来没有想过，他会在最近的某个时刻真的面临这样的处境。

他不知道盲人师傅是怎样获得黄昏这个信息的，他没有问，因为他现在顾不上感到好奇。他在脑中想象小屋里的格局，在一瞬间不知道门在自己的左侧还是右侧。坐到床沿，他依然试着用手来摸到点什么。他最后发现自己习惯的改变：他不再指望眼睛能看到什么，而是首先寻找可以攀附之物。

"……电话，有人给你打了两次电话。"

"谢谢，我待会看看。"他有些过于大声地说，他这才想起需要到西南角的衣柜那里拿到自己的外套。他凭借记忆，想到先要路过一个圆桌，再左拐，那里常常有一个小小的棋盘桌，上面摆放着已经被摸黑的木制象棋，还有两三个垫着厚厚蓝布的凳子随意放在周围，有时会有熟人把它们搬出门外对弈。之后应该还要经过什么东西，他才能到达那个深褐色简易柜那里，现在他竟然发现平日从来没有注意这个有些暗的角落。

盲人师傅就站在他跟前，他能听见盲人师傅的呼吸。

他仔细观望，终于从一片荡漾的灰暗中隐隐看到一个重影的长方形空间，他知道那应该是门。

这时，突然响起的手机铃声吓了他一跳，倒是盲人师傅从容不迫：

"看，电话又响了！"

小汤立刻向前走去，结果碰到了桌子，桌子上的杯子一片乱响。

"小心点。"盲人师傅谨慎地说，"你哪儿不舒服吧？"

"没事。"小汤几乎要带着哭腔说。但很快，小汤的虚荣心占了上

116

风，他不想让身边的盲人师傅同情他。

小汤继续探索着前进，在可能遇到凳子的地方，他畏缩不前，发现那里是一大片空地，正等他准备大踏步往前走时，他将一个凳子踢出很远，他站住了，很快他发现有人揣摸着抓住他的胳膊，是盲人师傅。

"我给你取吧！"

他在想象中看到盲人师傅用手探他的衣服，想象那种揣捏的动作。

"给！"盲人师傅说。

他用手摸出去，没有发现衣服。他听见清脆的手机铃声，看来盲人师傅已经掏出他的手机，现在正在眼前某处递给他，他天然地顺着铃声摸去，先是抓住盲人师傅的手，才顺着手拿到手机。

他下意识接听了手机，"……"没有任何声音，"喂？"他说。

"爸——爸！"传来熟悉的女儿异常兴奋的叫声。多少次，他和妻子发生争吵后，都是女儿稚嫩的声音传递和好的信号。

"哎——"小汤答应着，害怕自己的声音颤抖起来。

"爸——爸！"又是一声叫唤，好像叫爸爸是一种快乐的游戏，她总是乐此不疲。

一想到他已经无法看到妻子和女儿，他忍不住流下眼泪，他知道盲人师傅看不到他的眼泪，他可以放任流泪。

"快给爸爸说呀！"他听见电话里传来妻子温和的催促声。

"……你快回来吧，我和妈妈都想你呢，天都快黑了——你还——还不回来？难道你还在看电影？爸爸，我还等着吃面包呢——"女儿喜欢说一些刚学会的生僻的"莫非""难道"等字眼。

这次是妻子在说："我上午给你发了短信收到了吧？让你买面包。别生气了，快回来吧，孩子还盼着吃面包呢？"

"好，马上。"他挂了电话。

盲人师傅在屋子里几乎是绕着他来回走动，好像正通过这种走动侦探着发生在他身上的变化一样。有时，他意识到盲人师傅在他跟前仔细"端详"他，因为他现在每个动作都畏畏缩缩，变得很怪异。他付账之后，再次假装像往日那样大胆地向门的方向走，这次他的胳膊上多了盲人师傅的手。

"小伙子，你咋啦？有什么问题？"

"头有些晕。"小汤说。

即使有这双手的指引，小汤依然觉得很费劲，他的脚在平日迈台阶的地方找不到台阶。"再往前走！"盲人师傅说着，几乎架着他走出了门。

站在门外，小汤转身向盲人师傅告别。他知道盲人师傅依然站在那里，眨巴着泛白的眼睛。在记忆里，盲人师傅的眼睛很大，这使得那个可怕的眼白也很大，现在，这样的盲人师傅正用奇怪的方式"打量"他，为他有些怪异的行为感到诧异。而他依然无法看清外面的任何事物，他找不到熟悉的大街和楼房，只有一片混沌的发灰的区域，在自己的眼皮下面，他才找到一丝类似亮光的事物，但那也是模糊不清的。为了看清东西，他最后发现自己正不断颤动眼皮，于是赶紧制止了这种似乎属于盲人的颤动。

他深浅不一地往前走，试图走到对面路牙子上，那里有个长石头凳子上可以坐一会，他听见两侧不断有车辆的鸣嘀声响起，于是加快了步伐，最后差点在脚下一块小石头上绊倒。终于，他小心迈上路牙子，坐上长石头凳子，为了不被路上的人看到，他背对着路和盲人按摩屋。他知道盲人师傅依然站在门口注意着他的举动，他也尽量不发出声音。

他决定天黑以后再回家，免得被更多的人看到几乎盲目的他探着脚走路。他无事可干，羞愧于这样狼狈的处境，他摸出打火机，打出火苗来，然后又灭掉，他看不见光。

他第一次觉得，回家的路竟然如此遥远，他甚至不知道自己的家在哪个方向。他陷在灰暗的世界里，他若要回家，先要仔细在脑中勾画，他唯一可以依靠的是屁股下的这个石凳，它南北方向的长，以及自己后背朝着的东方。凭借这凳子，他才能艰难地想象和推演出一个地图。而且，他想，如果他走在路上，他连一个可以试探路面的棍子都没有，转了圈也许都不会知道。

　　此刻他终于意识到，仅仅是回到近在咫尺的家，他都将面临无穷无尽的道路……

合影留念

多骨头的陆辛，现在变成了多肉的陆辛。他很男人的下巴现在不着边际地浑圆，松弛的肉已经淹住喉结，他的笑声从喉咙里发出来似乎先得翻山越岭，出来就变得肉滚滚的了。我接受不了这样的事实，我们都尴尬地笑着，陆辛说：

"真想不到，你这孙子瘦了啊。"

"才两年，你这货就朝鲸鱼的方向发展了啊。"我回应道。

我们俩嘿嘿笑了笑，但似乎都很难像在学校里那样尽情地大笑，笑里头都藏了点什么，好像有见不得人的事儿似的。

我记得有一次，我们到学校操场里溜达，陆辛用他破锣一样的嗓子唱着《莫斯科郊外的晚上》，那是他在校三年抒发感情唯一的通道。突然，他停下来，示意我看操场正对着的一角，我看到了什么？那是我一直暗恋的小陈和他的准对象小程。我们环眼四望，发现整个操场只有我们四个，这真是巧妙极了，因为她们两个并不相识，就像是天意要如此一般。我和陆辛像孔雀一样用各种自以为潇洒的方式引起她们的注意，当时以何种方式结束了这场无言的倾诉，我记得不很清楚了。

只是那之后结果却大不相同，小程被陆辛很绝情地甩了，而我在最后一年终于同小陈认识了，才约了几次会，就到了毕业的时候，什么话也没说就各奔东西了。

毕业前，陆辛雄心勃勃地写一部长篇：《生死界》。俊秀的小字密密地写在作业本背面，很像贾平凹亲自写的，又加了现代派的那种阴暗的笔法，很像那么回事，只是没有写完。毕业后手稿竟然夹在我的课本中间，在我老家的三间土房里扔得皱缩破旧之后，被他来信索要回去了。

我记得就在他让我看过《生死界》不久，他又拿来一大摞写满字的稿纸。我从来没见过如此规模的手稿，这是他另外一个朋友的，即将出书，他要我帮着一起校稿，内容全是意象沉雄、目中无人的诗和散文，只是一遇到女人，就立刻缠绵委婉的那种。这样我认识了他的朋友小欧，小欧背着吉他，是一个不会唱歌的"披头士"。几天之后，我们好不容易校完稿子，被告知书又不出了，原来小欧从南方贩来一大箱子皮靴，结果只卖出去两双，他再也拿不出出书的钱，于是一怒之下焚了稿，背着吉他去了长江，看了看长江大桥，又去了北方大草原，买了一把蒙古刀回来。那时候已经临近毕业，我们三个彼此也成了好朋友，只是毕业后小欧不知所终。在他给我写的留言中"志向"一栏，他写着这样的话："和我心爱的女人面对面坐着抽烟读书打情骂俏神游太虚和长城饭店。"在"单位"一栏他写道："阳光照不到的角落·有一个美丽的女人作为唯一的明媚·有一支笔一把刀·大杂院中小旮旯"，他就是这样一个既粗犷又细腻，既浪漫又虚无，既嬉皮又古典的人。

"去他的，没让这小子真弹弹吉他，说不定那玩意是用来吓唬人的，你见过他弹吗？"陆辛无限后悔地说。我把陆辛从车站接到我单位的办公室，他一翘腿，坐在靠近沙发、我们办公室主任的椅子上，看也不看就用小拇指把主任的烟灰缸勾到跟前，这动作如果是原先的瘦陆辛来做，那是无比潇洒，但现在他这么多肉，就大大削弱了他的潇洒程度。

"没有弹过，这孙子老是背着。"我说。

就这样，我们取笑了小欧一番，每次电话中也是如此，小欧成了我们的共同语言和问候语：

"喂，听出我了吧，那货有消息了吗？"

"这狗东西还没有现身哩，那得到北京长城饭店去找呢。"

"瞎说，他还不知道在哪个小旮旯儿里呢。"

于是电话里哈哈笑一阵。不一会他就说，等一下，我们领导过来了，一会再说啊，于是挂了电话。一个月之后，电话中突然又传出他骂骂咧咧的声音了。

我、陆辛、小欧都是在这个中国地图上几乎找不见的地级市上的师范类大专。我们都羞于说出自己的母校名称，母校像痔疮一样是个难言之隐，在这个牌子下，找一个非教师的工作比登天还难。我们的同学大部分都埋头成了中学教师，那些三年里不断喝酒打架、写文章错字连篇的笨蛋都摇身变成了语文老师，真是误人子弟。今年，陆辛经过不知道何种曲折的渠道，进了县通讯组，但身份只是借调，每月象征性给一百五十元。而我在一年前来到省城太原，流落了三四个月之后，才通过招聘考试进了生活周报社，在漫长的不知到何时结束的试用期内，我们这些所谓的编辑记者每月只能拿二百五十元钱，所以我差不多每个月都借钱。为了迎接陆辛，我在前一晚向单位的马蔺借了一百元。

陆辛坐在椅子上环眼四顾，也渐渐觉察出报社的寒酸来：

"总共就这一个编辑部吗？去他的！还不如我们县报社呢。"

我们所有的编辑记者都挤在两个房间拼起来的一个大屋子里，每张发黄的木头桌子上都是一摞摞旧稿件，一共十八个椅子塞在桌子的空隙里，陆辛指指他坐的位子问：

"你这个孙子在这儿坐？"

"是编辑部主任那个孙子在那儿。"我说。

陆辛在主任的位置上吞云吐雾了一阵，把烟屁股塞进满满的烟灰缸里，一拍桌子站起来：

"去他的！咱们去看看太原这个鸟城市。"

我用破二八自行车带着陆辛，陆辛像一头大象一样死死压在后面，他叉开两腿，鼻子在我脖子后面吹着热气。我突然想起上大学时一个情景，那是快毕业的时候，陆辛就这样带着我们班的美女小蔡在操场里转圈。我们的教室正对着操场，许多同学都有幸见到这一幕：小蔡穿着白色的裙子，叉着两腿坐在后座，每等他们朝着教室这个方向行驶时，教室里就爆发出一阵呐喊声，我们都看见小蔡的裙子像半开的荷花一样在风中舞动。那时候陆辛正是风光无限。

"小蔡现在还联系吗？"我不由自主地问。

"这孙子早嫁人了吧，她早就不是处女了，在学校就被那个男朋友做了。"

没有好去处，我们像恋人一样去了花团锦簇的公园，门票要了我们六元钱，陆辛拿鼻子哼了一声：

"你混得也是个差劲，我认识一个县报社的，这货才中专毕业，人家到许多地方都不要门票，把记者证一亮就进去了，一个月写几篇稿子，全国范围一稿多投，一个月两三千收入，真的是牛。那家伙油得像名人一样。"

公园的人刚刚多起来，草地、树林、走廊，还有绿得病态的迎泽湖，在早晨十点的太阳下四处撒着帛纸一样的光点，尤其是在一片树木那高高低低的枝头，就像有无数银光闪闪的鲤鱼在叶子中攒动一般，空气中飘荡着游动的各种花粉味道，我们顿时觉得精神飒爽。我们沿着湖泊乱走了一阵，过了一座石桥，穿过一块林地，一屁股坐在游廊边的草地上，恍惚觉得仿佛回到学校中一样。那时候我们俩经常到野外游荡，坐在麦田里闲聊，直到饿得眼睛发绿，才有气无力地走回学校。那时，我们唯一的话题是骂学校，骂狗屁老师，也骂那些高中的差生，他们复习一年居然考上我们梦寐以求的重点大学，真是苍天弄人，觉得什么都不顺眼。除了骂人，我们偶尔也谈论一些女生，奇怪的是我们除了小陈和小程，再没有谈过任何女性，比如曾经和陆辛走得很近的小蔡，还有莫名其妙把陆辛甩了的林慧，在短短三年里，陆辛的感情生活风起云涌，十分壮观。想起这些，我又试图挑起刚才的话头：

"你这货怎么知道小蔡被做了？"

陆辛半天没说话，最后说：

"是这孙子亲自告我的。"

我突然记起，毕业前最后一个晚上，大约七点钟，陆辛找到我，递给我一把锁，说：

"晚上七点半你到女生宿舍，二楼201，把门锁了。"

我摸不着头脑，陆辛又说：

"明天早上七点半你再去打开。"

"到底谁在里面？"

陆辛有点拘谨地笑笑说：

"你去就知道了。"

我头上都莫名地冒出了汗。毕业前夕秩序大乱，男女生可以随便走动，因为一些重行李都要男生往下搬。我接过锁和钥匙，它已经被陆辛捂得汗湿了。

晚上七点半，我准时到了201，我敲门，过来开门的是竟是陆辛，陆辛说：

"你锁就是了，明天，记着给开，七点半！"陆辛一副故作镇静的样子。

里面还有一个人，也许就是小蔡。

小蔡是我们班第一号的活跃人物，文体委员，最拿手的是曲段是《十里相送》，来自一个比这个城市更大的都市，父亲是当地有头有脸的人物，不知什么原因她阴差阳错来到这个破学校。她同陆辛的关系突飞猛进是在毕业那年，那是一个比较暧昧的时期，因为小蔡的男朋友已经毕业，通过小蔡父亲的关系被分配到了小蔡的城市。他在那里苦守空房，只等小蔡回去成婚，而小蔡却坐在了陆辛的自行车后面，频频兜风，表现得颇为暧昧，几乎人人嗅出他们之间的这种味道。

"你这货，坦白了吧，里面到底是谁。"

"你这个孙子——"陆辛笑而不答。

"那你可以告诉我，你们都做了么？"

陆辛嘿嘿笑。

现在，一切都过了保密期，我相信他会主动告我的，所以我不急，不一会，他换了话题，说：

"你认为林慧那个货怎样？"

他说话的声音突然有点急促，我立刻觉得他最喜欢、最放不下的还是林慧。

"不错，很有内涵。"

"去他的，我最喜欢的就是这货了。"陆辛很伤感地说。

想当初，他们最后一次交往就是陆辛闯到她们宿舍里，在众目睽睽之下打了林慧一个耳光，然后扭身就走。从此他们再没有说过一句话，林慧也变得有点阴沉起来。从局外人来看，他们并没有好到什么程度，无非是平时下课多说说话，突然就有这样的轩然大波，我们都不明就里。

在大一，我和林慧是同桌，入学典礼那天，我看见一个穿绿衣的同班女孩坐在距我几步远的地方，手里拿着一本《星星诗刊》在看。上午十一点，阳光已经发力热起来，把她翻开的部分书页照得像镜子一样刺眼。当时，我唯一注意到的女生就是她，《星星诗刊》我上初中时订过，当时半懂不懂，想不到她也看那样的书，更想不到的是她分座位时成为我的同桌。她长得端正矜持，说一口标准的普通话，总是把头发收拢到脑后，形成低沉沉的马尾刷。上课第一天的第一时刻，我们互通了名姓，第一天的白天，一个个老师轮番在讲台上做自我介绍，并趁机狠狠地吹嘘自己，这些助教、副教授们，有的跟周总理跳过舞，有的自称是作家协会会员，有的得到某个知名教授的指点，有的说正是他带出了一个颇有名气的作家。当天我们并没有质疑他们的本领，反倒有点崇拜，甚至暗暗想：幸亏来到这样一个名师会聚的地方，所以我每天认真地过滤着他们的珍珠霜，听着他们无比平庸无知的话，渐渐地我们的耳朵也辩出了他们的无能，觉得窝气、愤怒，当然这是后话。我记得第一天上晚自习时，我们每个人都上台介绍自己，我的同座林慧却在写一封信，翻过一页又一页，总共写了至少七八页。此后我才知道，她几乎隔两天就写，她沉浸在来来往往的书信里。我也给高中的一位女生写信，我和这位女生的关系比较暧昧，也许只是没有捅破而已，但情况很复杂，她的身边还有不少男生像苍蝇一样追随，而且这些苍蝇都跟她一样落选高考，正在补习，谁知道他们会不会趁机下手。我也一封接一封地写，好像同同桌比赛似的，同桌是一个很有竞争心的人，任何事情都不甘落后，我只要看一部书，她非要看两本才作罢，她常常跟我一样泡图书馆，从一开始她就看本科的大学英语，准备随时过四级。可以说，大学一年级，我们是在看书和写信中度过的。我高中的准女友在信中常常写道："我常常会向刘文他们问一些不懂的题，可是我也很在意别人的目光。"其中暗含了不少玄机。最终，她高考前两个月，我终于向她写信表白了我的心思，经过漫长而极度焦虑的两周之后，一封薄得几乎只剩信封

126

的白纸信件落在我的桌子上，这封信第一次用透明胶布封着口，这一切都预示着不祥，所以我心中波涛翻滚，差点晕倒。结果却喜出望外：内容只有短短的几个字，"SX永远永远"，SX是我们的名字首字字母。我激动万分，就像核弹即将引爆那一刻，我携带即将引爆的核弹在操场里走了整整一个中午。可是几个月之后，一个曾经是X的追随者的男同学写来信：她同高中的班长订婚了。

　　我就是怀着这样的伤痛上了二年级，就在二年级后半学期，发生了陆辛和林慧之间的事情。那时候我和林慧已经不是同桌，我也从无限愤懑和痛苦中拔出头来，渐渐注意上了隔壁班的小陈，并且已经弄得纷纷扬扬。这一切都要从一次问话开始，小裴是我在隔壁班的朋友，我向他打听两个女生的名字，其中一个就是小陈，另一个纯粹是打掩护，结果小裴立刻明白了我的意图：问我是不是喜欢上了"长头发、白衣服"那个姑娘。不管我怎样解释，他都蛮横地确认了这个事实，并把这一新闻当作笑谈发布给了他的宿舍，第二天他们班的人就都熟知了这条新闻。第三天上早操的时候，他们班的男男女女认识不认识的几乎都鬼鬼祟祟探头看我，向我行注目礼，还不时发出笑声。这天下午，我们班也传遍了这个令人尴尬的消息，我成了公众人物，只是我唯独不认识小陈，小陈更不晓得我是何方神圣。这个时候，陆辛正与小程热处，一天下午我们到操场溜达，遇见角落里的小陈和小程，我们觉得其中有无限奥妙，尽管那时小陈还不认识我。

　　那天，小陈依旧是白海军装，披着长发，背上大大的蓝色翻领衬得面色更纯真、明亮，我看着她，心中吹拂着春风。陆辛看到她们，激动地指给我看，扯着嗓子喊唱《莫斯科郊外的晚上》，可能是风向的原因，都没有引起她们的注意。我记得唱完歌，陆辛长长打了几声口哨，小陈远远看过来一眼，立刻扭过身钻进灌木丛去了，隐隐约约看到她的白衬衣。小程也听到口哨，回头看到陆辛，给了一个迷人的笑脸。小程很漂亮，几乎是我见过最漂亮的姑娘，圆脸，留着活泼可人的短发，她似乎在等着陆辛走过去，陆辛没有动，我记得似乎是她主动走过来了。不久，他们携着手窃窃私语走出操场，留下我和小陈在空荡荡的操场里，后面到底发生了什么，我脑中一片空白，就像记忆中的一个盲区。那时，我记得再次看了看四周，整个操场只剩下我和灌木丛里的小陈。不断有学生来来往往走在紧靠操场的大路上，通过蔓草覆盖的操场铁网能看到不同学生的各色衣服在间隙流动，但没有人到操场中来。空气中无疑是无名野花的味道。只是后面到底发生了什么，我真的想不起来。我只记得向灌木丛走近了一些，我在阳光下心跳不已，有一种紧张而陶醉的感觉。

此后不到一个月，陆辛甩了小程，三个月之后，就发生了"耳光事件"。

大约在陆辛甩了小程一个月之后的一天，正在上晚自习，陆辛把我从教室叫了出去，要我同他一起去找一个人，竟然是找小程。

我们先到小程的教室，从后窗户上细细看过去，我才看了几排，陆辛就说：

"这家伙不在。"

于是我们又穿过黑洞洞的餐厅，拐到同样淹没在黑暗中的女生宿舍区，他在楼的背后又是细细看了半天，说：

"你仔细看，靠楼道的那个三层宿舍是不是亮着灯？"

陆辛像个老侦探一样探着脖子，一边用手指给我看。

楼道的玻璃大都打碎了，据说女楼长一天晚上查楼时，就有几个男生从楼道的窗户上跳走的。现在还能看到失去玻璃、空洞洞的窗户，三楼紧靠楼道的窗户玻璃上映照着远处的亮光，但宿舍里是黑的。

"没亮灯。"我说。

我们走在有路灯的地方，两边都是草坪，安静得就像寺庙一样。他又鼓动我去图书馆去找。

　　"你这孙子！你们到底吹了没有？"

　　"吹是吹了，我就是想看看这货在干什么？"说着，陆辛一边把他前额的头发撩得更有风度一些。

　　我们来到图书馆楼下，正好遇到图书馆要关灯，大批学生从门里窸窸窣窣走出来，全是人头，我们站在前面的花坛边沿，晃着脑袋来回搜索，直到楼长出来，也没有见到小程的影子。倒是让我感到意外的是，我看到小陈同她一个女同伴一起从图书馆走下来，她们在图书馆上晚自习，这我从来没想到。

　　陆辛买了两瓶啤酒，我们来到操场，站在足球球门的铁框里，陆辛大声咆哮，然后又唱起他的《莫斯科郊外的晚上》，喝完酒，他无限留恋地说：

　　"我和那家伙一起在这儿待了好几个通宵，我站着，抱着她睡。"

　　小程的形象已经深入我的大脑，她是个不可多得的女孩，至少从表面看是如此。

　　陆辛从来没说过他们分手的原因，不过小程有一天确实挡在我们回宿舍的路上，非要跟他说话，这一切我们都看在眼里，这就是我们判定他甩了小程的直接证据。

　　游廊里隐隐刮过来一阵风，压倒了一些挺立的草尖，我和陆辛回忆着这些姑娘，共同在这些回忆中得到一种乐趣。现在她们都被风吹散在各地，杳无音信，游廊那边走来一对对恋人，甜蜜得要命，对我们来说，他们全是陌生人，不知道他们来自何处，又有怎样的景况。我们突然孤零零地暴露在时空的一个角落，对过去有一种无能之感，只是不断发出感慨，这样就弄得我们很伤感。我们沉默了好久，他居然首次向我吐露了他和林慧之间一些秘密。

陆辛一直在留意林慧，觉得她非常了不起，二年级第二个学期，作为班级团委书记，他要赶着出一期板报。那天，他召集的人中有我和我同桌林慧，我对此很不积极，那天晚上早早就走了，就是那天更晚的时候，他们一起做完板报，站在走道里欣赏，陆辛突然呼吸急促起来，林慧也预感到了什么，但还没有做出任何反应，就被陆辛抱在怀里，陆辛喃喃说：

　　"林慧，我喜欢你。"

　　林慧没有反抗，也没有提出疑义，这样他们就私下确定了恋爱关系。只是林慧比较矜持，不希望在公众面前表现得过于亲密。私下里，他们互相去过对方的老家。他们的未来几乎是已经板上钉钉的时候，林慧突然提出要分手，陆辛要求得到解释，林慧不给，林慧说她不适合结婚，她将选择终生独身。陆辛愤怒不已，以为林慧在欺骗他的感情，有一天，几瓶啤酒下肚，陆辛在晚上熄灯前，乘着酒劲闯进女生宿舍楼。他重重敲打林慧宿舍的门，林慧听出他的声音，不让其他女生开门，结果门被陆辛一脚踹开，他几步走到林慧跟前，轮圆胳膊打了林慧一个耳光，然后转身扬长而去，林慧当即发出撕心裂肝的嚎哭声，从此她再不跟他说一句话。他给林慧写了很长的道歉信，希望得到谅解，恢复他们之间的关系，但始终没有得到回应。

　　"你们是老同桌哩，你知道她现在在什么地方吗?"陆辛情绪激昂起来，面色发红，就像微醉了一样。

　　"不知道，她在考研，不知道考上没有。"

　　不久，陆辛又恢复了常态，他把手平放在草地上，似乎在看跟过去有没有大的变化。他的手肥大了不少，在草丛中就像一个没有毛的白色动物，我突然想起他在王欣雅的留言册上，用密密的文字组成一只手的轮廓，他交给她时说：

　　"我把我的手留在你的留言册上了。"

王欣雅露出欣喜不已的样子，我当时很有点吃醋的意思。

王欣雅是我们同班同学，就在陆辛来太原前几天，我还跟王欣雅通过电话，我问她愿不愿意到太原，她说愿意，我只是在揣摩她的心。毕业后我们一直信件往来，来到太原我同她通过许多次电话，她很苦闷，在县文化局做一个闲职，觉得非常无趣。我们就像恋爱中的人一样，也许我们私下里都知道是怎么回事，只是没有说出口而已。我们是在毕业前两三个月走近的，也许没有一个人知道，我们是很隐秘的。我没有提及王欣雅，就怀有这样的私心，但另一方面，我很想向陆辛吐露点什么，我为自己和王欣雅的关系暗自感到自豪，因为王欣雅曾经是我们班，乃至学校里的校花之一，被一个学校教师子弟猛追过。大学三年她几乎默默无闻，埋头读书，没有独特的癖好，留着披肩发，常常在打水的路上被男生瞻仰，她的名声在别的班极其旺盛，被称为"冷美人"。

"哎——"陆辛叹口气说："你这货就是胆子太小，不然早就把小陈搞掂了。"

我想起那天在操场上，我几乎不由自主地亲吻王欣雅的情景，当时大约凌晨两三点，我第一次觉得自己并不是胆小的人。但对小陈，我的确非常胆怯。

那天，无意得知小陈晚上在图书馆上自习后，我第二天就早早来到图书馆自习室，这是一个大约可以容纳几百人的大厅，中间是镶着大玻璃的方柱子，门的对面，整整一堵墙画的是红军在逶迤的山脉中跋涉的情景。为了便于观察小陈习惯坐的方位，我坐在最后一排。她和同伴很晚才来，在我前面三排的位置，一个月之久我都没有同她们恰好坐在一起。只是不知道哪天起，她们开始注意上了我，常常回头向我看来。也许她们已经知道我的野心，这种状况持续了几乎半年之久，这些天里，如果走在去教室的小路上，她也常常回头看，因为奇怪的是我也常常正好尾随在她身后，这成了她走在路上的习惯。甚至有全校举行的文艺晚会上，我也能从前排找到她的背影，而她也常常在表演的间隙向后看，我总是站在后排的餐桌上，一次次欣赏着她投来的目光。如果我们正好迎面遇见，她和同伴会迅速低头并互相窃笑。我一直苦于无法同她相识。终于有一天，我在图书馆等到机会，她们姗姗来迟，附近只有我的旁边空着两个位置，她们只好坐过来，突然之间我们都拘谨起来，整个空间都隐隐振动着我心跳的声音，眼前书上的字都像苍蝇一样飞舞开了。我问她的同伴几句什么话，她的同伴带着含义不明的笑回答了我，我还是始终没敢同小陈说话。但此后我们在路上遇见就会点头招呼，就像认识了一样。再后来我去她们宿舍，打牌聊天，她们舍友都很配合，常常最后就只剩下我和小陈，这就算做约会。我们总是无法谈到感情问题上，大都是学习、她的爷爷奶奶、我的爷爷奶奶、打牌之类。后来不知何种原因，我们互相见面都很尴尬，在路上远远看见我，她都要刻意躲开。在我们一个月的实习结束后，我们突然生疏起来。我和王欣雅走近的那天，正好是我们实习结束后没几天，那时我和小陈都刻意不去图书馆了，一天晚上我去教室的时候，突然发现小陈就坐在我的位置上，她正同我当时的同桌李艳说话。她们确实是生活中的朋友之一，她的种种生活细节就是李艳透露给我的，比如她一直不会洗衣服，在某天学会打毛衣，一周之后就成为宿舍打得最快的，曾经喜欢过同班的某个男生，等等。

　　我犹豫了好久，没有进教室，我害怕她会急急走开令我尴尬。于是我走出教室楼，游荡到操场门口的时候，遇见王欣雅从图书馆方向走来，王欣雅意外地提议一起走走，我们顺势走进操场，我惊讶于她是一个感情丰富、见解独特的人。这三年里她默默看了许多经典，这些经典中不同的思想给了她很多震撼性的感受，比如现代派中那种绝望、无助，她讲起自己临终前的奶奶，就像在说一个卡夫卡书中的故事，她喜欢女作家伍尔夫、杜拉斯。她喜欢杜拉斯的《情人》，她说她甚至可以背诵《情人》的第一章。她突然向我展示了一个几乎是无限的空间，我深深沉迷其中，觉得她就是我的一个回声。我们绕着操场转了不知道多少圆圈，教室的灯早已熄灭了，月亮也从一边走到了另一侧，我们坐在了草地上，那一刻，我第一次意识到她的美丽，月光仿佛唤醒了她脸上潜伏的光焰，她白嫩的脖子在我几寸远的地方散发着幽香，长发上撒着温柔的光波，我的生命中从来没有这样致命的氛围，就像突然被蜘蛛麻醉了的飞虫一样。我轻轻向她的脸贴过去，脸面像被点燃一样灼烧，她的脸也同样发烫，在混乱中我突然找到了她的嘴，于是像烙铁一样摁了上去。

那天晚上，我想起陆辛提到的足球场门框，于是站起来，移动到那里，抱吻着站了通宵，王欣雅喃喃讲述一部电影的故事，我在讲述中睡着了。天亮的时候，我们突然觉得彼此非常陌生，于是也适当分开了距离，到吃早餐的时候，我们已经完全恢复到平日的距离，直到毕业，我们没有再接近过，我们就这样莫名其妙地谈了一晚上的恋爱，我们彼此保守着这个秘密，直到今天。

"其实，我也胆大过一回。"我鬼使神差地说道。

陆辛很惊异地仰起脸，不相信地问：

"和哪个？小陈吗？"

"不是，去他的，这是个秘密。"

陆辛嘿嘿笑了笑，说：

"吹牛吧。那你说说详情。"

我给他讲了一些在操场的细节，没有说名字。

"说吧说吧，到底是谁？"陆辛说。

"你先说说那天同谁苟合了？"

陆辛想了想，说：

"其实，那天我没干成，真闹心！一晚上起不来，你说怪不怪？"

"怎么回事么？"我愈加好奇起来。

"她都着急得不行了，我那个东西就是起不来呀。窝囊透了。"

我心跳都加速了，他继续说：

"一晚上弄不成，亮灯不行，灭了灯也不行，去他的，就是没感觉。"

"是谁?"我屏住呼吸。

"是个秘密，嘿嘿。"陆辛一下子站起来，说："这还不够么？你这个孙子货。"

已经接近中午了，我们慢慢向公园门口走。在往事里，我觉得好像还有某种属于自尊的东西，现在突然一无所有，我们已经不再适合校园生活，但是也不适合这个社会。过去是我们想抓又没抓住的东西，现在反倒有一种被埋葬的感觉，只留下喘息的机会。陆辛也在想着什么，我能感觉到他身上的肉在抗拒这个夏天，它们从不同地方冒着汗，陆辛不断地从下巴上接走一茬茬汗滴。他的嘴唇肥厚通红，令我想起他那天吻遍的姑娘。我想象着他身子底下的那个不知名的裸体，想象着他刻骨铭心的遗憾。现在，他穿着明显是去年的旧米黄衬衫，领子软塌塌地翘着，后背打着褶皱，他的裤子是一件灰牛仔裤，也是旧的，膝盖部位高高隆起，把裤腿口向上拉，露出他的发黑的青色袜子。仅仅两年，他就从一个性感男生变成一个漫画中的人物。他依旧戴着上大学时期的宽边眼镜，眼镜沉沉地在他的鼻子两侧各压出一个红坑。他把眼镜推起，擦了擦汗，说：

"狗东西，你看到没，那个男的多丑，他怀里那个妞多漂亮，去他的!"陆辛既愤怒又涎羡地说。

我们走在小路上，地面热烘烘的，许多男女手拉手从对面走来，连眼梢都不瞧我们一眼，她们沉浸在恋爱之中，似乎走在一条虚无的路上。我和陆辛不约而同地偷盯其中美妙的尤物，好像通过眼睛掠夺一些值钱的东西一样。她们往往确实有娇美的地方：比如大腿、妩媚的脸、接近完美的胸部，等等，这些近在咫尺的女人甚至远远超过我们提及的姑娘，这让我心中难以平复。我偷偷看一眼陆辛，他像在学校里那样微微昂着头，显出一副无辜的样子，一边不留痕迹地扭动头部以看到身边的美女。我突然想起他在我的留言册上写下的一句话："在你身上我发现了我最为拙劣的影子。"

侧面，有一个几十米高、缓缓旋转的轮子，几个彩色的点在上面发出叫声，我仰着头看了几分钟，看得脖颈发木，阳光像海水一样倒灌下来，深深刺痛了眼睛，眼泪突然夺眶而出。陆辛也不得不再次摘下眼镜，用手背揉眼睛。我们又路过鬼城、冰城，各有一个中年妇女像古堡的守门人一样坐在门前。我们走走停停，每一个游乐场所，我们都逗留片刻。在"激流勇进"那里，我们看着不同的家庭、不同的情侣顺着水流俯冲下来，激起几米高的水花，他们都有持续很久的尖叫声，听上去异常痛苦似的，其实他们都是开心极了，包括几岁大的孩子、惊人地敏感的姑娘、捂着眼睛的老婆婆。他们余兴未尽地走出来，路过我和陆辛身边，带过来一丝凉意。陆辛看看挂在侧面小屋子上的标价：每人/次20元。又回过头没有表情地看我一眼，没有说话，但我已经猜出他要说的话："去他的！"他已经累了，连话都不愿意多说了。

我们在简陋的面食店吃了两碗西红柿浇面，略略精神了些，走出了公园大门。我们最重要的活动就是给他弟弟买考研的书，他弟弟也考到一个小小的大专院校，他提前为弟弟策划了蓝图，怕弟弟重捣自己的覆辙。我们转了几个书店，总共买了大约一百五十元的辅导书，陆辛愤愤不平地说：

"靠，这就花了我一个月工资。"

他的弟弟为了供他和妹妹读书，曾经辍学打工一年，又重新上学，竟然考上了大专。他曾经无限伤感地写了一篇散文，发表在省日报副刊上。就是那篇稿子为他在学校赢得才子佳誉，大大增强了他在女生心目中的地位。

我们没有了目标，他也没有要去的地方。快到大南门十字路口时，正巧遇上绿灯在闪，我紧踩几下车蹬，跟着车流向广场方向拐去，突然听到身后吱吱的口哨声异常坚硬地响起。我回过头，一个交警一边用手指着我们，一边鼓着腮帮子吹着闪亮的口哨，原来正等我们过来时，已经变成红灯了。看见我们停下来，他从口袋掏出一个小本子，走过来，怒声训斥道：

"没听见叫你停吗？嗯？跑什么跑？——罚款二十！"

许多人停下来看热闹，我发现自己很难保持一种有尊严的面部表情和站姿，极端的羞愧令我又愤怒又僵硬。陆辛把手交叠在胸前，看着交警，说：

"大哥，十块行不行？"

"对不起，不行！"交警不瘟不火地说。

我保持沉默，好像试图抵抗不可抗拒的力量。

"单子都填好了，快拿出来吧。不然就把车子扣下来。"交警一只手拉住自行车。

我慢慢掏出一百元找出的一把零钱，挑出两个十块，交警拿到钱，变得礼貌起来，口气和缓一点说：

"骑车不准带人，明白了没？"

我们没吭声，扭头就走。我推着自行车，走出观望的人群，一路上听见俩人沉闷的脚步声，都不知道该说一句怎样的话。我们一直走到广场，看到中央那个脏兮兮的白色裸体雕塑，人工喷泉边站着一些合影留念的旅客，那里正好可以将整个广场尽收眼底，把雕塑、喷泉以及后面的白色游廊作为背景摄入画中。我存了自行车，就朝这个地方走来，陆辛好像很有合影留念的想法，这是目前我们最有可能达成一致的想法。广场的空地上立着许多照相的摊位，陆辛问一个农妇一样打扮的摊主：

"大姐，拍一个多少钱呢？"

"二十，立等可取。"农妇伸出两根指头。

陆辛摇摇头，回头走了几步，低声说：

"我勒个去！"

我的口袋大约剩下四五十元，还要请吃晚饭，所以没敢轻举妄动。我们跟着几个游客走进广场的地下商场，这里的衣服惊人地便宜，看上去挺体面的裤子，标价只有二三十元钱，陆辛狠了狠心看上一条标价七十的灰裤子，陆辛试探着问：

"四十怎样？"

"拿上吧。"摊主立刻取出一条，陆辛非常意外，回头看我，我猜出陆辛有了想放弃的意思，说：

"钱不够了吧，还要办事呢。"

"到底是他买还是你买？"摊主霸气十足地说："你不买就少插嘴。"

摊主是个大约四十岁左右的男人，黑长脸，留着鲁迅一样的小胡子，牙齿烂掉一样发黄，手里拿着长长的取衣服的细棍子，很有威力地盯着我。

"不买了！"我拉着陆辛要走，陆辛却从裤兜里掏出三十元钱，硬是便宜了十元拿上了裤子。

我们已经没有了闲逛的想法，地下商场纵横交错，我们找寻不到出口。

终于看到一个标示有"出口"的地方，下面是一个电脑画像的摊点，上面写着：

"一张五元。"

陆辛围观了片刻，说：

"咱们留个念吧。"

俩人十元，这是我们可以接受的价格，我们坐在指定的凳子上，看着前面一个摄像头，一个十来岁的小姑娘一边端详着电脑，一边指挥着我们头部移动的方向，几秒钟后，小姑娘说：

"好了，过来看看满意吗？"

在电脑里，我看到两张硕大的脸，陆辛在右边谨慎地笑着，而我的脸更像一个陌生人一样出现在陆辛旁边，眼睛细长，鼻子大而圆，头发因为流汗像上了发膏一样贴着额头。我仔细看着，暗自比对着昔日的照片，觉得这一个相片最为陌生，目光低沉，笑容像是被整个脸挤到嘴角，不知所措地僵在那里。

我和陆辛相视一笑，不知道该如何评价这副样子。

"行不行？哪里不满意，我们还可以用电脑修复。"

听到可以修复，我们嘿嘿一笑，说：

"免了吧。"

陆辛决定次日就回去，晚上，他从我的同事马蔺等人的口中了解到我们平日都睡单位沙发，他有点意外。我们每个人都占有一个不同的房间，用身份证就可以捅开总编办公室的门，那里可以打长途，还有一张舒适的床，可以供陆辛今夜安歇。陆辛有点担心，马蔺说：

"今天星期六，总编不会来的，你只要没有尿床的习惯就行。"

我们哈哈大笑。九点半，同事们都回到各自的房间，陆辛依旧坐在办公室主任的椅子上，仔细端详我们的合照，讽刺我说：

"你这个家伙眼睛就别人小啊。"

"你这个货也有一个过人的下巴啊。"我针锋相对。

陆辛也震惊于自己的下巴，这是他离开学校第一次照相，他无法将自己一贯的下巴同照片中的下巴合二为一。

我们相互评价感叹了半天，觉得合影留念是今天最好的收获。我们遗憾没有小欧在场，小欧同我们俩不是一个专业，也不在一层教学楼，他不知道我们俩的感情经历，我和陆辛有更多值得回味的往事，但我和陆辛共同的朋友小欧有我们取之不尽的笑料，我们调侃他，就像他在场一样。

小欧贩来的皮靴确实是好东西，他送给我们一人一双，我们都珍爱至极。但它们的命运却大同小异：去年冬天，陆辛将皮靴放在炉边睡觉，不料皮靴被旺火点燃，差点烧了整个房子，他侥幸脱险，小小的火灾损失了他家两床被子，几本小说书，窗帘被烧得没有留下任何痕迹，他的《生死界》手稿也被焚毁。也是去年冬天，我唯一一次跟领导到外地采访，也是平生第一次坐卧铺，下车时发现皮靴不翼而飞，倒是多出一双咧嘴、臭烘烘的皮鞋，从此我再也没有能力买起皮靴。

谈完小欧的皮靴，陆辛突然问我：

"你还想知道我跟谁在一起吗？"

"当然当然。"我就知道他会说的，虽然我早就猜测到是小蔡。

"那你得告诉我你到底和谁亲嘴了。"

我答应了。

"是——"陆辛继续卖关子："你想不到的。"

"谁？"

"王欣雅。"

我立刻呆住了，"她——？"

他意识到我会惊讶，所以并没有大惊小怪。

我冷静下来一些后，问：

"她是不是处女？"

"这鸟人还是处女，去他的，真是遗憾。"

"快说，你的是谁？"

我没有给陆辛说王欣雅的事，我只是说：

"你不认识她，一个外班的。"

离那儿不远有个养老院

我从未听说过五里坪法庭，但我不能显得自己完全不了解。走出单位的大门时，我已经勾画出它的轮廓，它徜徉在一片普普通通的建筑群当中，有一种非常无辜的模样。好像没有我的参与，它就会一直待在原初和自在当中。我拐到最大的那条街上，这里的车辆流水一样来来往往，这时，我才觉察到自己的茫然，我连五里坪在哪个方向都不知道。

我终于打听到，去五里坪中间只需要倒一次车，这似乎说明并不太远。出乎意料的是，我坐公交车摇摇晃晃向北至少穿过了五六条大街，这就经过了城市最重要的几根肋骨，将近一个小时之后，我才在北新街下车。这里已经是城市的北端，据说北边郊区是城市污染最严重的地方，因为不远处有个规模很大的化工企业，到处都有雾腾腾的感觉。有时候，他们说，天空会像下细雪一样坠下来大颗粒的粉尘，不过，现在的尘雾还不明显。这时候，我已经到了完全陌生的地方，这里标示的所有地名我都没听说过。我又问路，走了很大一截，拐到一条更偏僻的新萍路上，这条路更窄，有一座年代久远的澡堂在路旁，像是经年不用的样子，黑乎乎的小窗户上有个排风扇，油腻腻的叶片微微拍动着，好像这是整条路上唯一活动的物体，我盯住那个叶片看了好一会，就在这非常僻静的氛围里，我隐隐感觉到我马上就要走到世界尽头，好像我已经跟任何人都脱离了联系。

但我不是，我捏了捏怀里的材料，体会到自己担负着隐秘的使命。身边的站牌上，只写有"469路"几个字，这几个字几乎要被小广告覆盖了——看来这就是我要搭乘的那辆车。从这里到五里坪只有一站。我甚至想，如果我知道怎么走，我宁愿走这一站。不过，我幸亏没有那么做。大约十几分钟之后，我见到晃荡过来的469路车。它落满尘土，一副风尘仆仆的落魄模样。车身陈旧发黄，上面还隐隐有一道红色，这是淘汰下来的老一代市内公交车。车上没几个人，我刚站在车里，就留意到一个笑容满面的中年妇女，她还抬头看了我一眼，那眼神就像认识我一样。我不由自主地坐在她的过道另一侧。

从其他几个人委顿和淡漠的表情看，公交车还要走很长的一段路。果然，车驶出新萍路，穿行了几个街巷之后，居然离开了市郊，行驶在田野间孤零零的柏油路上，一块块单调的玉米地出现在视野里，阳光安安静静地消失在这大片大片的玉米的深绿色里，并在个别向上伸张的一些叶子上闪耀着。挨近路两侧的玉米叶子上则落满厚厚的尘土，就像是已被丢弃多年。周围是一片原野，再也没有可以视作目标的村镇，最远处的天际隐没在灰黄色的雾中。

要知道，这两天我一直忐忑不安，因为单位正在清理临时工，我们随时都有可能离开单位。今天一早，一到单位，我就被非常正式地叫到总编办公室里，我以为总编要对我说什么，原来并不是关于我去留的事情。总编只是递给我一叠材料，我扫了一眼，上面双行黑体字大标题里有"抵赖""诬告"之类的字眼，标题字数相等，每行八个字，甚至还可能押韵。你去吧，在五里坪法庭，总编对我说，你只需要在法庭里露露脸，听一听庭审，不需要再做什么。我原本打算骑自行车去，但编辑部主任似乎听到了我心中所想，他提醒我，让我坐公交车去，因为那里"非常远"。他又说：离法庭不远听说还有一家养老院，你也可以再去那里看看。他让我顺便采访一下，给下周重阳节的专题里写一篇稿子。我说行。我不知道下周还在不在单位，说不定刊登稿件的时候，我已经被清理出去，混迹在城市里的不知什么地方。

我挪挪位置，车里的座位非常破旧，有一层几乎结成痂的黑褐色凝固在座位后背的表面。车身每一晃荡，伴随着哐啷一声响，车身里就回荡出一阵莫名的响声，有一颗类似螺丝钉的东西，叮叮当当窜行在车体里的某个地方，就像它正迷失在机械的深处。我想象这是我自己最后一次履行任务，心中略略升起莫名的惶恐。公交车越来越单调地行驶在柏油路上，中年妇女正跟我前面那个萎靡不振的年轻人聊得起劲，我留意到一个老人，已经睡着在座位上，他的花白短发就在年轻人的前面座位上不断地晃悠，头发中一定夹杂着黄色，头的边缘就像浮着一点铁锈。这还是我第一次注意到老人们的黄头发。他的过道对面坐着穿蓝色旧衣、瘦骨伶仃的女人，她一直瞅着窗外，我一直没看到她的脸。于是，我越来越多地观察刚才那个热情很高的中年妇女，她有一个脏兮兮的蓝格子布包，就随意地放在她座位前的地上，她手里还捏着红色的劣质塑料袋，说话的时候，红色塑料袋就随着手势在空中晃来晃去，袋子底部是一个灰糊糊、圆溜溜的东西。

就说你吧，你今天为什么出来，你即将遇到谁，这都是注定的。她跟坐在我前面的年轻人说，年轻人只是看着她，不置可否。

这时，她向我转过脸来，似乎料定我会更感兴趣，她像老朋友一样坦率地笑着，用那双活泛的大眼睛看着我，我才发现她并不是中年妇女，她已经老了，鬓角里夹杂着根根白发，她的手背上有两颗淡色的老年斑。确实，我比那个年轻人对此更感兴趣，我心里突然伸出一只手，似乎想拉住身边的某个人，我在这个城市认识的人还很少，除了单位的十几个人之外，真正认识的人也许没有超过五个。她似乎也发现了这一点，更大声地说：我告你，世界上发生的事情早就安排得妥妥的，你知不知道？她说，我给你讲个故事，听完故事，一会儿保管你就信了。这是因果报应，这不是迷信。说完，她热情洋溢地一一看了前面的人，也回头扫了一眼坐在后排的两三个乘客，就像她正坐在自家客厅里一样。没有人特意留意她，或许他们正在心底暗自取笑她，最后，她又盯住我，留意我的反应。她一定满意我脸上的表情，她讲了那个可能已经被她讲了很多次的故事。

我已经看到，我们要去的地方就在山脚下，薄薄的尘雾差不多遮住了半个山顶，高高低低的房屋和楼房层层叠叠堆积在山下，显现在雾中。公交车正朝着这个地方耐心地行驶，窗外游荡着无处不在的雾腾腾的烟黄色，半上午的阳光居然也穿过了薄雾，弱弱地落在半山岭上那些裸露的石灰似的大块石头上，看上去就像一块块癣皮一样，给人异样的感觉。公交车终于泄了气似的停了下来，我们走进淡淡的黄褐色的雾气中，嗅到一股夹杂着臭鸡蛋般的硫磺气味。

这种呈静态的雾似乎是刚刚被人震荡起来的，细微地弥散在巷道的空地上，以及建筑的高处，与天空白雾似的淡淡云层连接起来。看上去五里坪这个地方分为两个区域，近处是低矮小屋为主、依地势起伏的地方，从不同角度呈现出小小的方形或者长方形的侧壁，涂成白色或者黄色。北边靠近山脚下的远处，则看上去似乎刀削般弄出一马平川一块平坦地方，从那里探身出一栋栋五六层的砖混式高楼。许多高大的槐树遮挡了部分建筑，而槐树被淡雾浸泡之后失去了浓郁的色彩，变得像一段段浅褐色的剪影。

大眼睛妇女已经知道了我"采访者"的身份，她说法庭就在跟前不远，她仔仔细细给我指了法庭的位置，并告诉我：

养老院还在大厂最北头。

大厂？大厂在哪里？

等一会儿，她像是在说一件非常容易办的事情，说，我干脆把你领到养老院。

不用不用，我赶紧说。

令我多少有些吃惊的是，一下车，她眼睛里外露的活泛神气慢慢地收敛了，取而代之的是，眼角的皱纹和脸上的皱纹迅速出现了，使她显得更为苍老。她的脸黧黑透黄，她往前走的时候，略略有些前倾，像是腰部有疾病。风掀起她的头发，让我看到更多的白发隐藏在根部，就这样，她在我眼皮下面，变成了一个多少有些老态龙钟的老人。看到她朝相反的方向走了，我暗自松了口气。她那神情，就像她没有提出送我去养老院的建议一样。等我离开她往前走的时候，她又多少恢复了公交车上的神采，她转身对我说：

你记住我的话，好好琢磨琢磨那个故事。

我也回过头，并看到她突然热情洋溢的表情，这让我有些吃惊。她的手指绕住那个红色塑料袋，并在手掌上缠绕了几圈，她就伸出这只手，还在空中挥舞了一下，意思是让我好好琢磨，袋子中那个圆溜溜的东西慢慢晃悠起来。看来她是严肃地对待因果报应这个事情。

她讲的故事，就像从简陋的迷信书籍上看到的那样，她口口声声说是真实发生的，这才开始让我怀疑她的神经是否出了问题。她说，一个村民发现他家的一只鸡总是到邻居家下蛋，于是就把这只母鸡杀了，晚上他梦见去世两年的母亲哭着给他说，她生前偷过邻居家的一只羊，这辈子转成鸡下蛋来偿还邻居，就差两天就还完了，结果被你杀了。现在，她还要转成鸡给人家下蛋。第二天，他就听邻居说他家孵了一窝小鸡。他把这窝鸡买了，等到鸡长大开始下蛋，他就仔细观察，有一只母鸡照样到邻居家下蛋，下了两天之后，就不疾而终。

令人惊讶的是，就在此刻，我的眼前出现了一只褐色羽毛的大母鸡，我马上就要走上一个高高的土台，它就站在土坡的顶端，有时候这样过分的巧合会吓人一跳，它的一条紫黑色腿上系着红头绳，它只是一只普普通通的母鸡，并不是故事里那只鸡。为了证明这一点，我加大了走动的步伐，它就立刻有些慌乱地走到了一边。我又跺了一下脚，它就张了张翅膀飞速溜到一边。

我以前被单位派遣到会场，报道过会议消息，我拿着介绍信，会被认为是一个记者，但我其实还不是。现在距离开庭的时间还有半个小时，我已经成功地从遥远的市中心来到五里坪这个面积很大的土台上，我大大地松了一口气。我的眼前是一片开阔的空地，空地上还有一堆去年的玉米秆，有一头老黄牛拴在柱子上，它一直用侧面一只巨大的眼睛看着我，大眼睛如此镇定，就像它能够看穿我的前生今世一样。我留意到土台边的一个斜坡，这应该就是大眼睛妇女说的那个斜坡。从那里下去果然是一个独立的院子。院子里只有一所普普通通、低矮的房屋，类似废弃的小学教室。我再次觉得大眼睛妇女出了问题，我不该问她法庭的位置。她甚至想要领我去养老院，这是多么古怪的想法。小房屋上没有任何法庭的标志，在小房子外面，站着三个抽烟聊天的男人。我一出现在土台边缘上，他们就停止了聊天，一起盯着我看。或许是我看他们的方式有点无礼，他们多多少少带着敌意回敬我的盯视。一个穿白衬衫的黑胖男人，挽着袖子，露出黝黑的一截胳膊，同样黝黑的脸上，有一双多少有些粗野的圆眼，他刚刚留在脸上酒窝附近的笑意还在，但圆眼里已经透出飕飕冷意。他旁边一个机灵、善笑的瘦高个男人，嘴里像是品咂着什么口香糖，他似乎也用眼神品咂着我，想掂出我的身份和分量来。还有一个是个十八九岁、很酷的年轻人，他只是穿个洋气的短袖，领口扣得很低，怀着嘲讽的笑意，向我晃着脑袋。他们怀着如此明显的敌意，这让我有些愕然和紧张。

这时，大黄牛再次抬起头，看向我的身后，显然它看到了什么，它看到了什么？我回过头，惊讶地看到大眼睛妇女也走上了土台，她的手里依然提着那个布袋，另一只手里是那个红色塑料袋。她向我走过来，居然什么都没有说，然后站在我的身边。

还没开庭啊。片刻之后，大眼睛非常自然地说。

那么这里一定是法庭了，至少在大眼睛妇女眼里是如此。不知为何我突然相信了她。但为了不让那几个男人产生误会，我刻意离开她一截距离，我故作坦然地拿出放在口袋里的材料，想要疏远她的心理使我觉得她越来越陌生起来，就像公交车上那个她是另外一个人一样。现在，我还有时间好好看看这个案子的来龙去脉。但我没能好好理解案情，时不时地，我要观察一下这三个人是否还在留意我。

材料里罗列了一个妇女的种种恶行，她为了夺得老人的房产，有预谋地欺骗老人的感情，并跟老人同居在一起，生活中对老人有种种虐待行为。老人一去世，她就赖在老人的房屋里不走。材料中引用了许多法律条文，以印证她无权得到老人的房子。我眼前渐渐浮现出一个老年妇女的形象，我希望她出现在法庭里，我可以当场看到这个刁蛮和有心计的妇女。我的好奇心如此强烈，几乎让我按捺不住。这可不是从电视里看到的二手故事，它将发生在我的眼皮底下。我已经来到土台的西南角，远处的公路和田地全部被黄褐色的雾霾笼罩起来，就像那个巨大的城市并不存在一样。这也包括我们的单位，以及那个随时可能打发我们走的报社总编。我甚至还产生了这样的念头：我还能否回得去？这念头非常奇怪。我想，这主要是因为越来越重的雾霾，雾霾现在几乎抹掉了除了五里坪之外的任何地方。

伴随着平稳的咀嚼声，和鼻孔里粗重的呼吸，我觉察到一双溜圆的大眼睛正同时盯住我。大黄牛就在我眼前，它扬起湿漉漉、浅灰色的嘴巴，第一次这样正对着看我，那双眼睛让我微微战栗，就像它早就认识我似的。这时我才发现，它的双眼多少有点像大眼睛妇女，或许只要你留意，世界上相似的东西非常之多。我回过头，大眼睛妇女已经像乡下农民一样蹲在地上，踮起一只脚，巧妙地将它垫在屁股下面，她看上去已经累了。她的姿势莫名地增添了我对她的反感。是啊，我跟她毫不相关，但她跟在我左右，提着难看的布袋，以及揉得皱巴巴的劣质红色塑料袋，多少会降低一个采访者出现在法庭的严肃性。为了避开她，我大步流星走向斜坡那边，这时我才注意到，一个胖乎乎、有点迟钝的年轻人已经出现在院子里，他夹着一个文件袋，将脸转向土台的方向，房屋跟前的三个男人显然已经充满敌意地审视过他，所以他站在距离他们较远的地方，似乎在刻意回避他们。从他的后背看，他有些驼背，肩部很宽，宽到你会认为已经臃肿的程度。

看来他是对方的律师，因为那个瘦高男人已经向我走来，当时我为了甩开大眼睛妇女，已经走到斜坡底下——我下意识觉得她像瘟神一样，她带着一个神神道道的世界，这个世界最好还是避而远之。瘦高男人此刻显然已经明白我并不是对方的人，他分明是正朝我微笑点头，他穿着浅灰色的衬衣，细眯着一双善于表情达意的双眼。他在若有若无的阳光中朝我走来，一直走到我的跟前，他问我，你是不是报社派来的记者。得到肯定的回答，他一下子握住我的手，这下对上号了，他说，我跟你们总编是朋友。

他换上满脸的笑容，笑意似乎都要从眼睛里溢出来，就像他看到多年不见的恋人一样，眼神里有一种属于情人之间的暧昧情谊。我也立刻感受到他的热情，尤其是我们经历了从误解敌视到和好的过程。

他甚至将我拉到两位穿着法警服装的法官那里，介绍给他们，他们刚刚出现在斜坡上方，他就笑吟吟迎上去，并像老朋友一样向我挥手，示意我跟过去。其中一位是庭长，他长得像农民一样，有一张木讷而严肃的瘦脸，我跟庭长握了手。他用一种特别的眼神看了我一眼，并难得地露出笑容。我听见瘦高男人介绍说：这是报社的记者，今天特意来听审，都是好朋友。

来，把你的记者证让庭长看一下！

我有单位介绍信，我说。我从屁兜里拿出叠成四分的单位介绍信，上面写着我的工作事由和我的名字——我只是临时工，没有记者证。正是因为我是临时工，我才随时可能被单位清理。

法官看了看，递给了我。他的神态像是变得慎重多了，他说，五分钟之后按时开庭。我暗自感受到单位通过我辐射过来的力量，尽管我无足轻重到随时会被驱离。

大眼睛妇女依然蹲在土台边缘，脸上露出难以捉摸的表情，她穿着暗蓝色的工装旧衣，嘴角微微撇着，似笑非笑，加上夹杂白色的头发被风吹得多少有些凌乱，又背着阳光，使她的面部显得更幽暗。这是我尚未在她脸上发现过的表情，她这样居高临下看着这个院子的动静，就像这个世界早已在她的掌控之中。或许她仅仅是出于自己的好奇心才呆在那里，谁知道呢。

法庭只是普普通通的两间房屋，没有任何标示，只有一扇破旧的木门，木门上有不少用粉笔写过的痕迹，还有用刀片刻下的歪歪扭扭的字或者花纹，就像是哪个小学教室的木门一样。那时，我隐隐觉得有一双目光正瞅着我，于是我回头，看到大眼睛妇女果然正瞅着我们。瘦高男人已经把我介绍给他的两位当事人，就在进门的那一刻，他松开正搂着我的手，在我肩膀上非常亲热地拍了拍，我回头致意时，余光又感觉到她那团蓝色影子。

我应该把她当作一个普普通通的陌生人，不在乎她的任何举动，但为何我觉得她的目光令人难堪。也许是她所讲的故事。事实上，那个故事真正说明的情况是，她很可能是个精神病人。

旁听席只有四个长方形面板的小桌子，每两个小桌子公用一条长凳，长凳已经年长日久，接口松动，坐上去前后左右地晃悠，发出吱吱的声音。我就坐在靠门一边的小桌子前，心里一直担心屁股下发出声音。原告和被告席各有两个小桌子，配有一条公用长凳。而法官和书记员面前是一张又高又笨重的大桌子，他们也公用一条长凳。几个人乱纷纷坐下来时，响起一阵吱吱嘎嘎声，这声音在空荡荡的房间里传出微微的回音。不一会儿，那个年轻人低着头走进法庭，直奔原告席而去，他一个人坐在小桌子后面。他好像是刚刚开始律师职业，眼神自闭，只是看着自己前面的桌子，以及不超出一米的左右两面，微微沉浸在自己的世界里，默默点着头，似乎正在整理自己的思路。只要他抬起一点点头，就可以看到他对面的三个男人，瘦高男人居中，两边是白衬衫男人和带手链的时髦小伙子。原告席和被告席中间只隔着不到两米，站起来似乎都可以互相够到手。

我把材料放在桌子上，桌面上全是古老的裂纹，右上角还有一个黑色的漩涡状纹路，桌面被磨得光光的，胳膊放上去非常凉快。这让我回忆起学校生涯。但就在这时，法官按时宣布开庭，他的声音非常响亮，在我旁边的窗玻璃上引起轻微的震动，那是单薄的玻璃已松动了。另外一个穿浅色制服的是书记员，他摊开本子准备记录。

这是我第一次坐在法庭，有时候，你并不知道前方正有什么等着自己，就像一年前我并不知道自己会来到省城，几个月前自己也不知道会来到目前这个单位，几天前也不知道自己面临被清除，所以坐在这里，我甚至产生一个想法，如果我的所有事情都可以通过法庭来判定，也许就简单多了。在我刚刚到省城无所事事的半年里，我希望有人可以安排我的生活，使我不要为了当天是不是去出门转悠而费尽心思。有时我会纠结一个上午。

耳边不断传来一个故作庄严的声音，原来法官开始了简短的问话。于是，年轻人回答说他是原告的代理律师。他的声音很轻，只有断断续续一些字眼传入我的耳朵，法官让他放大声音，引起瘦高个子的笑声，瘦高个子略略蜷着身子，他的腿很长，从小桌子下面非常别扭地伸出去，他的一只脚几乎到了法庭的正中间。瘦高男人的声音洪亮，他说话的时候一直盯着年轻人。年轻人的眼睛很大，他似乎在回避见到法庭里的任何人，在他偶尔抬头看向瘦高男人时，我才发现他有一只眼睛不太灵活，因为它的目光有一部分没有目的地漫射出来，造成含混和模糊的印象，让人觉得他不能完全对焦。

在法官的提示下，年轻人首先开始陈述诉状，这时他又开始不断地随着陈述在点头，通过他拖沓的叙述，他的语句里渐渐闪现出一个六十五岁老太太的身影，她叫林秀，就是那个老太太正在要求法庭挺身而出为她做一些事情。在他念诉状的时候，对面的瘦高个子不停地摇动头部，一直带着难以置信和不屑的笑容，就像原告说的完全是天方夜谭，而他万不能相信。

这时，我屁股下的长凳又发出一声尖锐的咯吱声，我的凳子不稳，咯吱咯吱地响着，总想撇向一边，我只得分开双腿支撑住，免得它不停地发出令人难堪的声音。实际上法庭里总会这里那里发出这种声音，但他们都毫不在意，好像那是法庭里必然会产生的一种声音。我只希望庭审早点结束，希望不要引起任何人的注意。但原告的诉状很长，叙述得非常详细，交代了我手中的材料里所没有的事情，原来老太太与瘦高个子的父亲已经生活了多年，"感情很好"，甚至想过举办老年婚礼。这时瘦高个子更加戏剧性地抖动蜷缩在小桌子下面的那条腿，使得小桌子发出咯咯咯咯的声音，他撇着嘴，后来又独自嘿嘿笑着，朝我挤了挤眼，似乎要告诉我，这一切都是编的。我觉得如果丝毫没有回应会不好，就微微向他点了点头。

瘦高男人立刻针锋相对反驳了年轻人，他把那个老太太的行为定义为情感欺骗，他说老太太完全是为了老人的房子才来同居，她目的不纯。他们同居后，老太太不断因为房子问题要挟老人，但老人去世之前一直没有答应她。他们没有结婚证，所以老太太不存在遗产分配问题，对方的诉状完全是没有事实依据的诬告。他甚至要反诉原告恶意诽谤。他每说一句，他的右手就在桌子上空朝下挥动一下。但年轻人说，老人写了遗嘱，有一天，老太太出去买菜，老人的儿女几个就开门进去，换了锁，老太太再也进不了房子，遗嘱一定是被他们毁了。这时，瘦高男人旁边的白衬衫男人气得脖子都变红了，大声说，纯粹是胡说，老人根本不可能立遗嘱。

我爸会写遗嘱？真是笑话！他说。

我完全被他们的辩论弄糊涂了，但是我原先材料中浮现出来的那个老太太已经变了，她不再那么强悍毒辣，变得弱小了，我无法判断他们到底谁讲的真实。他们每举出一个细节，我脑中就为这个老人尚有些模糊的画像增添一笔。直到年轻人说老太太买菜之后被换锁，我立刻感同身受地理解了老太太的心理。如果回到单位，领导说我已经被清理，那我跟老太太并没有多大的区别。

法庭进入更加无聊的举证阶段，年轻人拿出的其中一个证据是老人和老太太的老年婚纱照，是十寸彩照，我无法看到照片详情，只感觉到那是两张笑脸，老太太肤色很白，脸型很好。

阳光从窗户里晒进来，正好落在被告席三个人的背上，白衬衫男人的衬衣为法庭映射出一片额外的光，他的脖子里流着汗，他不停地用手在脖子上摸。我不再想多听他们的庭审，我有点害怕了解更多的真相。

渐渐地，我似乎已经从眼前的情景里游离出来，后来我干脆望向窗外，院子里非常安静，让我惊奇的是，大眼睛妇女不见了，这不禁让我松了口气，但同时也让我感到若有所失。此刻，有一头小牛犊站在斜坡那里，小牛犊正在仔细审视着院子，那神情就像它是大眼睛妇女的化身。觉得安全之后，它抬腿走下斜坡，它的腿非常灵活，屁股一撅一撅地走下了斜坡。透过薄雾的稀疏阳光晒着它的整个身体，谷黄色的毛有一层浮光，它的周围有一两只苍蝇在飞，它不停地扬扬头部，甩甩尾巴，有时轻快地往前跑几步。后来，它一直走到窗户那里，抬头看着法庭里的人，就像它认识我们似的，但除了我，没有人注意到这头牛犊，它的大眼也跟那位妇女的眼睛有相似的地方，它或许是平台上那个大黄牛的牛犊。之后它转过身，它的屁股对着法庭，尾巴在那里一扫一扫驱赶苍蝇。

这时，白衬衫男人终于得到开口说话的机会，他的声音比瘦高男人还要高。原来已经进入辩论阶段，他说，对方说的没有一句实话，老太太品行很坏，当初他们全部不同意两个老人同居，他早就看到老太太怀着某种意图，处处占他父亲的便宜，限制他父亲的许多行为，饭都不让他父亲吃饱。他父亲跟了这个老太太，连肉都得偷着吃。好吃的全部都到了老太太的嘴里。

年轻人一直认真听完瘦高个子说完，然后说老人得的病是糖尿病，后来又得了肾病，所以才会管老人的饮食。法官说这与此案无关，不让年轻人继续说下去，但年轻人似乎没有听到，他还在用他特别的、头部一晃一晃的姿势在说着什么。这引起了瘦高个子的不满，他大声说：法官让你闭嘴呢。时髦年轻人说了句，去你的吧！用戴手链的手臂在空中一挥，像是要用什么东西投掷过去似的，年轻人这才停下来。他看着法官，似乎要求法官制止对方不礼貌的行为，法官做了一个手势，强调说，与案情无关的请不要说。

我暗自觉得，老太太似乎是更值得同情的一方，这让我有些不安。就在这时，法庭的门吱一声打开了，是那个大眼睛妇女，她像在公交车上一样表情自如，就像回到自己家一样随意。我居然下意识地害怕见到她。她推开门，镇定地看了看法庭内的人员，法官和原告被告都盯着她看，她的眼神非常奇特，满含笑意，就像她早就料到了他们的惊讶，而她正为此而嬉笑。她用笑眯眯的眼神找到我，毫不犹豫地走过来，坐在我身边，我紧紧抓住身下的长凳，害怕它发出更大的吱吱声，只听长凳喳一声之后，就被她沉沉地压住了，之后再也一动不动。她脸上洋溢着的喜悦表情跟法庭完全不符，那差不多是一种无缘无故的喜悦。法官一直盯着她，或许早就想把她赶出去，只是因为她似乎认识我，才采取了观望的态度。

她坐下后，白衬衫男人一直盯着她看，瘦高男人则开始犀利攻击年轻人陈述中的法律漏洞，说完之后，年轻人用他一贯的缓慢语调又开始重复刚才说过的那套话，连我都听出他已经在之前的陈述和辩论中交代过，这引起了法官的口头阻止，法官说，说过的请不要再说。但年轻人丝毫没有停息，一直按照自己的节拍一边点头一边诉说。再一次说到老人的子女虐待老太太，驱赶老太太的行为非常不道德等等。法官有些不耐烦地说，行了行了，别说了。

她真的活该，老公刚死不到一年就去了他家，这就是报应，这全是报应！大眼睛妇女突然大声说。

大眼睛妇女又指指法庭外面，不信你们问问厂里的人。她的声音很大，甚至超过了法庭里白衬衫男人的嗓音。她又笑眼看向我，我感到非常困窘。瘦高男人和他两旁的被告都盯着她，看到她站在他们的立场上，眼神里放松地露出笑容。

哎呀，他们把这个老太太也害苦了！她突然压低了声音，像是专门说给我听，表情非常得意，但法庭里都能听见她的声音。瘦高男人和两个被告都装作没有听见。

年轻人坚持念完了稿子，法官问他，你是否同意当庭调解，年轻人非常慎重地点点头，说，同意。但与此同时，瘦高个子却大声说，我们不同意调解。说完之后他又提防地看了看大眼睛妇女。

善有善报，恶有恶报。果然，大眼睛妇女又神秘兮兮地说了一句。这在法庭上造成了一种奇怪的效果，法官特意盯了她一眼，容忍了她。之后他沉默了至少有几秒钟，然后慢慢地说：

庭审结束，改日宣判。

走进大厂的中央小广场的时候，我才发现身后不远就是那个时髦年轻人，他或许正在跟踪我。他们一定是误解了我。刚刚法官一走出法庭，白衬衫男人、瘦高个子、时髦年轻人就一起涌出门来，他们要跟法官打招呼，法官朝他们点了点头，就慢慢往斜坡那里走。之后，瘦高男人向我走来，他说：

你跟我来，我给你们总编捎个东西。

我马上还有一个采访，我……

这时，大眼睛妇女正紧紧跟着我。她一直在这里等我，原来只是照她说的那样要亲自带我去养老院。

瘦高男人脸上浮现出尴尬的神态，他说：

那行，我自己想办法吧。

我并不想拒绝他，现在已经上午十一点，下一个采访确实需要尽快进行。不过，最重要的并不是这个，我或许只是下意识担心大眼睛妇女的目光，她正看着这一切。之后，我就开始后悔，因为两天前已经有一个临时工同事被提前清理，因为他忘了将总编的一个材料送给指定的人。我又回头看他们，看是否可以挽救，但他们已经往前走了，正在低头商议什么。白衬衣男人还往后看了看我们：我和大眼睛妇女。他的神情模棱两可，意味深长。

大眼睛妇女一直留意着这一切，但无法确定她到底了解多少。她为马上要带我离开这个地方而感到松了一口气，即刻抬脚向前走去。

她如此自信于我要跟着她，甚至连一个小小的手势都没有打，也没有将她的头晃一晃向我示意。我站在那里，犹豫了片刻之后，发现她并没有回头的意思，只好跟着她走了。

做出将我带到养老院那里的决定，她一定犹豫过，或许她已经暗自求助于自己内心的那个神灵。因为她时时刻刻将因果报应放在口边。最终，她私下得到了将我带到养老院的决定。她走在我前面一丈多远，让人觉得她只是恰好走在那里。我的内心依然有些排斥她。她走路大大咧咧，用一种奇怪的有些男性化的步伐，她身上的蓝色工装非常旧，像是已经穿了很多年，肩部和后背下面有两三块无法洗掉的灰色区域，她的耳朵也很奇特，外翻得很厉害。走路的时候，她微微张着嘴，露出显得笨重的牙齿。

差不多就在那时，我注意到鼻尖上触碰到一个细微的尘粒，它已经大到正好被我感觉到。我稍稍抬起头，发现原先发黄发白的雾气消退了一些，但视野并没有变得宽阔。原来空中的色泽慢慢变成了雨云似的灰褐色，它又并不是真正的云，看上去松弛，下坠。偶尔会看到空中飘荡的灰色尘粒，像雪花一样缓慢地向下飘荡，鼻端依然能嗅到淡淡的臭鸡蛋味道，这让我意识到大厂越来越近了。

我想，我对她莫名的厌恶，可能还因为，由于她的原因，我和瘦高男人之间产生了无法弥补的误会。而此刻她完全自顾自的走路方式，让我又有一种被轻视的感觉。她始终没有回头看我一眼，难道她果然凭借她心中的神灵，可以无视任何人？于是，我有意站住了，前面是一个罕见的交叉路口，我们所走的路高高低低，有时是石头铺就的台阶，有时就仅仅是有冲刷水痕的土路斜坡，突然看到开阔的平坦地区，以及延伸到很远的几条路的交汇，让我心里一震。这里居然还有一座破旧的加油站。一条八十年代的水泥路沿着一堵单薄旧墙通往前面，水泥路紧邻一条长满杂草的臭水沟，几十米的路面上没有人影。大眼睛妇女就走上了这条路，她的步子似乎加快了一些。

还有一条路沿着山脚，绕着大厂往前。由于近在咫尺的山的存在，这条路显得紧迫、仓促。我装作看向远方，她或许早就忘了我的存在。但没有，片刻之后，她意识到了什么，诧异地扭头看着我，这次她朝我笑了一下，于是蹲在路上等我。

你怎么判定因果报应？距离她还有几步，我就向她发难，我突然想颠覆她的理论。

她已经站起来，准备像刚才一样自顾自向前走，脸上是一副不屑于回答的表情。她这种高高在上的自信也让我反感。

比如说，你怎么就觉得那个老太太是活该！

慢慢你就信了，你才经历了几件事？她用那双突然间变得活泛的眼睛看了我一眼，说：等你经历了许许多多的事情，你回到家，躺在床上一琢磨，每件事和每件事就都产生了因果关系。

那你说说，那个老人为何会得糖尿病、肾病，难道也是因为报应？

我告你，报应无处不在，这是真理。比如说，大厂的职工，原来都好好地待在全国各地，但几十年前国家一召唤，他们就都来了，包括我的爹妈，包括这个老太太。这是为什么？你听说过北方星华化工厂吧，这就是我们的大厂。以前这大厂是多么有名，全国这么有名的也不多。

原来，一九五六年，大厂从全国各地抽调了数百个技术精英，他们带着家小从四面八方坐火车来到这里，组建了这个闻名全国的大厂。大眼睛妇女跟随父母从沈阳来到这里时，已经十岁，因为她的父母都是技术精英，调令没几天，他们就立刻动身，他们不知道要去的地方是怎样的，无论他们怎样设想，都想不到是这样一个地方。坐火车的时候，她只记得他们穿过一个又一个隧道，昏天黑地坐了两天两夜。他们来到五里坪的时候，山下只有几户人家。一开始，这些支援建设的职工们跟当地工人一起掘土开山，挖土机很少，主要是靠铁锹和双手，一年时间，他们在山边开出一大片开阔地，并建了厂房。目前五里坪所有的土台都是当时遗留下来的工程（刚刚法庭上面的那个土台就是）。小时候，她能听到南腔北调的各种口音。因为数百个职工遍及全国各地，江苏、海南、黑龙江、内蒙古、青海、四川……这个化工厂的产品特殊，刚刚建国不久，懂得这项技术的人不多，只好全国范围抽调。五十年代末建好后，大厂成为全国最重要的化工企业之一，因为国家一直在重点扶持，一直到八十年代，效益都很好。但很快，差不多是突然之间，大厂越来越难以维持，而且再也无人关照大厂，现在，只有三分之一厂房在运转，其他厂房都已经闲置了。

你信不信，我的爹妈说要去一个很远的地方时，我眼前就出现了一座山的模样，就跟前面这座山非常相似。

你不是说，你们都不知道要去的地方是怎样的？我找出她说话逻辑上的漏洞。

你不要咬文嚼字。那是两个意思。有一天我做梦，就梦见一个陌生人来到大厂，他在大厂里走来走去，像是迷路了，我记得很清楚，他的上衣口袋里插着一根钢笔，他好像要打听大厂里的一个人，急得要命。我不清楚这到底是一个好人还是坏人，也不知道是否应该帮他，后来我发现他在一棵大槐树上，站在一根树枝上看着远处的什么地方，突然就跌落下来，我记得很清楚，他站在我面前，脸被枝干划破，流着血，非常吓人。我就后悔之前应该帮助他。这个梦我记得非常清楚，所以今天碰到你，就觉得你就是这个陌生人。你也恰好要去大厂。

我去的是养老院！

养老院就在大厂里。她说。

我甚至怀疑她是否做过此类的梦，她有点信口开河。

对了，那你说说，你们为何被弄到这个大厂，这也是报应吗？大厂的这么多人都是因为报应吗？

对于大厂，你知道得太少了，它风光过好多年呢！至于现在，那就是报应！

什么报应？谁的报应？

你知道了也没有用处！她有些轻蔑地说。

走进大厂的区域，我立刻发现大眼睛妇女跟大厂是如此匹配。她神经兮兮的脸相，她两鬓花白发灰的头发，她手上的老年斑，她晦暗发黑的脸色，以及她的旧衣给人的邋遢感。大厂里处处体现出类似的气质，偶尔还能看到在二十世纪五六十年代建的四层楼房，整体发黑，像是表面的砖已经霉烂了似的。窗户依然保持着早期的那种分成小格的风格，有的窗户已经歪斜。看上去楼房已经空无一人，但从某个狭窄阳台上晾晒的内衣和床单，可以看出其中还有人在居住。大部分楼房是二十世纪七八十年代建筑的，路边我看到的最大楼号已经标到216号。说明至少有二百多栋楼房供人居住。大厂像是被遗忘在角落里、放置了十几年的巨大盆景，变得破烂衰败。路面还是当时的洋灰路面，已经处处破损。

大厂之大远远超出了我的预想，只是因为在山脚下的原因，洋灰路面并不是直线，而是微微有一些弧度，一排排的家属楼也沿着这样奇怪的弧度，这样的弧度使得站在路上看不到尽头，加上建厂初期栽种的高大槐树的遮挡，很容易让人迷路。由于建筑年代不同，成排的住宿楼外形明显不同，比如从108号楼到162号楼，应该建筑于上世纪八十年代，侧面的水泥剥落，露出黄砖。这样的几十栋楼分两排穿插在楼群里，让人有一种纷乱之感。这种纷乱感非常奇妙，之后我终于想起，自从来到省城，我常常梦见，我在一个陌生的地方行走。梦中到处都是楼房和树木，有一种异域和古旧原始的氛围，似乎我马上就会沿着这些建筑来到远古的年代。为了摆脱这里，我不停地走，最后都会来到从未见过的荒僻之地，怀着惊讶，我看到卧在草丛里的巨大石马、石狗。石质的眼睛是一个沉甸甸的凸面，给人以神秘和恐怖的印象，甚至让我眩晕，不敢仰视。

当然，我不愿意将我的梦与大眼睛妇女的梦联系到一起，因为每个人几乎都做过相似的梦，那样做毫无意义。这时，大眼睛妇女走得慢了下来。这里已经是大厂的小广场，广场也有些年头了，现在居然变成了不太景气的菜市场。中间立着古旧的篮球架，篮板掉了两片木板，但中间的篮球筐还在。一个长相怪异的人站在那下面，靠着生锈的铁架。给我印象最深的是他僵硬发黑的圆脸，就像瓷实的面塑，一双原始人一样深陷的眼睛漠然而纯粹地看着前面。沿着他的视线看过去，是小广场空荡荡的一角，那里只有几十年前建造的一个圆形雕塑，而他也并不是看这个。在哪里都能看到奇特的怪人，这也只不过是一个怪人而已。

养老院还远吗？我只是为了提醒提醒大眼睛妇女。因为她居然自顾自地站在卖菜的跟前，仔细看着摆在地上的蔬菜，好像已经忘了她身后的我，也忘了去养老院的事情。卖菜的也是一个穿蓝色旧工装的妇女，只是更为破旧，袖口上污黑。

不远了，就在那个老太太的家附近。

我变得有点焦躁起来，看了看表，已经十一点十五分。下意识里，我也不愿意看到那个原告老太太，至于害怕什么，我也难以说清。就在这时，我才注意到了远处一个熟悉的身影，是那个时髦小伙子，他的身影在路边晃动。没错，就是他。他看上去并不是要去哪里，有点懒洋洋和满不在乎，但我能感觉到，他在留意我的行踪——我和大眼睛妇女。这说明他们非常担心我接触那个老太太。

这时，大眼睛妇女挑出一个挂着金丝的香瓜，还放在鼻子上嗅了嗅。她只买这一个。她将香瓜放进那个红色塑料袋子，我有意看了一眼，原先那个看上去圆溜溜的东西原来只是一颗苹果。

我不由自主地观察远处，时髦小伙子正游弋在我们侧面十几米的地方，他将双手插到裤兜里，以一种非常酷的姿势慢悠悠走动。那是广场前面的大路。

就是在这时，我突然产生了偷偷溜走的想法，这想法甚至惊到了我。大眼睛妇女似乎还想买点什么。我慢慢朝北边走动。

空气中隐隐的刺鼻气味越来越浓，就像是这些蔬菜发出的一种怪味，这怪味甚至引起我生理上的烦躁。我的脸上又触碰到几粒东西，这才发现空中增加了灰度，如果仔细看，会发现空中其实游动着细微的颗粒，这些颗粒果然像针尖一样会轻轻触到露在外面的皮肤。这或许就是人们说的，这里会像下雪一样降下粉尘颗粒。只不过这些颗粒不是白色，而是炭末一样的灰黑色。

我一边观察周围的环境，一边慢慢向北边走。等我来到一棵巨大的槐树那里时，时髦年轻人显然这才觉察到我不见了，开始四处观望。

我没敢沿着大路往前走，试图穿过右边的楼群走向另一条路。我不小心来到一个楼群套楼群的地方，我从未见过这样的地方。因为楼房的东面是一堵墙，但可以绕到后面去，楼房后面，就是被套在里面的一栋模样不同的四层旧楼，没有阳台，很明显是类似办公楼的地方，如今这办公楼已经不再使用，但似乎还有人住在这里，因为二楼一扇窗户打开了，挑出一根竹竿，上面搭着两三件衣服。楼前面有四座边缘破损的花坛，只有一座花坛里生长着几束高高挺立的花，枝干高挑密集得出奇，像是争先恐后地要探出头来。其他都被野草占据。由于这里看不见一个人，我不免有些担心，不知是否该退回去。

我站在这里，突然产生了奇怪的被弃感、失控感，以及隐隐的被期待感，这期待是眼前这些植物造成的，似乎正是经过我从城市中心里带来的一双眼睛的注视，它们瞬间被解放了。不然它们终究会寂寞地自生自灭。当然这可能只是我的一时臆想。只见野草溢出花坛，在花坛外面建立了根据地，一直延伸到花坛之间的空隙，它们挤占了部分道路，但依然有路通向大门，以及楼后。这些草中居然有大量的灰条草，那是晋南乡村常见的一种草，在城市里很少见到。

这时，楼前超出旧楼的高大槐树上传来几声鸟叫，伴随着鸟叫声的，是人们的低语声，像是从楼后传来的，于是我加快速度，急切地朝那边走去。一绕到楼房的后面，就看到几个老人正围坐在一个石桌边的石凳上，他们齐齐地盯住了我，其中一个老人微微含笑，一边点头示意，像是早就认识我似的。还有一个头发花白的人正站在第二单

160

元楼门口，看到我的身影，急忙向我招手。

一定是发生了什么事情，或者他们需要我这样的年轻人帮忙。我急匆匆走过去，但那个头发花白的人似乎还嫌我走得不快，使劲向我挥手。我一走过去，他就拍拍我的肩膀，说，赶紧去吧，门开着呢。

楼道狭小，分为左中右三个住户，一楼右手的单薄铁门开着，门里散发出一股酸腐的味道。让我意想不到的是，屋里似乎并没有人，我以为遇到了什么紧急时刻呢。有一个房间里居然像储藏室一样摆放着一件件家具，高低形状不同的六七个凳子，一张漆成深红色的旧床，还有一台旧缝纫机。一台不知挂在客厅哪里的时钟正嚓嚓地走着，像是遇到了小小的阻力。头顶垂掉着满是毛茸茸尘絮的电线，一盏同样围满尘絮的灯泡有点故障，微微闪动。左前方只剩下一个临窗的房间，旧式带插销的窗户紧紧关着，终于，我看到窗下的那张床上躺着一个老人，盖着被子，但被子已经马上要滑下来了。他的头垫得很高，侧着身子。直到这时，我才听到他发出的吱呜声——原来他正在大声喘息，他头上只有几根软弱的白发，差不多就是一个光头，此刻他暴突着一双眼睛，似乎正拼了老命在呼吸，脖子里发出吱吱赫赫的声音。他的叫声吓坏了我，我终于明白这是一个临终的人。床边挂的高高的吊液已经空了，针头也早已从手背上拔了。床边有一个凳子，似乎有人在那里坐过。

即使在我的梦里，我也从未见过一个临终的人。而且是一个完全陌生的人。这一定产生了什么误会，他们或许把我当成了要来看望的亲戚什么的。我赶紧往后退，这时，花白头发的老人在我身后用力推我，异常坚决，示意我走过去，让我坐到凳子上。他的神情告诉我，我如果不这么做，那就是大逆不道。

临终老人的眼睛非常怪异，瞳仁即将散开似的，似乎已经看不到任何东西。但我一坐在凳子上，他就有了回应，喉咙里发出呃呃的声音，放在他腿上的手指动了动，我回过头，花白老人又示意我握住他的手。他的手并不凉，相反非常热，像是他正在发烧。他一下紧紧握住了我。差不多只有几秒，他突然平静下来，像是睡着一样。

我从楼门出来，迎面碰见一个老人，他原先坐在石头凳子那里。他仔细盯了我片刻，说，咦，你不是二小？

不是，我问他，二小是谁？

他不是二小！他跟石桌那里的人说。

这时，花白头发的老人已经出来，他向其他老人挥手，说：

走了走了，他刚刚走了。

我穿过楼房，向后绕着走时，我发现自己似乎拥有了双重身份。一个是正在寻找养老院的我，一个是不认识的二小。他此刻或许正在赶回来的路上，或者依然呆在深圳，他是临终者唯一的亲人。他们说，他已经有五年没有回来，他们通过其他人终于联系到了他，但四天过去了，依然没有回家。我一定跟二小的长相有相似的地方，不然他们会一眼分辨出我跟二小的区别。

我一直无法从刚才的情景中恢复过来，有时，我常常会觉得自己经历的事情已经在梦中出现过，或者它们有相似的地方。这个插曲已经完全让我记不起自己的真实身份，忘了我只是来这里采访的一个小小的非正式记者，忘了我去养老院的最初目的。甚至忘了我为何来到这里，以及那个大眼睛妇女，还有法庭。

养老院似乎并不远，从这里一绕出去，我就见到他们指点过的几排最早期的地址，养老院就占用了当初已经破败不堪的一二三号楼旧址。

等我来到养老院那座独立院落时，已经按捺不住地一阵兴奋。这是我从法庭出来之后努力寻找的地方，它现在不仅仅是养老院，它变成了另一个让人振奋的场地。养老院里到处匍匐着爬藤植物，它们还从墙上蔓延下来，形成绿色的瀑布。但这里有一种特别的沉寂，连鸟叫声都没有。幸运的是，大门开着，但大门似乎已经很久没有使用过了，门口的砖缝里长着杂草。养老院只有一座三层楼房，楼梯外露在前面。从一楼房门上的窗玻璃看进去，甚至可以看到一排排床，其中一张床上还有被褥。只是这里非常冷清，我大声喊了几声，也没人回应。这里就像那个临终者的家，有一种类似的气氛。我跟临终者握手的恐怖感觉依然留在我的手指上，它让我想起我身上潜在的二小的身份。

几分钟之后，我终于明白，这里目前显然空无一人。这让我非常失落。因为编辑部主任怀着非常大的热情给了我这个线索，我至少应该写一条关于老人的报道。这儿已经是大厂的最北端，再往北就是斜坡和野外，再远的地方已经被灰色的雾笼罩。我站在沉寂的养老院，像被整个世界抛弃遗失在这里。不过，我依然怀有强烈的期待，希望会有人出现在这里，任何人的出现都将会让我心情振奋。我甚至产生了有人会出现在这里的预感，我现在时时刻刻能体会到。从侧面窗户里，我注意到地上的一双破布鞋，好像布鞋的主人依然在附近游荡似的。我真切地希望养老院没有那么糟糕，只要养老院有一个被医护者，我就可以写出这篇报告。我隐隐觉得，如果不能顺利写出一篇关于老人的报道，我的处境就会更为被动。

就知道你在这里。

我近乎喜悦地回头一看，是大眼睛妇女。

没人吧？半年前这里就停办了！她说。

我无法描述她脸上的表情，那双大眼睛里同时体现出蠢笨和狡猾、畏怯和大胆，因为她出现在我需要迫切抓住一根稻草的时机，我几乎欣然接受了她，甚至原谅了她没有提供给我养老院停办的信息，甚至相信了她的许多迷信说法。不过，我依然担心她会带我去看原告老太太。

没有，她继续兜售的只是她的因果报应：

我早就知道，一定有人出面替这个老人说话，一看到你，我就觉得时候到了。她就在养老院呆过，养老院停办之后，她回到家，结果被女儿女婿赶出来了。

你可以采访采访她，她就在这跟前。

眼前这栋旧楼几乎就是目前大厂最古老的住宅楼——四号楼。看上去已经是危楼，像是早已无人居住，楼前高大的槐树一棵接一棵，遮天蔽日，荡满了灰尘。外貌更加污浊的旧楼孤单单地藏身在里面，烟熏火燎过似的有些发黑。这年代久远的楼房，似乎已经没有人居住了，楼道上的通风玻璃只剩下几块，楼门居然还是污秽发黄的木门，已经被时间磨得没有一点棱角，有的在下面缺了一块，像是豁牙一般。

如果不是亲眼看到，你不会相信——一个一头蓬乱花白头发的老太太坐在大槐树下的石头凳子上，正捧着半块香瓜吃。她的指头油污发黑，像乞丐的手指。她的眼神孤独内敛，似乎并不期待任何外界的人，她只是非常专注地忙于自己琐碎的事情。

我从未见过被自己的儿女遗弃的老人，难以相信眼前的事实。

她住在哪里？我问大眼睛女人。

就在这楼的一层，那个用塑料布挡住窗户的。这栋楼房里就住着她一个人，那个原告老太太住在这后面的楼里。

给记者说说你的情况。她跟老太太说。

老太太毫无反应。在吃完香瓜之前，她似乎并不想予以理会。

此刻臭鸡蛋味道似乎减轻了，或者是我已经习惯了这种味道。灰色的雾气也没有增加，但空中的灰黑色尘粒越来越多，它们不停地触碰到我的脸上，这也让我心情烦躁。我预感到采访会很不顺利。

我可以采访到她女儿女婿吗？

千万不敢！

为什么？我非常诧异。

这时老人用袖子擦擦嘴，仰起脸来。但她依然不回答提问，看上去非常委屈地两眼含着泪，默默无语。或许因为提到了女儿女婿，她的表情还有几分畏怯。

我仰起脸，顺着槐树树干看上去，想起大眼睛妇女做的梦。这棵树在空中微微弯了身子，伸展着三根巨大的树杈，有一个树杈前端已经伸进楼房的楼道窗户。假如大眼睛妇女梦中的那个男子就是我的话，我为何会突然从上面跌落下来呢？

他们把我赶出来了！老太太终于开口说话。

为什么？他们说什么了没？

他们嫌我。

那你怎么生活？

她指指前面，楼前堆放着垃圾里捡拾出来的瓶瓶罐罐、塑料，还有各种油桶。

这几天，她摔了一跤，一条腿只好拖着走，不能正常行走了。所以她常天坐在这里。

幸亏她的女儿还算没有完全绝情，偷偷给她搬来一袋面，不然她更是过活不下去了。大眼睛妇女说。

若是继续采访，需要看看她的房间，知道她的姓名和经历，还有许多其他的情况需要向她的女儿女婿了解。我站在那里，再次觉得自己如同一个法官一样，正在左右一件事情的未来，虽然我的位置并不稳当。

我问大眼睛妇女是否知道老人的姓名，却没有回应。这时我才发现：大眼睛妇女已经不在我身边！

此刻我正站在大槐树的阴凉里，周围一片奇怪的沉静。这时，树上一只蝉突然吱——一声叫了起来，引起高空里第一阵集体的蝉叫声，蝉叫声波及大厂更远的地方，似乎整个大厂数十年来的蝉都叫起来，或许因为声音的躁动，空中的尘粒越来越多，不停地触碰到我的鼻尖。等蝉叫声突然一瞬间停歇下来，我才留意到大眼睛妇女正在楼前的路上飞奔，像是在躲避什么。

我回过头，终于发现有一个男人正向我疾走，手里拿着随便捡拾的棍子，表情凶悍，嘴里在骂骂咧咧。此刻他两眼圆睁凶猛地瞪着我，我甚至来不及思考，也本能地跟着大眼睛妇女奔跑起来，刚刚奔出一截，就听见棍子砸落在我身后的声音。

我回头看去，只见他又在地上捡起一大块砖头，他俯身下去的时候，我感到他怪异的身姿，原来他的另一只袖管是空的，在他前面荡来荡去。听见他示威似的奔跑起来，似乎我的回头再次激怒了他。

滚你妈一边去，你们管天管地管不住老子……

有本事你们来养我——

他应该就是老太太的女婿。

此时，大眼睛妇女已经拐过弯，跑得无影无踪。

我依旧拼命在跑，像梦中一样难以抬腿，总觉得自己跑得不快。就在这时，我突然看到遗落在脚边草丛里的一颗圆滚滚的苹果，还有一个破口的红色塑料袋扔在路边。想起这一定是大眼睛妇女拿了一路的那个苹果，因为奔跑从破袋子里掉落出来。此刻它正无辜地被遗弃在这里路边的草丛里。

我突然想把它捡起来，我似乎把它当作了自己的化身。我下意识想，如果我能捡起它，我就会得到好运。

意识到这一点，我突然蹲下身，捡起地上的苹果。俯身的一瞬间，发现独臂男人居然被真正激怒了。他误以为我捡起的是用来还击的石头。

这次他没有骂人，但我凭借直觉都感到，他向我扔来那块黑沉沉的砖头。处于怪异的自尊，我居然没有弯下腰进行躲避，而是微微缩着脖子，闭住眼睛，期待砖头会避开我的身体。直到我的脖子感到一丝凉凉的风，我都没有用手护住我的头。如果我双手抱头，独臂男人会怎样耻笑我的狼狈？

之后，我突然真切地想起法庭里的细节，就像我还坐在那里，我注意到法庭桌子上的蜗纹……我知道事情会有无数的可能性，我跟临终老人那样，期待有人伸出一只手。

不过，不知是不是幻觉，路的尽头突然出现了一头小牛犊，也许是我上午见过的那头，也许不是，它正用那双巨大而客观的双眼看着我。

那巨大的双眼隐含着莫名的深意，如同我梦中出现过的石头圆眼。我预感到空中的粉尘会埋没梦中的巨大动物石雕，以及它们的一双圆眼。

往你嘴里扔颗地雷

"狗日的，这次算是撞了狗屎运了。"

黄昏的时候，他们一起在沟门口等奎叔，每过片刻，他们就站起来举目向沟外瞅瞅，他们只能见到沉稳陡峭的高大崖面，崖面下细细的小道，那里没有任何声响传来，也没有任何别的影踪，甚至连一只飞过的鸟都没有。但他们知道奎叔马上就会来到他们的沟壑里，因为奎叔已经迫不及待地打电话让人传了话，告诉了他们那个天大的好消息。下午他们什么都没干，只是焦虑地在沟门口等奎叔，他们无比振奋，王大虎甚至为他们如此兴奋感到害羞。终于，奎叔小小的身影出现在高大的崖面下，奎叔一边不紧不慢地走着，一边清嗓子，并非常有力地将痰吐到路边的田地里，吐痰的声音在对面崖面上引起阵阵回音，奎叔脚下还传出鞋后跟擦地发出的有规律的沙——沙——声，这沙沙声刮擦得他们的心脏奇痒无比，大虎二虎三虎纷纷激动地叫奎叔：

"奎叔！"

"奎叔！"

"奎叔！"

奎叔慢慢绕过土崖，走到沟前的小路，最后上了沟门前的小坡，他们喜气洋洋地迎着了奎叔，脚趾溃烂的爷爷王荣也一步一拖地走过来，眉开眼笑地朝着奎叔频频点头。片刻之后，奎叔已经坐在他们的泥抹小屋前，抽上了王龙的劣质烟，在烟雾中眯起眼——奎叔这样眯眼说话，在大虎看来更有派头。

奎叔在省城的奇遇简直不可思议，他们张大嘴巴听完一遍，明白了事情的来历。但他们依然期待奎叔说，奎叔就颠来倒去说个没完。

"你准备让大虎啥时去？"奎叔问。

"能行的话，过两天就去，咱趁热打铁赶紧去。"

第二天，王龙安排妻子叶好和大虎去马南市衣服批发市场去买衣服，其他人照旧去拉沙。大虎脱下短裤，要换出门穿的那条长裤。他看到他变脏变难看的腿：土和汗水像灰漆一样染在腿上、凝结的一道一道的划痕和和鼻涕渣一样的血痂、蚊子新叮的红色疙瘩，还有他变黑蜕皮的脚。他看看胳膊，胳膊又黑又红、变得粗糙。他的脸在这一个月里也晒黑了，他只需要眼睑向下，就能感觉到那里汹涌着逼人的黑光。

他们总共拿了三百元钱，他们第一次仅仅为了买衣服而来到马南市。大虎一心想买一条牛仔裤，上大学的时候，他看到那些看似放荡不羁的男生就穿着牛仔裤。跳舞的时候，牛仔裤呈现出一个有质感的线条，让这些人的腿和屁股看似无比性感，但他从未有幸穿过这么一件，他现在就无论如何也要买一件。但每次他刚刚将眼睛放在各式各样的牛仔裤上面，他的母亲叶好就赶紧拉着他走。她讨厌牛仔裤，简直为了大虎想买牛仔裤而惊讶至极："你怎么买这裤子？好呀咧，这是工人穿的裤子，你不信到你舅舅那个工厂去，工人们穿的都是这硬硬的蓝裤子。"他不听叶好的话，执意要买。叶好生气了，铁青着脸，坐在远处的一个台阶上，那里不断有人走来走去，绕着叶好。大虎不管她，他搞好价钱，让叶好来付钱，叶好不付。但最终叶好非常气愤地付了钱。大虎又买了一件土黄色的夹克，他看到它在特殊的灯光下显得无比洋气。还买了一件衬衣，一双球鞋，一条皮带。这样他们就必须回了，他们的钱已经花了二百多。在路上他们又从地摊上买了一块电子表。大虎满意了，他想象他穿着牛仔裤和夹克走在省城的大街上，他为自己的性感而满心欢喜，他现在唯一的问题是，他穿上这样的衣服，是否会不自在，他总是因为穿了新衣而不自在。

他们路过县城，大虎去大澡堂洗了澡，他看到自己身上的二股筋背心和短裤留下的泾渭分明的发白印迹，其他地方都逼人地黑而粗糙。现在他们走在通往沟里的路上，他们开始担心衣服是否能过王龙的关，因为叶好一路都在责备大虎：

"看你爸不数落你，你马上要在省城里上班了，成了记者了，你还非要穿一件工人才穿的衣服……"

但王龙却认为牛仔裤挺好："我最讨厌你们买灰不拉几的衣服，你看这个裤子，多鲜亮，人家蓝，就是发亮的蓝。你看你这夹克，还不就是一张老鼠皮，花了那么多钱你就买一件老鼠皮回来?! 叶好! 为啥我让你跟上大虎，大虎还买不了?! 就是要让你把把关，你就不看看，这还不就是一张老鼠皮?!"

现在已经是第二天，大虎去华北日报社当记者的消息居然已经被远远地传开，而且村民也知道了奇遇的细节。那是奎叔在不同人的炕头上自豪地述说的，甚至包括王龙外村的亲戚都知道了这个喜讯，因为不断有人来到这个沟壑。从一大早起，大虎就惊讶地发现，不断有各种交通工具闪过那个土崖，来到他们的沟壑。有时是四轮，有时是三轮，有时是摩托车，有时是自行车。王龙带领全家不断去做这业务生疏的迎接宾客的工作，内心抑制着狂喜。而且，还有从邻村走来的人——那是大虎的两个老姑，他已经多年没见，大虎已经完全忘了他还有两个老姑。她们的小脚在沟壑小路一寸多厚的粉尘中走，尘土像水一样漫进她们粽子般小小的鞋子。他们全家早就听说有"两个老太太"马上就来了，那是不同的来人预先在路上遇见了走在沟壑中的她们。于是他们全家早早就站在沟门口迎接着，她们小小的身影终于闪过高大的崖面，她们互相说着话，在沟门前拓宽的土路上仔细地走着。大虎二虎三虎高高地叫着："老姑。"她们的脖子不时地左右晃一下——那是患了帕金森。"好呀哩，小伙子都这么大了！"个子高一点的老姑摸着大虎的肩膀，仔细而喜悦地看着大虎，一边微微地晃着头。她们的笑声依然富有贵族气派，就像悠扬的大提琴一样感染着他们。

十多个自认为跟王龙关系不错的村民也提着用手绢抱着的十颗鸡蛋，陆陆续续来到沟里。他们客气地零零散散站着，不愿意坐在为数不多的凳子上。在王龙和他的儿子们因为一拨亲戚的到来，无暇顾及他们的某些时刻，他们在院子旁边找到落脚处，互相打趣，开粗鲁的玩笑，很响地往柿子树下吐着痰，不时地将目光投放在幸运的大虎身上。王龙的屠夫挚友林忠也来了，他自豪而霸气地坐在父亲跟前的缺腿凳子上，就像那是他法定的座位，他挥手叫大虎，郑重其事地教训大虎："等你去了报社，好好整整这些狗日的村支书，好我的娃，别给这些孙子留情，看看他是怎样欺负你们全家的。你知不知道，他们现在想尽办法要撕毁合同，要收回你们承包的沟？"桂龙媳妇来来回回激动地跟不同的人说话，用她那副有点沙哑的嗓音讲述几年前她的梦："所以我早就料到这一天……你想想，我梦见，大中午的，王龙和叶好正拉着棺材在上坡，棺材，那就是当官和发财……这不，准准的。"

刚来的人都用眼睛轮来轮去地瞅，掩饰不住惊讶的表情：

"这沟里其实还不赖，像是个世外桃源。"

他们来到小屋，展览般参观两间屋里简陋的陈设：地上没有铺砖，踩得很瓷实的硬土地面坑坑洼洼；小小的两米见方的炕，炕上铺着发糟的、露出大窟窿（下面是毛毡）的脏床单；土砖炉子敞着熏黑的螺旋状窟窿，靠近炉子的毛毡边角被烧黑；朝东的墙上竖着几根弯弯曲曲的粗木棍，糊着雪连纸当窗户，捅破的窗纸舌头一样垂下来；墙用草泥涂成；铁笼圈（蒸馍用的）垫着木板放在地上，敞着口，露出几个有绿霉点的大馒头。然后他们又低着头从门框下钻出来，抬眼看着外面的王龙说：

"生活是艰苦了点，可是你的孩子们都有出息，这就是人常说的寒门出贵子哩。"

奎叔已经早早就来到了，奎叔的妻子、女儿都到了。大虎的大妈大爸、三爸三妈、姑姑姑父、姨姨姨夫都来了，大虎不同的舅舅、两个表哥、两三个表弟也来了。土屋前和柿子树下到处都停放着自行车、三轮车、摩托车，四处都站着人，不少亲戚和村民第一次将他们特殊的声音带到沟壑里，这声音此刻就神奇地飘荡在沟壑里的柿子树叶间。大虎害羞地发现，他现在是其中的主要祝贺对象。大虎穿上了干净的新买的衬衣，二虎和三虎也穿上了出门时的衣服。二虎和三虎走过大虎时，总要悄悄给大虎挤挤眼，大虎喜欢他们的挤眼，他欣喜而忐忑地走来走去。在个别时候，他会突然一阵陶醉，心间隐秘而欢快地甜蜜起来，这样的时刻，他会充满自豪地想起李文花。他现在已经是华北日报的记者了，而不是什么别的人。但他不能在这么多人面前露出无意中浮现的甜蜜笑容，他提醒自己一定要保持谨慎而平和的表情，每来一个人，他和二虎三虎都要按照父亲规定的礼貌动作，称呼前来的人，他们的叫声常常参差不齐地响起来：

"大爸！"

"二舅！"

"哥哥！"

就像一串不太响亮的鞭炮。

王荣也成了一个看望的对象，他们坐在小屋里叹惋地跟王荣说：

"恓惶地——你看看，住在这沟里。"

在临近中午的时候，大虎不断听到"大虎在哪里"的问语，一个表弟找到他，拉他到沟门口，原来是一个陌生的孩子找大虎，大虎惊讶地发现这就是那个邮递员闷子的儿子，这个有着鼓泡鱼眼的孩子拿着一封信，到处找大虎。大虎紧张地看到那是一个普普通通的白色信封，上面熟悉的字体使他意识到这是李文花的回信。他扭头看，没有，他的亲人都不在跟前，幸亏今天到处都是来祝贺的人，他们忙着接待不同的人，不然一定会被他们瞧见。他拿到这封信，迅速藏到口袋里，他没有机会偷看，他害怕他们看到他遭到拒绝——一个月前大学刚刚毕业回到家，因为父亲王龙无意间拿起他的毕业留言册，夸奖了其中一个女生，他处于炫耀说他跟她关系挺好，王龙就催逼他立刻写一封情书："好哇咧，人家的父母早就等你这封信了！"事实上他一共没跟她说过几句话，只有一天晚上，他们聊了很久，谈了杜拉斯和卡夫卡，谈了他们理想中的爱情会是怎样，他们忘了回家，谈了通宵。在王龙的高压下，大虎坐在沟壑的柿子树下用华丽的语言写了一封情书，他们全家欣赏了他的情书之后，王龙打发叶好隆重地送到村邮局。他在大学的追求对象是安忆，毕业时，安忆写了张纸条拒绝了他。他坐车回到村庄路口时，他的女老乡才把纸条转交给了他。他的父母兄弟不知道安忆，他从未提起过她。现在他已经藏了信，放到他准备带到省城去的黑包里，那里有他精心挑选的数十本大师的书籍。

个别亲戚和村民见到大虎，在王龙跟前教导大虎：

"出去灵活一点，勤快一点，要有眼色。领导都喜欢这样的人。"

大虎心虚地应答着，因为他有时会突然一阵担心，害怕他最终无法成为华北日报社的一员，因为他只是凭借奎叔的一个口信，而不是录取书那样的铁证。但他看到父亲王龙似乎认为自己完全有资格接受这样的祝贺，王龙不断地迎接嘉宾，变得温和而有礼貌，不断地向来人散发香烟，不断地安排大虎二虎三虎给来人倒茶。神婆大妈也非常活跃地参与到迎接客人的队伍中，她的幽默话语逗得人们发笑，村民也不断逗她。过了一会，大妈像是累了似的叹口气，走了过来，瞪着那双有趣的大眼走到他们跟前，看着正伸手发烟的王龙，叫王龙：

"王龙诶——"

原来她是要父亲王龙重新斟酌出行的日期：

"嗯哪，你们着急的，按说明天出行比较吉利，今天恰恰不太好。"

"咱从不信这一套，"父亲王龙笑着晃晃头，抬起右手果断地一挥手，像是在空中横扫了一切牛鬼蛇神："咱不信它，咱不信它也就不会有任何说头！"

"王龙着急的，巴不得让大虎现在就坐到办公室里呢，哪能等到明天。"树下一个村民打趣王龙。

王龙满意地笑着，抖着腿，说：

"就是，夜长梦多。"

这时，有个粗嗓门大声朝沟门喊："这孙子，你是赶着点来吃肉的吧。"

他们才发现一个身影慢慢闪进沟门，此人皱着眉头，像往常一样用阴沉而锋利的目光看着前面，微微弓着身子。大虎一眼扫过去，就知道那是一向令他畏惧的克威。克威居然也来祝贺他！大虎心中莫名一颤，隐隐觉得这是划时代的一刻——克威从未进过他家院门一步。现在，他看到克威一只手提着用手绢包裹的鸡蛋，正一步一步不慌不忙地走来，也不理睬嘻嘻哈哈调笑他的村民们。

王龙已经大踏步迎出去，大虎二虎三虎也效仿着走出来，克威什么话都没说，王龙满脸堆笑地说：

"来啦？"

克威的脸纹丝不动保持着往日那种漠然的表情，嘴角每一个下垂的纹路都显现出一种严肃和深沉，克威甚至都没有用那双似乎能看透一切的毒辣眼睛看他们，虽然大虎二虎三虎已经此起彼伏地叫了叔叔。他们跟着克威重新走回来，把克威让在凳子上，克威才抬起眼皮（居然是平和与关切的目光！），问王龙：

"啥时候动身？"

"吃过饭就动身。"王龙喜气洋洋地回答，抬手指挥大虎："快给克威叔叔倒茶！"

几个村民正在树下嘻嘻哈哈地斗嘴，"你妈的""你个怂"……这些"习语"不断从他们嘴里说出来。只见克威回过头，似乎这才记起很久之前他们对他的挑衅，于是富有威力地回敬道：

"你们嘴痒了在树皮上蹭蹭！"

爷爷王荣也坐在了院子里，从未这么精神抖擞地坐着凳子，脸洗得干干净净，把鸭舌帽戴得端端正正，眼睛虽然浑浊，但眼神恢复了活力，不断点头，偶尔还要回应一句。而爷爷偶尔哼哼的时候，那也不是哼哼，而像是累了一般叹口气，嗓子里有一个轻微的持续的响声。

大虎站在爷爷跟前，看看爷爷需要什么，爷爷抬头看到大虎，激动地说：

"你你你干你的，我坐着就行。"

叶好和大虎的大妈、三妈、姑姑以及个别女性亲戚，都在小屋外那个简陋的锅前做饭，桂龙媳妇也在其中忙活，不断传出她沙哑的嗓音。其他人都无法点着下面的柴火，只有叶好会，于是叶好跪在那里点，叶好有时还指挥她们，用手指点着，因为她们根本摸不着叶好的器具放在哪里，以及如何操作。她们已经满满切了一桌子菜，都放在不同的碗里。王龙特地买了猪肉，现在猪肉都被切成肉丝，放在盘子里等待下锅，光鸡蛋她们就打了满满两碗，满满两碗搅拌好的黄灿灿鸡蛋，大虎他们看见如此多的鸡蛋就流口水。尽管有了这么多菜，还有人在洗菜，清洗刚买来的海带，自告奋勇的两位亲戚还杀了一只鸡，沾了血的鸡毛散乱地扔在一棵柿子树下。他们的碗远远不够，克威让人开着摩托车又回村里借了村民的碗筷。

"我即将是华北日报的记者了。"大虎想，有时他又突然想不通，想不明白了，他居然已经是这么大的报社的记者，他仅仅是一个面孔平庸的人，一个地区专科毕业生。他一边惊讶地想着，一边在来往不断的人群中走。他们过年的时候也从没有如此热闹，他们从未如此热闹。这时，他看到他的表弟将他们平日睡觉的席子拿出来，铺展在小屋靠近沟外的一侧，他的两个年老的姑妈盘腿坐上去。等他再次看到这一幕时，发现她们正在席子上为他缝新被子，她们居然为了大虎趴伏在席子上，用那双苍老的手为大虎缝新被子，被面上还有戏水的鸳鸯。这有些震动了大虎，大虎几乎觉得自己不配得到这样的待遇，有些汗颜。他不敢看这样的场景，同时心里又暗自高兴，怎么，他的姑妈居然对他这么好，这可是他的姑妈，两个气质非凡的老太太，在他小时候常常抚摸他头发的老人。他叫她们老姑，她们就会笑眯眯应答，而她们说话的语气多么优雅，多么不像农民，她们给他们的压岁钱从未少于两块钱，而别的亲戚都是给五毛和一块，甚至还有两毛钱。

　　现在他们终于吃上饭了，他们都饿了，但这样一个连风箱都没有的锅灶什么都做得慢，等他们几乎要吃完的时候，他们才闻见煮鸡的香味。他们看到那个大铁锅下的几根粗大木柴，木柴火红的前端正有一搭没一搭浮荡着火苗，而大铁锅里正咕咕嘟嘟响，铁锅上冒着热气。他们虽然已经闻到香喷喷的味道，但明显感到肚子已经饱了。

　　坐下来吃饭的只有七八个人，其他都各自找地方站着，因为他们没有那么多凳子，也只有一个画着黄色大鲤鱼的轻飘飘桐木桌子，就是这样一个桌子也太矮，只有一尺多高。不少人都退到柿子树下吃，他们不停地走到桌子跟前往碗里挑一些菜，然后再端回去。他们抬头看看柿子树，从未想过会在柿子树下吃这么一顿饭。他们吃着，突然，有人发出惊呼声，因为坐在桌子跟前的爷爷正说着什么，突然歪头朝一边倒去，他们扶住了爷爷王荣，王荣说他头晕，他们将趔趔趄趄的王荣扶回小屋，姑姑"爹、爹……"地叫唤着跑过来，一直跟在这些人的后面。

"老爷子太激动了。"

"刚才老爷子说什么哩说得一下子倒了。"

"说大虎爱看书,一有空就看书。"

"老爷子真是太激动了。"

大虎看到躺在床上的爷爷,爷爷摆手说他没事,就是有些头晕。他们都出去了,他的姑姑在那里陪护爷爷。

过了片刻姑姑扶着爷爷又出来了,原来是要撒尿。大虎也过去扶爷爷,他和姑姑各扶爷爷的一条胳膊,他们把爷爷扶到一个较远的柿子树下。爷爷的手颤抖着不会解裤带,姑姑利索地解了爷爷的裤带,大虎正不知道该怎样才能避免爷爷尿到裤子上,这时他看到姑姑往下脱爷爷的裤子,以及爷爷的宽大短裤,现在露出了爷爷的缩成一点的生殖器,以及周围蜷缩成一团的颓丧的黄毛。他不知道该不该看爷爷的生殖器,但出于好奇,他看了。他几乎只能看到那个棕黑色的龟头,而这样的龟头耷拉着,里面的尿随时会尿到裤子上,果然,龟头那个眼里流出尿来,风把爷爷的尿吹撒到裤子上。大虎不知所措,那是爷爷的生殖器,他从未想过去看爷爷的生殖器,更未想过会去用手抓住爷爷的缩成仅仅半寸长的生殖器,以便于尿能远远地排出去。这时他看到姑姑的手迅速过去扶住了爷爷的生殖器,姑姑眼睛直直地盯着那个小小的龟头,控制住它,尿果然排远了,被风吹成散乱的点线,噗噗响着落在地上。他为此一直感到羞愧和震惊。他难以相信,正是这样一个蜷缩得几乎看不到的小小生殖器,才有机会诞生了他们这样一个大家族,诞生了穿褴褛中山装、走路前倾的王龙,诞生了大虎的大爸三爸和姑姑,这才有了大虎二虎三虎。

现在三虎替大虎提着黑包,他们一起跟着奎叔走到柿子树下的小路上,等王龙发动四轮——他们当天晚上就坐火车去省城。大虎已经跟躺在床上的爷爷告了别，一个稍稍懂医的人说爷爷是糖尿病犯了，歇歇就好了。躺在床上的爷爷激动得又是点头又是挥手。他们听到四轮发动了引擎的声音，四轮冒出烟来，烟雾在结了绿色柿子的枝丫上散开。大虎跟他们一一告别，大虎看到母亲叶好急匆匆走过来，看到母亲高大的颧骨，母亲的眼里明显地流露出难舍的目光。二虎和三虎笑眯眯看着他，他知道他们在祝福他。亲戚和村民纷纷走来，互相说着话，也有人看着大虎，大虎不好意思地扭过头，盯着四轮，四轮现在行进在小路上。他和奎叔爬上去，有人在后面推他的屁股，从未有人在他后面推过屁股，他几乎每天都上四轮，从未有一只善意的推他屁股的手。现在他感受到屁股后面的暖意，但他不知道那是谁，他害怕知道那是谁，那会让他感到难为情。他现在和奎叔站在车斗子里，他接过三虎递上来的黑包。他朝他们摆手，看到柿子树前一片挥动的手。

四轮从小坡上俯冲下去了，他看到二虎和三虎跟了上来，他们一直往沟门外的小坡下走，他的眼圈立刻有些红了。他知道他对不起这两个弟弟，他曾经厌烦他们，恼怒他们，而他们居然一点都没有嫌弃他，依然依依不舍地跟着他。他们总共摆了一两次手，他们只是跟着，跑两步，快走两步，他的母亲也急急地走，笨拙地错动两条腿走路。现在他狠心地抛弃了他们，而二虎和三虎将会每天跟着父亲王龙装沙拉沙，不是二虎就是三虎跟车，他们还要忙碌一个月，才能幸运地躲进学校。之后就只剩下王龙和叶好两个人，他们两个人装沙，王龙送沙，叶好跟车。叶好会坐在王龙侧面的钢铁护底板上，用手紧紧扶住驾驶座的椅背，而四轮发出腾腾腾的暴烈的声音。叶好也会在恐怖的S型大坡上踩车头、往轮子下垫石头——因为四轮拉着满车的沙子会突然喘息一声停下来，他们不得不重新启动……

他们现在绕到土崖后面了，大虎看不到那个送别的队伍了。等他再次能瞅见时，他看到弟弟和母亲叶好已经走到土崖那里，他甚至能看到他们脸上的笑容。

现在大虎离开了沟壑，四轮没有朝S型大坡那边走，而是走向村子，他看到路上走动的村民，村民朝车斗子后面的奎叔点头，也仔细看即将去华北日报工作的大虎。风重新将大虎的头发吹起，吹成有风度的大背头。大虎站在车后，用手抓住横铁，四轮通过横铁震动他的肩膀，而下面的斗子震动他的双腿和肚腹，四轮走得很快，因为只是空车。

现在大虎看到了斑驳的田地，风吹着玉米叶子，吹动长得满满的棉花叶子。他看到田地里劳作的村民，他们正抬头看他，由于他们早就听说了他的喜讯，他们站立的姿势里有一个惊叹般的感觉，似乎在说，哟哟，这就是那个大虎，他这就动身了。大虎捕获了他们的目光，他觉得自己从未有这么一种胜利的快感，这些田地和村民似乎已经被他征服，这些玉米、棉花也正在庆贺他，它们喝醉酒一般在风中扭动枝叶。他看到了一向用轻视的态度对待他的王林乔，王林乔正在棉花地里抓虫子，此刻也看到了他，眼神里充满欢快和一丝嫉妒在看他：

"走呀？"王林乔问。

他笑着点点头。已经有好几个人这样问他，他暗自欣喜，他觉得这就是一种和解，他们不再跟这个世界对立，而是正在慢慢和解。他喜欢王林乔这种委婉和蔼的态度。

就在一个月前他刚刚毕业回家时，他灰溜溜地走过村庄，肩上扛着一蛇皮袋子书，一条胳膊拢着巨大的行李包，另一个肩膀还挎着沉甸甸、装满经典著作的黑包，走起路来颤悠悠的。那时，他害怕遇见自己村庄的人，他害怕他们看到自己的窘相，也厌恶这些人了解他的一切：父亲王龙常年穿一件蓝色或绿色的褴褛中山装。在夏天也不脱，后背浸湿、泅出一圈圈白色的盐碱印记。袖口开衩，条缕状垂下来，屁股上缝着脸盆大一块补丁。为了他们的学费和生活费，王龙到处欠钱欠粮，甚至盐钱。他脾气暴躁，还被村民认为幼稚。他试图把三个孩子统统供上大学，而村里有史以来一共只出过两个大学生。他总是一意孤行，与村民有些格格不入。他病了十几年，在炕上捂着肚子翻滚、用脚捣墙、骂老婆做的面条硬，摔桌子蹬碗，把作业本掷在孩子脸上，责备他们上一天课连一页纸都没有写满。他便血、吐血，好几次差点送命。父亲四十一岁那年，因为胃出血将胃切除三分之二，之后才慢慢摆脱了胃病。父亲王龙贷款买了一辆破旧的十二马力的二手四轮拖拉机，从沟里拉沙卖钱。后来他干脆将全家搬到沟里，像野人一样住在那里，晚上点油灯。每天到村中挑水。

　　而此刻王龙正笑眯眯地驾驶着四轮，就像兴高采烈的命运之神坐在驾驶座上，转动着方向盘。神态如此自若，动作如此潇洒。王龙虽然依旧穿着褴褛中山装，但衣服里已经透出华贵的、不能被忽略的色彩。大虎满意他眼前的一切，四轮腾腾腾的那种暴烈声音也让他满意，让他产生眩晕般的激动。再没有一种声音和震动能如此充盈他的胸怀。

　　四轮开上了木桥，轮子下面的方形木头发出哑哑哑的声音，他看到了那条灰黑色、近于断流的河，现在只有几个不同形状的条带铺展在袒露沙滩的河道里。他重新看到那个无法亲自去沟壑里祝贺他的黑脸姐夫，黑脸姐夫咧开大嘴朝他笑，打招呼，他也满心欢喜地回应了这个笑容。现在他重新路过那个他曾经无数次经过的高大拱门，远远看到上面的几乎剥落的红色毛体字："农业学大寨"。他们上了大坡，很快来到那个三岔路口，大虎记得就是在那里，他展开安忆的纸条，那上面写着令他汗颜的话。他又看到那个落满尘土的破旧遮阳伞，看到那块石头。甚至看到同样一条狗，在眯着眼，伸着舌头，有机会就嗅嗅闻闻。大虎一瞬间激动起来，一股气已经充满了前胸，使得他几乎要爆炸。他想到，他将再也不用在沟壑里劳作了，他将住在省城，住在一个想象不到的房间里，有一个办公室，有他的领导，领导给他安排任务，而他拿着采访本就出发了，他采访不同的人，了解了不少人的疾苦，了解了许多他从未了解的事物，等他需要重新拿起笔写作时，他发现他有了大量的素材，他写出了巨著，引起了轰动。他正陶醉在想象中时，奎叔已经看到去马南市的公共汽车远远驶来，提醒他们：

"来了！"

于是他们跟王龙再见，王龙重新上了四轮，转头开向那个高大拱门和大坡。

但是大虎一到火车站，就立刻发觉了自己的渺小，他闻到这里臭烘烘的味道，到处都是乱哄哄的人流，这多少给他带来暗淡的心情。他再次质疑自己的身份，什么？就是眼前这个背着黑包，跟着一个黑脸农民的普普通通平脸男子，这个混在人群里毫不起眼的人，居然是华北日报社的一个记者？他在咖啡色玻璃上看到自己的粗笨身影，看到自己毫无魅力的脸，那双运动鞋穿在他脚上居然突然失去了魅力。他看见许多市里的年轻男女都比他穿得时髦，他们散发出与他截然不同的气质，他们说的普通话像是用婉转的乐器奏出来似的，他们的肤色白皙，眼神灵活，潇洒自如。他们穿着皮鞋，而不是球鞋。而他买的却是球鞋，一个他自以为已经很奢华的有弹性的运动鞋。

他们没有买到坐票，他们是站票。尽管是站票，很长时间他们都无法站到车厢里去，他们只是被挤在门口的过道里，火车的绿色厕所门就在他们跟前，大虎正被牢牢地挤在绿门上。

在下一站，他们才挪到车厢里。他们站在车厢中间，等车厢过道稍稍宽松一点，奎叔就把他找到的一张废弃报纸展开，端坐在过道。大虎跟奎叔离开一点距离，害怕被人发现他们是一起的。他没想到火车依然很挤，他已经习惯了火车的挤，有一次他从窗户上爬进了火车，而那正是开学的高峰期。现在他们在那里熬时间，各自出着汗，奎叔不断需要给人让路，不停地把屁股挪来挪去。在黑岭站时，奎叔已经跟附近的几个人攀谈上了，他们认真听奎叔在那里说，他们都迷信奎叔。

"我的那个朋友，每年发几批白面就赚几十万，赚钱很容易，差价就明明白白写在那里，可人家就能发货，你的就不成……你们若想做这样的生意，可以找我，我一句话的事！"

那些人纷纷问奎叔要电话号码，奎叔哪有电话号码，只见奎叔说：你直接找我就行了，我就在某县某镇某村，大名王奎云。他们都掏出纸和笔记了下来。

大虎看到窗外已经是黑夜了，车上的人不见减少，而且还不断有上来的。大虎什么都不想，仅仅听着火车的卡塔卡塔声，看着眼前晃动的马尾巴头发、脖颈、某个人的衣领、某个人胳膊上的刺青。他看到一些人上来，一些人下去，但很少有座位空出来。后来一个肥胖的女人上来，拖拉着巨大的行李，她看了看行李架，行李架已经爆满，她大大咧咧把行李放在过道，看到跟前一个暂时空出来的座位，就一屁股坐在上面。

很快那个座位上的妇女来了，端着热水杯。

"大姐，这是我的座位。"

肥胖女人丝毫不为所动，而是从旁边的行李里拿出几个红色的小册子，说：

"给你一个，你是有福的。别说座位不座位的，谁坐就是谁的，我坐你的座位你就是有福的。你看看这个就知道了。"

许多人都哈哈大笑，肥胖女人把小册子发给身边的人，人人都好奇地伸手要。那是一小本红色封皮的简陋册子，封面上印有黑色的十字架。

座位上的一个男人使劲挤肥胖女人，试图把女人挤下去，一边说：

"真不要脸，这是我老婆的座位。"

但肥胖女人丝毫无法撼动，肥胖女人只是回过头来指着这个丈夫的头，自觉好笑地说了一句：

"你也是有福的，上帝会保佑你。"

他们跟肥胖女人吵架，甚至将肥胖女人的行李移走，但肥胖女人不为所动，依然嘻嘻哈哈，逗得乘客们大笑。

肥胖女人说："上帝耶稣在天上看你们呢，我不怨你们，我赐你们福。"

他们难以相信这是一个信徒，大虎和奎叔下车时，肥胖女人依然安然不动坐在那里，两个巨大的乳房在宽大得过分的背心里混合成一体，鼓鼓囊囊地垂在汹涌出来的肚子上，肥胖女人正大声跟乘客说：

"只有你相信了上帝，你才不是盲目的。"她面朝前面的乘客说，并说给正跟她推推搡搡的一对夫妻：

"我给你们说：谁要惹了我，我就会把他的嘴掰开，往里面扔一颗地雷。"

他们听见身后传来疯狂的笑声。大虎无法理解这样一个奇怪的信徒，他决定把这个写进他的某个书里。

大虎打开他的感官，在混乱的人群中仔细观察，这就是省城，他从未到过省城，他看到头顶大大的三个字："某某站"。他欣喜地看着眼前的一切。他跟着奎叔离开了出站口，外面完全是深夜了，他们行走在火车站前的广场上，大虎看到了庞大的高楼群和炫丽的霓虹，那是他在电视里看到过的。很快，他们穿过广场对面车辆来往行驶的柏油路。他紧紧跟着奎叔，奎叔依然用那种一步一步、胸有成竹的样子在走，甚至无视他们身旁不断鸣叫的车辆。他们不停地走，拐到一个稍稍僻静的街道上去，然后又走进一个稍小、两侧满是商铺的巷道，路上还有踩烂的剩菜叶子，路旁的下水道里泛起阵阵腐臭的剩饭味，甚至还有莫名其妙的尿骚味。之后，他们走进一个又一个黑乎乎的胡同，此刻，胡同里是这么安静，跟刚才的热闹形成鲜明的对比，而且一个胡同比一个胡同暗，一个胡同又比一个胡同窄小，最后他们站在胡同的尽头，一个再也无法前行的门挡住了他们。他听见奎叔不断叫：

"三毛！三毛！"

他们在一个年轻小伙子引领下进了门，这个院子是如此狭窄，只有一线天空露出来，两边是三层简陋的楼房，他们还需要上一个晃晃悠悠的铁楼梯，踏上去的每一脚都发出响亮的一声铛——，引起楼梯整体的震动和回音。他们进了屋子，屋子里放着脏兮兮的两张床，床单发灰，中间有人形的印迹，靠窗桌子上一个小小的、荧屏只有一本杂志那么大的电视。大虎从未想到是这样一个旅馆。他甚至无法为他崭新的衣服找一个可以放置的干净地方。

大虎怀着某种惊讶躺下来，然后在第二天早早就醒来，时刻留意奎叔的动静，奎叔将他的半个秃顶顶在黑乎乎的枕头上，睡得正香。而他耐心等着奎叔醒来，等待奎叔领着自己出发去华北日报社，以摆脱这个如此龌龊和卑微的地方。但没有，奎叔洗漱完毕，出门前很有风度地朝他动动手掌上并排的四个手指，示意他不要跟随他，要他耐心地坐下来，他只好把黑包放下，坐在旅馆等奎叔。奎叔一个人出去了，奎叔将陈旧的鸭舌帽压在半秃的头上，仔细地正了正，然后一步一步走下晃晃荡荡的铁楼梯 (楼梯台阶甚至放不下他的一只脚)，整个旅馆顿时响起有条不紊、有回音的铛铛声。

大虎怀着忐忑和惊诧不断审视他所处的环境：他富有雄心、装有大师书籍的黑包正放在窄小的脏床上，靠着薄薄的、满是污迹的板壁。板壁上到处是蚊子的血污，几只蚊子还保持着临死时的模样，翘着细长的腿，血迹黑红，花样迭出。墙上甚至还有发黄的鼻涕印痕，地上是奎叔清早刚吐的圆圆的黄色痰迹，他赶紧用脚底擦了。他还注意到头顶上有一只疾跑急停的蟑螂，有时会在墙角处划过一道闪电，急速钻进一个不引人注意的缝隙，露出黑色的半个身子。他还观察对面房间一个抽烟的丑陋妇女,她正敞着睡衣站在窗前,不断吐出烟雾(他私下里揣测她的身份)。楼下依旧响起奎叔在沟壑里向王龙吹嘘过的赌博之声,那是一阵一阵哗啦哗啦洗麻将的声音。

直到接近中午,奎叔才回来,奎叔带回来的信息是他们就在旅馆等着就行。等大人物们来看他们?大虎觉得奎叔未免过于张扬和自信,怎么能让这几位权贵人士来旅馆来看他们,踏上晃晃悠悠的窄小楼梯、进到满是污迹的小小房间来看他们?那个人事厅主任、那个律师林泉、那个华北日报的总编、那个市公安局局长?他们会屈尊看他们?大虎为他们所处的旅馆的寒碜而羞愧,并为地位显赫的人即将躬身到这寒酸旅馆而感到惊慌。

第三天,奎叔依然告诉他,他们还需要等。但他们没有死等,他们走出去,在大街上走,他们走了很远,中午的时候他们饿了,但他们发现已经走出去太远,他们无法马上回去,而他们只有在旅馆附近的饭店才能吃到三块钱一碗的面。大虎跟着奎叔,一步一步走,奎叔从不走快,那是一种骄傲的步伐。他们路过写有"优惠!十五元一斤大虾!"的街边酒店。他们朝火车站走,只有找到火车站,他们才能重新找到那个胡同尽头的三毛旅馆。他们走了一条一条大街,大虎觉得他们就像走在孤寂的海底,无人关注他们,他们也不关注别人,大街上的人跟各类海底生物一样与他们毫不相干。他们回到胡同的时候,大虎看了他的电子表,已经三点三十分,他们来到那个可以吃到三块钱一碗面的饭店,成功地走到了它跟前,但饭店已经关门了。

第四天,奎叔再次出去了,让大虎等。大虎在脑中想象奎叔遭遇的那些贵人——奎叔巧遇的律师同学,律师同学介绍的市公安局郑局长,以及律师的挚友——华北日报社总编、人事厅办公室主任。在沟壑里,奎叔一遍一遍给他们全家讲过这个奇遇:奎叔如何因为找不见人事厅的那个同学而郁闷,他在广场附近乱晃晃的地摊上正在闲逛,这时,一个戴墨镜的中年男人不停地打量他,他嫌这个家伙看他,

"你这人有意思，看我干嘛?!"他这样质问。结果，这个男人摘了墨镜。"看看我是谁?"个子高高的，白白一张脸，大眼睛——咱可认识他是谁。"你不是在西河镇中学读过书?""是呀!""你不是奎云?""咱这才看出来——这不就是我的高中同学李南生吗?"这家伙，混得真好，现在成了省城最有名的律师。于是这个律师同学向他介绍了同样是高中同学的市公安局郑局长，局长怎样让司机接送他，而他怎样第一次坐在警车里，交警怎样向他敬礼。之后，他的律师同学怎样设饭局，并在饭桌上巧妙地向《华北日报》总编推荐了大虎，总编满腹狐疑地质疑他们的推荐，而奎叔怎样说出"是骡子是马拉出来遛遛"这样搞笑的话，并一劳永逸地打动了总编。"好呀咧，这报社威风得怕人哩，门口有站岗的，里面放着一排排小车，大虎去了可是没算屈才……"

就在这时，大虎看到电视里正好出来一个穿警服的人，下面的字显示此人就是市公安局局长，姓氏并不是奎叔说的"郑"。接着，记者连续采访几个副局长，副局长也不是那个姓氏。大虎觉得有些蹊跷和怪异。他有些惶惑地走出小小的旅馆房间，他不知道奎叔去了哪里，他关了房门，热切地希望找到奎叔。似乎一见到奎叔那副沉稳有力的面孔，他就会获得一种安全感。

他走出旅馆小小的院门，在只有一米多窄的巷子里走出来，路越走越宽，等他已经汇入大街时，他觉得找到奎叔几乎是不可能的了。他又拐到另一条更宽的大街上，向奎叔所说的广场走去，他已经隐隐约约看到那个广场。在路边，形形色色的小店吸引了他的注意，写有"性"字灯箱的性用品店让他羞于观看，这是他第一次看到类似的商店。很快，一个"免费观看美人鱼表演"的广告牌吸引了他的注意，一个大汉突然走过来拉他进去："看吧看吧，是真正的非洲美人鱼，又不收钱!"他果然看到了美人鱼，一个十一二岁女孩的腰部插进鱼形硬纸筒，花纹是用毛笔涂上去的。但事情并没有这么结束：他又被拉进一个臭烘烘的"免费教魔术"的大房间，那里已经挤满了一二十个人，他前面是一个满脸褶皱的憨厚老农，他想退出去，但已经晚了："我们看看新来的小伙子有没有诚意！……只要有诚意，我决不收一分钱。我让你看看什么是诚意——喂，这个中年男人，你身上有多少钱能告诉我吗？多少？一百五？你把它拿到前台来，我暂时替你保存。我会不会还你？我只要了解到你的诚意，立马归还。……这个刚才拿出三百元的，你拿去吧，一看你就是实诚人……小伙子，我问你，你身上装了多少钱能告告我吗？"

所有人都回头看大虎，大虎假装摸摸没装钱的那个口袋，然后回答说，他忘了带钱包。

"这个小伙子不老实！"其余的人荒唐大笑，大虎也觉察到了自己的不老实，他红着脸，努力显出一副无辜的样子，说："我现在就回去拿，一会儿就来。"

"举起你的手！我就能看到你的诚意。"

大虎举起了他的双手，一个人走了过来，像是要掏他的口袋，大虎立刻紧张起来，但这个人只是玩笑般伸了伸手，"你们瞧，小伙子是个大骗子，你放心，我们不会搜你口袋……不过，你得把手腕上的表放下，我们一起等你拿钱包回来还你——快点啊，我们可一直等着你呢，我们什么都不干地等着呢！"

大虎耳边轰然响起笑声，他的口袋里装了一张一百元，他权衡了一番，放弃了那块从马南市买的电子表，灰溜溜地从后门逃走了，身后传来他们各式各样的嬉笑声。

大虎已经没有心思再朝广场走，他要慢慢走回旅馆。现在已经接近正午，他也忘了要找奎叔的初衷，他害怕奎叔问他手表去了哪里。他心思恍惚地朝前走，拐过喧闹的站前大街。他觉得头顶炽热的太阳正驱赶他和他身后的影子。一辆辆身躯庞大的公共汽车碾过他眼前坑坑洼洼的街道，一些打工者摊开行李就睡在街边，行李散发着汗腥和尿骚味，尘土浑然不觉地落在他们身上。他穿过街道，正要走进那条他稍稍熟悉、又脏又臭的市场巷道，他看到一个熟悉的影子正坐在街边电杆下面的一块石头上，茫然地瞪着眼，微微张开嘴。那居然就是奎叔。他终于看到了他要找的奎叔，以及奎叔身边的十几口浓痰。电杆上贴着风吹雨淋过的"淋病""鼻炎"等等广告，电杆下部发黄的印迹说明有人往这里撒过尿。大虎以为奎叔正跟那些贵人在一起，或者正在寻找贵人的路上呢。原来他只是跟他吐的痰相伴在一起。

大虎心虚地叫了声奎叔，奎叔猛然醒悟过来，说：

"你出来干甚?"

大虎窘迫地站在那里，突然间鼓起勇气，小心翼翼地问奎叔：

"奎叔……为何不直接去找华北日报社的总编?"

只见奎叔坐在隐隐散发出尿骚味的石头上，皱着眉头，像吃了什么发苦的果子一样皱着眉头，出乎意料地对大虎说：

"这狗东西，我还真找过这个总编……好不容易等来这个总编，进去没说几句话，就把人骂出来啦……好呀咧! 那张嘴真会骂，骂得你简直回不上一句话，破专科生就想进华北日报?! ……"

大虎突然大脑发懵，一时不明白奎叔在说什么，很长时间无法理解听来的信息。直到这时，奎叔才向大虎打开天窗说亮话，奎叔告诉大虎，让大虎去华北日报，他找的并不是总编，而是胡同对面一个卖服装的，那里有一个公用电话，他就是用那个电话每天给王龙汇报。一天，也就是王龙训斥了他之后的那天，他跟服装店的老板说起大虎二虎三虎，说起正在找工作的有文才的大虎，那个卖服装的男人听到他的情况，说认识一个华北日报的，能让大虎去那里实习一段时间。

"这不就把你带来了，可这家伙去南方进货去了，咱得等一等。"

大虎羞愧地看着奎叔，脸色发烫。他再次为他近几日的表现困窘起来，他为那个狂热的喜庆的晚上而羞愧，为那个轰轰烈烈的送别而羞愧，他怎么能如此大胆地说他去了华北日报? 而他的父母兄弟正在家里笑得合不拢嘴，正在为大虎而高兴。王龙也不用担心沟壑被王金合收回去了，不用担心被村民小瞧了，他们唯一需要的是埋头拉沙。而大虎现在才明白：并没有那个戴墨镜的著名律师，更没有那句逗他们笑了无数遍的"是骡子是马拉出来遛遛"。他只是在那里实习，而不是上班当一个记者，那里并没有他的一席之地。王龙已经盘算着下个月大虎也许就会领到工资。尽管就是在报社实习，那个他从未谋面的服装店老板也还没有回来，那个人何时回来他们也无法知道，能否真把他安排到报社实习他也难以了解。而奎叔除了路费只带了五百元钱，那是给大虎一个月的零花钱，因为他们都认为一个月后多多少少就会有工资。华北日报的工资到底有多少，他们还探讨了很久。他们唯一没有料到的是，奎叔说了大话，编造了一个神奇的活生生的谎言，而他们轻易地就相信了奎叔，因为奎叔那副沉稳的派头，因为奎叔长着一双能在空中看到真理的眼睛。他们无法不相信那些栩栩如生的细节，因为他们就相信，那没办法不让你相信。

而奎叔却毫不担忧：

"……先出来，走一步算一步，以后再想办法不迟，你不出来，哪有办法?!"

他们已经花了二百块钱，他们无法再等，奎叔记了卖服装店的电话，交给大虎："过两天你给服装店打电话吧，店主一回来你就去找他。"

然后他们结了三毛旅店的账，奎叔跟三毛套近乎，问能不能少算十六块钱的零头，三毛冷冷地看着奎叔，骂奎叔：

"你没见过个钱，八块钱一张床，你在哪里见过这么便宜的？走，走，走!"

他们走出胡同，走出一个又一个胡同，越走越宽，最后来到大街上，大虎觉得他的脚步轻飘飘的，几乎感觉不到脚踩在地面，甚至感觉不到他正在走路。他们路过一个地方，奎叔指给他看：

"那就是华北日报社！"

大虎转头看华北日报的大门，门上挂着华北日报社以及其他几个白底黑字的招牌，并没有警卫在站岗，只有一个为停靠自行车收费的老太太。他看到侧面土黄色的六层旧楼，那就是所谓的华北日报，他没想到华北日报社居然只是在这么破旧的六层楼上。大虎一边走一边看，一边在心中体会着难以形容的震颤。大虎觉得他突然被这个省城抛弃了。他想起那个喝骂奎叔的总编，一种刺痒的羞愧令他停下脚步，他不知不觉站住了，如同一个惊叹号一样汗颜地立在那里。

他突然记起肥胖女人的那句话："我给你们说：谁要惹了我，我就会掰开他的嘴，往里面扔一颗地雷。"他觉得他嘴里就被放了地雷。上帝怎么会让那样一个肥胖女人成为如此奇怪的教徒，这是一个荒唐可笑的事情，而他自己的处境也让他震惊。现在，他知道他将无法回去，也许他将永远不回到那个沟壑，他无法像奎叔那样编造一个真实得简直无法不让人相信的故事。

大虎走过华北日报社，他们继续往前走，奎叔要给大虎找一个租住的地方，因为只有租住才省钱。他们一直往前走，走过一条又一条大街，并不断走进迷宫般的巷道，进入一个个写有"租房"两字的房门，打问空房间的价格。他们问的房子租金总是每个月就好几百元，而他们的钱远远不够。他们继续走，朝着奎叔偶然选定的一个方向，不断前行。他们身边的高楼和花哨招牌越来越少，前面的柏油路开始显露出破旧的迹象，路面上扬起更多的尘土。大虎担心他们马上就要走出这个城市。最后，大虎果然发现他们已经来到省城最边缘的地带，那是一个村落——一个高大的门洞上写着"围村"，那果真是一个村落，他们已经看到村边一片一片的田地，以及田地远处有梯田的土岭。

无论如何，看到一片一片的田地让大虎备感惊讶，大虎身边是慢悠悠走动的鸡和在巷道游荡的猪，瘦瘦的黑狗像茫然失措的流浪者一样在其中穿梭，这熟悉的农村风貌使得大虎觉得又回到了令他尴尬的老家，幸亏这些村民有着陌生的、鼻音很重的方言口音，这些声音时不时在他耳边响起，充满了令他费解的词语。如果他仔细看，他会觉得这些鸡和猪的模样也有所不同，它们不是他惯常所见的品种，猪的嘴巴又尖又长而不是又圆又扁；鸡的腿脚很长，屁股高高翘起；就连那些狗都有所不同，耳朵没有被剪成三角，而是高高竖立在头上。这些细节都不断提醒他，他在一个完全陌生的地方，在这里，连房东都难以相信他们的空房子居然能被出租。奎叔带领背着黑包的大虎来到这里时，他们像看走江湖的人一样怀着某种期待和探究。最后他们终于明白，这一对奇怪的组合是要在这里租房，在这里租房是因为再没有地方会比这里更便宜。

这地方是多么陌生，这是个只有七八平方米的小房间，大眼睛的女房东（让他联想起神婆大妈）每个月只问他们收六十元，房间仅有一个用木板搭起的床。奎叔走进这个空荡荡的房间，带喉音的奎叔每说一句话，房间就嗡嗡响一阵，充满奎叔的回音。奎叔静静地侧目注视过神灵之后，答应将这里租下。大虎终于可以放下他沉甸甸的黑色皮包，大虎放下包，站直了身子，松开衣领，第一次觉察到自己穿着新衣站在陌生地方的奇异感觉：牛仔裤那种放松和紧张，皮带金属扣的闪耀，新球鞋跃跃欲试的弹跳感，新衣服甚至带给他轻微的优越感。他还极力避免自己陷入不知所措的慌乱当中，他觉得自己时时有恍惚和出神的倾向。奎叔在他耳边说着话，他再次觉得老家方言难听而没有起伏，干巴巴的。"他说的是嘎——甚?"村民互相用唱戏一样有调子的方言打问奎叔说的话，他们自豪地运用着方言，巷子周围到处能听见这有韵律的方言发音。

最后，奎叔跟村民告别。村民照旧像看奇异物种一样看着奎叔，看着奎叔脏兮兮的鸭舌帽、过于黝黑的脸、会朝一边斜视神灵的眼睛，以及破旧军用球鞋等等一起构成的异象。大虎执意要送奎叔，他想摆脱这个多少有些怪异的氛围。奎叔和他沿着有自然水槽的巷道缓坡往下走，大虎跟着奎叔，那些人则在远处看着他们这奇怪的一对，直到他们拐过弯，走过一片废弃的戏台院子，走到一个突然变宽的大道上。大虎和奎叔看到了那个写有"围村"的门洞。门洞下满是黑沉沉的积水，他们小心翼翼地在边上走，随后钻出门洞，奎叔开始不断摆手让他回。

"回吧！"奎叔说，用他有富有磁性的声音说。

城市和火车站还在很远的地方，即使大虎想去送，奎叔也不敢让他去，害怕大虎找不回来，那样的话，大虎也就再没有地方可去。大虎看到奎叔在太阳下走上满是灰尘的柏油路，看到奎叔一步一步从容的步伐，看到奎叔走得是如此沉稳。奎叔舍不得坐公交，他们总是凭借走路。他们就是走着来的，怎么愿意坐车走?！大虎看着奎叔，直到奎叔的身影在灰尘和车辆的边缘消失。大虎心中的一根丝线突然断了，他就剩下自己了。他走路就是他走路，没有人再指挥他，他也没有什么人可以跟随了。现在，大虎还不愿意回租住的地方去，回去他将面对陌生的村民和陌生的方言，面对那个陌生的中年妇女——那个具有一双皱缩的惊奇大眼的妇女，不管她看着什么，都是那副有些惊讶和欣喜的神态，她说的完全是难懂的城市方言，而不是普通话。大虎走来走去，稍稍离开那个门洞远点，再远点，最后他上了另一条街，走了很远，在不同的门面店那里站过，那全是陌生人，没有一个人留意他，他也并不需要他们留意。黄昏的时候，他才有些慌乱，他怕找不回去。他费了很大的劲在破旧的大柏油路上徘徊，察看。他后背已经吓得出了一身冷汗。最后，他终于看到那个写着"围村"的门洞，门洞下面是来往车辆碾出的坑，污水填满了那个坑，他路过的时候非常紧张，害怕有车会驶过，把他仅有的一身新衣服溅上污泥。他返回头看那个门洞，这令想起他家乡写有"农业学大寨"的高大拱门。他继续走，发现他几乎已经走到了村子的尽头，马上就要走出了整个村子，他已经看到了大片野地，他怎么还没有看到他租住的房屋？是的，他看到了，他租住的小屋子就在村子最边缘处，只是他当时没有过分注意罢了。他又看到那个眼睛很大的房东，正因为眼睛很大，眼白也很多，使她显得多少有些异样。而她是如此陌生，大虎明明知道那是一双奇特的眼睛，但他还需要在脑中费劲记，如果不是他重新见到这个女人，他早就忘了她真实的模样。他需要很长时间来消化眼前所有陌生的事物。

"什么？你没有行李？没有被褥？"惊奇大眼惊讶地说："我们只租房子，不提供被子！被子都是住户自己提供！"

大虎羞愧地站在门口，不知道该怎么办。

"老黑——他没有被褥？老黑？这个年轻人没有拿被子——"

对面四间房屋里没有回应，于是中年妇女进去了，大虎听见她跟一个声音沉闷的人商量，不久她搬来一床旧被子。

"你先盖着，你赶紧让家里送被子过来，我们只是先借给你！"

而大虎发现，他还不能写信要被子（他想起两个老姑为他做的鸳鸯被子），因为他还无法填写《华北日报》的地址，他也不能把地址写成这个"围村"，这无疑让人生疑。

现在大虎坐在床上，床上是这套散发出奇怪味道的旧被褥，上面是黄黑色的纵横道道，但黄色已经变成灰色，被子上还有一块补丁。这里多么陌生，这个小屋是陌生的，窗户是陌生的，气味是陌生的。它只有这么小，但它却干净平展，是用水泥抹过的，不像他家的土屋只是用麦秸和泥抹就。小屋有一个大窗户，后墙有一个监狱一样小而高的小窗户。房间里什么都没有，只有一个红白相间的瓷盆，他可以接水洗脸。瓷盆搁在墙角，孤孤单单搁在墙角。此外别无他物。

床上还放着大虎装了二三十本书的黑包，现在终于有机会打开它了，大虎拉开拉锁，听到格外响亮的拉锁声，大虎这才发现小屋是如此安静，几乎是岑寂。大虎细细聆听，听到一种来自遥远地方的嗡嗡声，似乎是远处城市的各种声音形成的模糊回音。就像把铁盆放在耳边一样，大虎想起他给五爷爷打墓的时候，有一会儿，大虎一个人待在墓穴底部，他就听到了这种嗡嗡声，那声音似乎是从村庄里发出来的，是一个稀薄的回音。或者是他的耳朵自己发出的声音，而他平时因为总有声音而留意不到。他拍拍黑包上的土，居然听到了拍土的回音。这是因为小屋空空的四壁，空空的四壁容易有震动和回音。

大虎拿出他的书，他看到熟悉的书出现在这个陌生的地方。好几天他都没有打开黑包，他只是买了一份华北日报，不断琢磨各种新闻文体的写法，现在他知道不用琢磨了，他仅仅是实习，有的是时间来琢磨。他现在可以看他的书，他首先看到的不是小说书，而是一本《浮生六记》，他原先以为他即将像作者沈复一样有一个安逸的生活，他要制造一个诗意的生活氛围，他要有一个贤惠的妻子，他也可以记录妻子的一举一动。他想象那很可能就是他的李文花。但他从未想到，他会是像现在一样，只是住在这个租住的房子里，除了奎叔之外，无人知道他住在哪里，他跟世界只有一个小小的联系。他仅仅生活在一个巨大的谎言当中。

现在他看到了他的大师们的作品：《追忆逝水年华》第一卷（他借给安忆，安忆给他做了精美的书皮——他想起了安忆，想起他说过每年给她写一封信，而他如今几乎都忘了她），还有《卡夫卡小说集》《红楼梦》《百年孤独》……他翻开特意带来的黑皮《圣经》，现在他需要它的安慰。但他发现自己读不进去任何书，他只是翻着这些书。突然，《圣经》里嚓一声掉出一件白色的物品，那是什么？那是一封信，他早就忘了那里有一封信，是他藏在那里的。他愣住了，他想起他藏信的时候，沟壑里是多么热闹，他们是多么欢快。大虎几乎为此而战栗。

大虎现在撕开信封，撕开信封的声音是多么大，他几乎认为全世界都听到了他撕开信封的声音。一封短短的信被他取了出来，他咽口唾沫，他听见了咽唾沫的声音。他打开信封，看到那个他熟悉的字体：

"大虎！

你还好吗？

……

我在传说中的大山里，我居住的地方就是大山，我们只有十几户，那里有一个喇叭。有一天，喇叭叫嚣起来，乱喊我那个名字，人们说那是拖欠了大队的东西才会叫，才会乱叫。我就是通过喇叭听到了我的存在，我存在着，是喇叭在呼喊我。我嬉皮笑脸地准备去接受再教育，谁能知道喇叭是在喊信，那是你的来信，没有人相信那是一封信，很少有信到这山里来……

……"

大虎带着震惊看完，他原先一直以为李文花至少住在一个温馨的有四个房间的院子，怎么会是在一座大山里？大虎从未爬过任何山，他们那里全部是厚厚的黄土丘陵，丘陵上连拳头大的石头都没有，他家的沙场里也只有小小的鹅卵石。而李文花所待的地方是一座真正的大山，大虎想象不来，想象不来只有十几户的村庄是怎样的村庄，它们怎样远远地分开、散落在大山里，隐藏在大山的褶皱里，而那个喇叭是怎样的喇叭。李文花也没有回应他提出的地球是个操场的话，就他现在的处境来看，那句话看来就像是个笑话。大虎半张着嘴，再看一遍，他又看了一遍，他合上信件，叠好，放进了信封。可是他又想起什么，还想拿出来看看，以便发现什么他尚未看到的信息。于是大虎又重新抽取出来信，大虎打开信，继续看，看里面的重点，他仔仔细细地翻看。他简直难以形容此刻的心情，他把信拿在手中，然后终于放下了信，将信摊放在眼前的黑色《圣经》上。他想起他们在操场上的彻夜长谈，想起他说的玻璃房子，他吸了一下鼻子，发现有一滴眼泪很久以来已经在鼻尖颤动了，现在啪一声滴在房东提供的旧被子上。

而旧被子的布面已经发黄，陈年的灰尘像油脂一样吸附在上面，已经难以很快地吸收水分，泪水一点一点晕开，渗入被子，形成深灰的一小片印迹，这时又有一滴眼泪稍稍靠上一点滴了上去，很快，他发现洇湿的水迹在前一个印迹上面慢慢展开，像深色手掌一样展开。后来他猛然发现，这印迹的轮廓隐隐约约就像他家的沟壑……

　　泪滴和泪滴的印迹隐隐引起他的一阵慌乱，他觉得他就像微弱的心跳，羞耻地藏身在一个地方——一个如此岑寂、如此陌生、毗邻田野的小小房间，就像他当初一个人坐在五爷爷的墓穴里，耳朵里充满奇怪而细小的嗡嗡声。他仔细体察着这声音，感觉那就像整个宇宙发出的窸窸窣窣的微小噪音，这声音轻轻地，微微地，落在他孤单的耳朵里……

大鱼的模样

床

莲姨这次没敢去扶他，她站在病床前看着他，脸上已经显现出为他焦急的迹象。为何她的架势总流露出一副蠢相？小卫每次都害怕她做出什么夸张的动作。莲姨站在那里，个子高大，额顶一道道横纹，她慢慢皱起眉头，稍稍移动了一下身子，头几乎要挨住墙上的壁挂式电视了。电视里正播《动物世界》，狼群在袭击一群奔跑在非洲大陆上的野马，一只狼纵身跃起，紧紧咬住一匹马的脖子，身体吊在马脖子上，马的四蹄和狼的两条后腿在莲姨的头上晃来晃去。

但是，小卫马上要走过来的时候，莲姨像是发现了什么秘密似的，你这样走就不疼啊，你看我……

小卫不耐烦地看看她，你省省吧。

这样一来，病房里的几个人都开始注意小卫，东北夫妇俩原先坐在床上低头商量什么，现在也站起来，笑眯眯地看他，像是遇到了多么可乐的事情。三号病床上的老人居然也不呻吟了，正侧过头来瞅他，眼神浑浊。老人请的女护工小安也微笑着看他们。他为此鄙夷地瞥了一眼莲姨，他能做的也就仅此而已。

高大的莲姨已经走了过来，她比不少男人都高，颧骨和四肢的骨骼结实宽大。这个莲姨，她了解他差不多所有的家庭生活，甚至知道他用哪种牙膏，穿哪种袜子、哪种裤头，还知道他有哪些恶习，有一次她差点看到他在盆浴。她知道他怎样跟他母亲斗嘴，曾经怎样刻薄地侮辱他母亲，他母亲怎样喋喋不休地数落他父亲。莲姨像游动的判官一样出现在他家里，为他们做饭，在他母亲跟前不断表现出对他的关心。还不停地把他家的私事讲给小区里散步的人，哪怕是一个刚刚遇见的陌生人，只要她搭上话，很快她就会把话题引到他们家来。

莲姨现在迫切要把她的行为付诸实施，也许为的是让旁观者看到她终于尽了陪侍的职责。她前倾着木板似的干巴平坦的上身，撅着屁股，两脚慢慢地蹭着走，两条胳膊像猴子那样摆动着，为的是脚底擦着地面时保持平衡。

你瞧，你瞧⋯⋯

小卫没有理她，依旧跟刚才一样慢慢走动，隐忍着不发出呻吟声。现在他双手扶在病床上，他的整个臀部以及双腿都意识到，他的伤口随时会撕裂般疼痛，让病床变得巨大而难以攀越。他尝试着抬起一条腿，很快又放了下来，嘴里发出咝咝的声音，龇牙咧嘴的，哎哟妈，真疼！

你别那样上床，那会很疼的！我告你小卫，你应该这样⋯⋯

莲姨紧挨着他给他示范，将男人似的身体慢慢放倒，匍匐在床上，然后小心翼翼地抬起一条腿，再抬起另一条腿。

小卫额头上沁出的汗滴慢慢流到眼角，他有些焦急和羞愧，自己只是要躺到床上去，居然也如此无能为力。之前，他居高临下地俯视其他病床的病人，比如那个东北人，患的是胃癌，已进入晚期；比如三号病床的老人，做了结肠手术好多天了，仍不敢下地走动。而他只是因为长了一个痔疮，而且已经不在屁眼里，已被医生切除掉了。他现在只是需要忍受切除后的疼痛，过不了几天他就会活蹦乱跳的。

此时三号病床上的老人转过脸去，又哼哼了两声，长长地叹了口气，移了移头顶上的帽子。那帽子是蓝色的，原先他并没有戴。要上洗手间的时候，他到处寻找什么，护工小安问他找什么呢，他说帽子。你要戴帽子？他没有回答，一边哼哼唧唧，一边用眼继续寻找。戴上帽子从洗手间出来，他就再也不愿意摘掉了，觉得戴上帽子更舒服一些。

你按我的试试，你试一试呀。

行了行了，小卫终于有些怒了，您好好坐在那里行不？小卫双手按在床上，像是弯下腰去做起跑准备的运动员一样，不过看上去他很虚弱，有气无力。他因为陡然生气脸色发白，但莲姨还在不依不饶地唠叨，我说你总是不听，看你前天晚上做完手术回来疼得都哭了，我知道那有多疼！

又提到了这件事。小卫的脸唰地红了，他狠狠地"切"了一声，突然间做出决定，双手一用力撑起下身，跪在了床沿上，然后一边嘶嘶叫着，一边往前爬了几下，慢慢地将身体侧放在病床上。在这个过程中，伤口疼到可怕的程度，像是要亲自呼喊。他干脆用被子将头蒙起来，这样就拒绝了其他人的审视。被子里隐隐升腾起热意，他张开眼睛，头顶因为没有蒙严实，微微有些亮光，从那里传递来外面的声音，其中一个笑得窃窃的，一定是莲姨做了什么愚蠢的鬼脸。他可以想象出来，她的鬼脸做得吓人。

这时，被子里开始愈来愈浓地弥漫着伤口上呛人的药味，这是他没有想到的。他越来越沮丧，觉得原先的生活突然划开一道口子，使他深陷在病床上，已经完全无法像他预料的那样进行了……

旧楼

　　小卫是因为到S医院看望一位上司，才欣然决定治疗他的痔疮的。

　　确认患了痔疮的那天，他拿着几盒中药和需要自己涂抹的药剂，有点不敢相信自己也会加入到痔疮病人的行列。他下意识地将塑料袋里的药品掩藏在各种收据之间，觉得身上慢慢洋溢出一个新的身份，而这个新的身份多少有些污秽和隐私的成分在内。医生建议他可以手术治疗，他当时并没有答应。他从网上查到一些细节，发现痔疮手术其实简单得像削坏苹果一样，将削去他屁眼里的一块烂肉。

　　他的商务活动范围很广，他带着这点烂肉去过香港、台湾、东南亚，也出没于内地的许多城市。在泰国的时候，他出于好奇看了人妖表演，展现在他眼前的性活动让他大为惊讶。刺激欣喜的同时，他隐隐感到恶心。他的生活节奏紧迫，常常跟陌生人打交道，他们在办公室展现出公务的一面，在酒桌上又试图展现出江湖朋友的魄力。他也投入其中，谁都能看到虚假的部分，因为他们中的大多数人，分手后就没有再次见面的机会。有时候在奔忙了一天之后，他不得不在外地的宾馆里为自己上药，趴在床上怪异的姿势和药剂的味道提醒他，让他不得不重视身体里多余出来的腐烂部分。

　　患上痔疮之后，他走过很多陌生的地方，遇见身边随机出现的美景和美女，赞赏之余都会有点或隐或现的痛。痛就像是一种背景音乐，没有痛也会有痛的空白，那是特意为马上到来的痛留下的位置。置身于美景中的痛感使他不得不收敛了欲望，为他的感情世界蒙上一层奇怪的阴影。他难以无视这一身体上的变化，有时他正心猿意马地想某个姑娘，比如想小琪的时候，突然会有一丝针刺般的痛警告他，显得异常恶毒。他干脆换了一种应对痔疮的方式，那就是跟他的同事一起戏谑调侃它。慢慢地他发现自己的隐私变成了笑料，患病之前与患病之后已无所区别，他只是依靠本能和智慧来应对它带来的伤害。

半年以后，他的上司住院，去看望上司那天，他做出了手术的决定。他自豪地跟同事们说，自己要去S医院医治痔疮，他的话引起阵阵笑声。

这是全国最好的一家医院，是看肺癌、胃癌、宫颈癌、胰腺癌、脑癌、肝癌等等癌症，以及肾炎、肺心病、心脏病等等大病的地方，其中以癌症患者为最多。而他却是去看一个区区的痔疮。他所期望的是S医院那种优雅的服务和设施，最重要的是病房的环境。去看望上司那天，他第一次发现，住院楼居然可以建造得如此艺术。大厅占了几层楼高的空间，处处雕琢的建筑艺术让你误以为这是国家大剧院。大厅延伸了上百米长，两侧对称地矗立着至少有三层楼高的热带植物。巨大的枝形吊灯晶莹剔透，营造出华丽高雅的氛围。在他看来，它差不多有一节车厢那么大，每一个坠子般的晶亮珠子比篮球还大。他走在光洁干净、有奇妙花纹的大理石地板上，上面可以照出人影来。空气清新极了，有一种淡淡的像是已被洁净过的气息。保安整天守在门口，禁止无关人员出入，医院内显得空阔、安静，有一种优雅的对称格局。墙壁和地板处处都散发着大理石深沉、凉爽的光。在楼上几乎空无一人的两侧走廊里，包着深紫色皮革的几排长凳正对着壁挂式大彩电，电视无声地播放着节目。站在那里，小卫有一种在消了音的天堂里的感觉。落地窗跟前，还有特设的圆桌和对称的椅子，比他去过的咖啡馆的设置还要精美。病区安安静静的，护士们轻声细语，所有的仪器看上去铮亮闪耀。病床可以用遥控器调控出各种姿势和高度，这跟他见过的集市般的住院楼根本不同。他觉得，在这里治病养病简直就是一种美妙的享受。

到医院那天他兴致勃勃，希望重新体会一下那种雅致的感觉。但出乎意外的是，他却被打发到了旧楼里面——一栋已经在风雨中挺立了三十来年的旧楼，旧楼当然也属于S医院，这让他始料未及。他当时已经做好各种安排，提前两三个月就在网上预约挂了号，跟单位请了假。他母亲也特意请假出来，陪同他高高兴兴办了住院手续，压根儿没想到会是这样的结果。

楼是旧了点儿，但医生还是一样的好医生。他母亲安慰他。

小卫沮丧地走进旧楼，他的沮丧随着他对旧楼的实地观望一步步加深，像置身于过时的迷宫一样，眼中的一切杂乱而又破旧，除了乙醇的味道，还能隐隐嗅到古怪的潮味。二十世纪八十年代的绿色旧电梯慢慢悠悠地上升，像不堪重负似的吱吱咔咔作响。在楼上，他看到一条一丈宽的走廊，如果不停地沿着走廊走下去，结果你又会绕回来。原来这是一个呈锐三角形的走廊，可以转圈儿。更让他惊奇的是，看到不少穿条纹病服的病人在这里走动，他们也不是要去哪里，只是在绕圈儿锻炼，有的推着悬挂液体的架子，骨碌骨碌地滚动，有的自己用手高举着液体，两脚嚓啦嚓啦地散步。有的精力充沛，简直有些兴高采烈；有的面色苍白，眼窝隐隐发青；有的肥胖，有的精瘦得可怕，脸上只剩下一双黑沉沉的颧骨。像误入疯人院一样，让他满是沮丧和惊讶，几乎都忘了自己来这里干什么，觉得在这里治痔疮实在是搞笑和荒唐。

那天他跟着护士一进病房，就一眼从窗玻璃里看到那个他心仪的住院楼：它就在旧楼的不远处，远远看去，这幢庞大建筑在清晨的阳光下生铁般幽幽发光，两侧微微向前，有一个艺术的弧面，像一个银灰色的巨大怀抱，充满了关怀。只是没有朝着小卫，它朝着另一个方向。

废弃的楼层

住院的第二天，小卫无意中看到了太平间的入口，那个入口悄悄地附着在一栋旧门诊楼的旁边，这让他心有余悸，产生了一丝不祥的预感。那时大约是上午的十一点，它恰好处在旧门诊楼的阴影里，像一个普普通通的小侧门，只是因为楼的主体过于庞大，才显得格外狭小、隐蔽。它有一个突出来的小小的水泥檐阁，灰突突的，没有特征。下面是一个门洞，水泥门额上写着隶书风格的三个小字："太平间"。一定是它的样子太奇怪了，才引起他们的注意。"他们"指的是他和来看望他的小琪，直到他们疑疑惑惑地看清上面的字，才非常忌讳地绕开了。他的准女友小琪来医院看他，他带着她到楼下去散步，没想到就这么撞见了医院太平间的入口。到楼下去散步，是因为小琪站在病房门口不肯进房间，她把买来的康乃馨递给他后，只是匆匆扫了一眼病房里的情形，从她的位置，恰好能看到老人身上凌乱的插管。他只好带着她下楼去转悠。他记得他们看到"太平间"三个字后，小琪脸上出现一种奇妙的表情，就像遇到一个阿飞打口哨骚扰，赶忙收起笑容绷紧了眉头，变得严肃自闭起来。

那天下午，与他关系暧昧的同事小欢也来看他，她原本可以跟其他同事一起来的，但她找了个借口提前来了一小时。她居然送来一束玫瑰。他下意识地想要掩饰他们之间的暧昧关系，但她已经径直走进病房，跟病房里的人打声招呼，就一屁股坐到他床上。他刻意将她带出来，绕着病房外的三角形走廊走了一圈儿，在散步的病人之间谈话。之后，他突然生出一个奇妙的想法，他带她去了已经废弃的十五层楼上，那里不会有任何人再看到他们。

楼上原有的心脏病科等等都搬到新楼里去了，现在完全废置，整个空阔的楼层里只有他们两个人，到处传递出他们说话的回音。小欢甚至有些害怕，起初几根手指只是触碰一下他的胳膊，慢慢地就紧紧攀附住了。

在往日，他们的暧昧除了言语，也有肢体上的，他发现只要他向她走近，她就从不躲避。听他说话的时候，她常常紧紧挨住他，他已经十分紧张了，她似乎还要挨得更紧一些。有时他们的脸面近得能看到她脸上的汗毛，她依然貌似神态自如地说话。而在他未来的远景里，他一直只是将小琪列入他的女友名单，小欢并不在其中。但他居然也享受这样私密的氛围，他知道这样做很危险，稍有不慎，就会坠入无法预见的情感漩涡。他所做的似乎只能是等待，就像空中挥舞着一把手术刀，会自动切除他体内多余和腐烂的部分，混乱的感情并不需要他过多操心。

这里的格局跟楼上一样，大厅的五个电梯间不时响起嘎吱的声音，有时会叮的一响。走廊地板上荡了一层灰尘，空空的办公室门外依然有呼吸科监护室、医生办公室等字样，楼道不同位置贴着一病区、二病区，墙上描绘的一幅路线图上，依旧插着并不引人注意的广告卡片，上面写着："传授扑克、麻将、牌九技巧。"

他们沿着走廊往前走，几个黑体大字在侧面的墙上："心脏超声往前走十米，左手边！"他们为此相视一笑，一起走进无人再走过的地方，走廊里只留下他们的脚印。从玻璃窗里，他们看到房间里散落的一个个柜子，地上到处是凌乱的废纸。他一直用可笑而无聊的话逗小欢，小欢也非常配合地笑出声来。再往前走，几个红字出现在墙上："禁止在此说话！"

他们再次相视而笑，但是笑的内容起了变化，也许是她紧抓着他胳膊的原因，他在她的眼波里看到了什么。她的脸倏地红了，稍稍低下了头，但是更加靠近了他。他心里叮的一响，她好像是听到了，突然抬起头来，鼻子几乎触着了他的下巴，他不由自主地将嘴唇迎了上去……

儿子

现在，小卫慢慢把头伸了出来，也许是想起这一幕，不知不觉他的头发已经汗湿了。因为两三天没洗了，再加上常常出汗，头发变得粘湿沉重，一绺一绺的，这在以前是不可思议的，每天早上，他都要将头发洗得干干净净。这个正躺在这里的自己，让他变得有点认不出来了。莲姨早已坐下来，坐在挂壁式电视下面，无聊地望着门外的走廊。

东北人的妻子不知为何出去了，只剩下东北人。他又像前两天独自待着时一样，蹲在床边，像小学生似的规规矩矩地翻着一本封面发暗的旧杂志——一本几年前的《家庭》杂志。他用一支旧钢笔敲着侧页，不时俯下身去，在侧页最靠上的空白处写字。三号病床上的老人也睡着了，护工小安趁老人睡觉的时候一定是又去串门了，她有几个同样是做护工的老乡。小卫看了看老人挂在高处的液体，袋子里只剩下袋底亮亮的一线，不知道小安会不会在液体滴完前回来。他想找到一件可以吸引他注意力的事情，便于打发时间，但他周围的任何事情都枯燥乏味，甚至令他厌恶，尤其是伴随着屁眼里的疼痛。那疼痛并没有减弱，像脉搏似的一下一下，像有一个活物蛰伏在那里。他有一种深入泥沼的感觉，病房里的生活实在是有些污秽。

在病房里看过许多个来回之后，他又看了看软管中部那个小管里缓慢的滴液，滴液慢慢地凝聚成一滴，然后晃晃悠悠地滴下来。最后，他的目光又落到老人那里，再次审视老人脖子上那个插管，老人脖子下面伸出一个预先设置好的接口，只要将液体软管拧上去即可。只有在目前这样的时刻，他才可以肆无忌惮地盯住老人看，以满足他的好奇心。他仔细观看旁边那个写着日文的特制输液仪器，一条流着豆浆颜色液体的细细的管子，蜿蜒地经过老人的咽喉，从那里直插到预先设置好的接头上。老人戴的帽子被顶歪了，下巴上花白的胡子看上去根根坚硬，占据了很大一块面积，显得老人黑瘦的脸更小了，越发增添了老人愁苦的睡相，就像是老人的遗容。

小卫已经习惯了老人摆在外面的那些私人物品，比如盖在老人被子上的劣质皮衣，肘部和袖口已露出褐色的斑驳的皮子。放在枕头边的皮马甲，边缘的毛已经油腻发黄。床头柜上盖着蓝色小盖子的廉价塑料杯，被茶垢锈得深紫发黑。老人的物品散发出一股羊膻气和火车上的怪味，更加重了病房里已经难闻的空气的污染。但是他都已经习惯了，不再像刚来的时候，不断皱起眉头吮吸鼻子，瞪着一双眼扫视一切引起他反感的地方。

他又扭头去看那个东北人。他增加了动作的幅度，希望引起东北人的注意，但东北人并没有注意他。东北人到来的第一天，就俯下身在那本破杂志上面写字。他出于好奇，趁东北人不在的时候，悄悄偷看了东北人抄写下的一行字：为自己找到生活的目标，为自己找到目标，找到……

东北人第一次出现在病房的时候，小卫并没有意识到他是一个病人，只见他喜气洋洋地走进来，眼角布满笑纹。小卫以为这人只是个病人家属，一定是忘记拿柜子里的什么东西，才进了病房。他正要扭头去听小安说话，东北人笑容满面地开口了，打问他们来自何处？又问他们，是不是自己不像个病人？东北人还特意看了看老人，直到引起老人的注意。

一点儿也不像。他和小安回答。

东北人解释说，他到现在也不觉得自己是病人。他本来是陪姐夫来，给他姐夫看肝腹水的，当时他因为闲得无聊，觉得自己胃里不舒服，就去做了个胃镜。

这一查，你们知道咋啦？查出我是胃癌三期。这下好了，我倒成了病人。

东北人拿到护士给他的条纹病服后，在他们眼前利索地穿上，换下身上的棕色休闲夹克，然后认真地叠好放到柜子里。一转眼，就在他们眼前变成一个穿条纹病服的病人，但看上去依然健康爽朗。直到那天中午，他的老娘、妻子、三个妹妹和一个姐姐，随着他老娘的一声大喊出现在病房，我的儿啊……

她们是得到消息后乘了一路火车从东北赶来的，是她们一大群人真正把胃癌带给了东北人。东北人的老娘一进病房，刚看到东北人的笑脸，就大声号啕起来。在他老娘哭声的带动下，其余的人也都哭起来，东北人刚开始还坚持笑着，好了好了，让她们停止哭泣，并且告诉她们没什么，但很快自己也眼圈红红地哭起来。

东北人一直没有抬头，小卫觉得东北人一定发现了他的举动，因为他还清了清嗓子。东北人坐在那里，大概仅仅凭感觉，就知道小卫一直在仔细打量他。他并没有回应，在书上面照着写了"家庭"两个字，然后下意识地端详起来，好像这两个字跟以前有什么不同。他能看出来，在他跟前，他的妻子努力表现得跟以前一模一样。但有时候，恰恰是这样的表现让他难过和惶惑，似乎他面前已经竖起死亡的路标，再也回不到过去的生活轨道了。刚开始他还努力装得毫不在意，但亲人们号啕大哭使他无法再装下去了。他有时仔细观察妻子的举止，有时小心翼翼躲避妻子做给他看的一些细微动作，包括像往常一样赞许地看着他，希望像往常一样得到他的回应。就在那一瞬间，让他记起二三十年前的某个情景，但两个情景的内涵已变得完全不同，让他不寒而栗。

现在病房里非常安静，东北人又毫无意义地写下一排字，他尽量把字写得整整齐齐，每一个字脚都站在虚拟的一条横线上。他放下笔，用眼角的余光觑着病床上的小卫，第一眼看到小卫的时候，就因为小卫是他儿子的同龄人而怀有好感，也就容忍了小卫那种都市人的轻浮自私、冷漠矫情的毛病。他的儿子二十岁出头，但是一直体弱多病，躺在病床上的形象保持了好多年。有时恍惚间，他会将小卫当成过去他躺在床上的儿子，他不知道儿子听说他患病以后会怎么想。有时他像眼前一样偷偷看着小卫，下意识地生出一腔爱怜，嘴角不由自主地流露出微笑……

滴液

小卫记挂着老人快要滴完的液体，于是扭头继续看那袋子里的滴液，袋子里已经看不到那剩下的亮亮的一线了，但软管里还是满满的。他耐心地盯着袋子的端口，直到端口微微一晃，随之出现一个亮晶晶的小点，这才看到正在缓慢下行的液体。他扫视一眼莲姨，发现她并不是瞅着门外，而是将头靠在墙上睡着了，半张的嘴角流着哈喇子。他又去看电视，调成静音的电视里一个主持人正在说话，接着是一个熙熙攘攘的广场，簇拥着成千上万的阿拉伯人，闹哄哄地只能看到人头，好像要到哪里去朝拜。

小卫又看看窗外，看到那幢新楼微微弯曲的顶端，在清晨金色的阳光下正变得炽热通红。病房的窗户是铝合金的，但已经陈旧松动，推拉起来晃晃荡荡，从缝隙里磕打出雾状的尘土。从窗户望出去，除了那个新楼的顶端，其余地方都空空的，连原先的淡蓝色也没有了，只有雾状的白色。他觉得这是一个特殊的时刻，在他的生命里从没出现过这样的时刻，这样暧昧和离奇。也就在突然之间，他决定不告诉任何人，希望看到老人即将变空的滴液袋子会造成某种后果。他抬起头已看不到滴液，小管上部的软管里已经空了，不再有一粒粒滴液滴进中间的小管里。

小卫有些紧张地回过头来，看是否还有别人也在留意。这时东北人不再抄写，正抬头朝他微笑着。他出于谨慎没有回应，因为他无法判断他笑容的含义，觉得他的笑容跟往常有所区别，就像是装出来的。难道是东北人意识到了他的恶意？于是他躺下来，装出一副对周围毫不在意的样子，只用眼睛的余角偷偷瞅着那软管。他隐隐觉得，正有一只看不见的命运之手在搞乱他的生活，而他偏要跟看不见的这只手对着干。他屏住呼吸，仔细盯着中间越来越空的小管，非常执拗地想知道事情最后的结局。

量体温！

这时，一个小护士用网兜提着温度计盒走进病房，是那个动作干净利索的小姑娘，长着一张漂亮的脸蛋，走起路来旋风般摩擦着腿部，发出沙沙的声音。东北人已经拿到体温计。护士经过莲姨身边时，莲姨依然靠在那里睡觉，但现在她明显是在装睡，因为嘴角的哈喇子不见了，而且头也改变了位置。其实这样也好，小卫讨厌她像弹跳一样从凳子上站起来，表现出过分的细心和关怀。小护士带着一阵清凉的风走到他跟前，递给他体温计，他特意看了看起始温度，三十五度一。然后小护士又去叫老人：

大爷，您醒醒，测体温了。

说着揭开老人的被子，帮老人把温度计夹在腋下：

大爷夹好了，别掉了啊。

给老人重新盖好被子后，小护士的手突然出现在软管上，轻轻地抓住软管，迅速拧紧下部的滚球。她什么都没有说，非常利索地重新换上挂液，就噔噔噔地走了。

小卫简直无法理解，恰好在这个时刻，哪怕落后几秒钟也不行，小护士却出现了，使他的恶意没有得逞……

玫瑰

小卫非常沮丧，他下意识地抬起胳膊要做出什么动作时，一个东西从腋下掉了下来，是体温计。他拿起来看了看，三十七度六！

他开始不安起来，觉得这是一种诡异的报复。这居然是他的体温！他似乎早已料到会有这样的变故，生活正时时处处跟他作对。两年来，他一次都没有超过三十六度五。每个人的日常体温不一定都是三十六度五，他的一位同事是三十五度九，他母亲是三十六度四，等等等等，但他从来是最正常的那个。他有些惶惑无端地气恼起来，好像是害怕别人知道他的体温不正常。他做贼似的甩了甩体温计，又重新掖到腋下。

这时，小卫看到小安出现在门外，一边走一边跟某个人聊天，接着兴冲冲地从门外进来，脸上洋溢着笑容，先看了看老人的挂液——咦，换液了？也许因为自己体温的升高，小卫有些厌恶起小安来，尤其是看到她那张笑脸。他从没有这么期待老人能狠狠地训斥小安一顿，在此之前他总是站在小安的立场上看待老人。

老人已经醒来，但还保持着睡觉时的姿势，目光像磨光的石头泛着的光一样深沉，让人无法猜透。小卫甚至觉得，这是个精明的老头，等他和老人的目光相遇时，他感到一丝微微的蔑视。

此时老人盯着小安，目光追随着小安的走动，在老人的盯视中，小安的笑容渐渐不再那么丰富。小卫非常希望老人开口训斥小安，他一直暗暗期待着，只见小安将矮墩墩的身体放到床的一角，黝黑的脸上窝着一双贼亮的小眼。她转过脸来偷着乐似的看了小卫一眼，似乎希望得到他的回应。小卫却不想回应，他从腋下取出体温计，装模作样地看起体温来，看到水银线所指的刻度，三十七度六！而且仅仅测量了不到两分钟，就上升到这样的高度。

这至少意味着，他的伤口有了炎症。

小卫不再去操心别人，他重新躺下，把头扭向另一边。东北人的妻子回来了，带着几个焦黄的馅饼，病房里重新变得热闹起来。莲姨也站起来，格外热情地跟东北人的妻子搭话。小安说着什么，不断称赞那里的馅饼好，说她老早以前去那里买过。她们似乎终于找到了表演的机会，一个个满口的溢美之词。小卫决定无视她们努力营造的虚假气氛，将头稍稍往上一抬，便遇见插在瓶子里的一束玫瑰。那玫瑰开得正好，有一瓣玫瑰俏皮地抽身出来，卷曲着身子。而另一旁的康乃馨垂头丧气，有几朵花还长出溃疡似的黄斑。小卫为小琪的康乃馨感到沮丧，这一切似乎正向他暗示什么。这时，他看到一只粗糙的手伸过来，一把拿住敞口花瓶：

我给换点水吧。

小安胖墩墩的身体已经走到小卫跟前，她也许不理解小卫为何有些冷落她，所以先做了个试探性的举动。其实他们的关系一直可以，一开始小安就把小卫当作下一个需要陪侍的人，不断找机会跟他搭话，帮他做些事情。但老人延迟了出院时间，她只好继续去陪侍老人，而小卫不得不另找保姆莲姨过来帮忙。

花瓶又重新放回到小卫的床头柜上，现在只剩下了玫瑰。玫瑰花瓣上洒了水滴，色彩像是受到了滋养，变得肥厚而神秘，绿色的叶子探着身子，向原先康乃馨的位置伸展，占据了花瓶的所有空间。

康乃馨蔫儿了，我给扔掉了。你看你对象的这玫瑰花，开得多好。小安跟小卫殷勤地说。小卫没有回应，他觉得她的举动像是为他做了某种抉择……

墙上的手掌

体温计！

那个小护士再次走进病房，胃癌病人赶紧从床头柜上拿起体温计，用纯正的东北话笑着说，三十六度五，老好啦！

小卫支撑起上身，把体温计递过去。他没有吭气，只希望护士悄悄填写在单子上。但是小护士没有，有些惊讶地问小卫，你发烧啊？三十七度八！好像这样的发烧是不应该的，纯属失误。这使小卫感到委屈和羞愧。

东北人夫妇带着饶有兴味的表情看着他，似乎要说什么，但他迫切希望他们放过他去。莲姨虽然侧身对着他，他也知道她心里是得意的。一时间，他觉得房间里怎么到处站立着人，使他无法将目光停留在某一个空处。他只好抬起目光，盯着电视机，然后继续往上抬，看着电视机上方的墙壁，在那里他看到一个手掌的印记。

是的，那确实是一个人的手掌印记！墙上一定布满了浮尘，即使不是三十年没有清扫，至少也有很长一段时间没有打扫了，不然不会留下那手掌的印记。孤零零地停留在那么高的地方，至少有不到三米高吧，一般人跳起来也够不到。那个手掌印记，就像CT里看到的那种，能看到一截一截的指关节。它是什么时候留下来的呢？为何会留在那里？为何又只有一只？他越来越感到有趣，想象着手掌印记背后的秘密。很快，他就觉得自己来这里看病是老天跟他开了一个恶意的玩笑，而那墙上的手掌印记，或许就是老天对他刻意的提醒。

想到这里，小卫反倒平静下来，接受了这样的安排。他重新看着小护士，小护士已经走到老人跟前，大爷您的体温计呢？老人正焦躁地在腋窝里寻找，可体温计显然已不在腋窝里了。我帮您找吧，小安过去，把手伸进老人的被窝里。这正好是个训斥的机会，但是老人没有，只是用责备的目光盯着小安，小安笑眯眯地看着小护士，一只手在老人的腹侧摸索了半天，把体温计摸了出来。

三十五度九。小护士说。

这时，一个熟悉的身影闪进病房，小卫看到那是他母亲。那一刻，他马上找到了往日被娇宠的感觉，满心的委屈脱口而出，他对经过身边的小护士说，我怀疑是你们医院的原因！我越想越觉得不对劲，你们动手术时没有给我换刀具，只是用水洗了洗。

小卫觉得他的话，在病房里一定会引起轩然大波，但是一点儿也没有，都没有什么反应，甚至连他的母亲。他们显然并不相信他的话，S医院可是全国最好的医院啊。

您可以向医院反映反映，我觉得不会的。小护士微笑着说。

你觉得不会就不会？万一传染上什么病就麻烦了。小卫说。

水

有那么一刻，他们同时都听到三号病床上的老人在喊什么，似乎已经喊了很久，因为老人看上去十分恼怒。他已无法像往常那样大吼了，那会震裂他的伤口。他只能压低嗓门儿，有些乞求似的发出沙哑的声音，只有看到他黑沉沉的表情，才知道他发怒了。清瘦的脸涨得又黑又红，一双怒目正对着小安的后背，而小安正关切地看着小卫，试图安慰他。直到东北人夫妇提醒小安，小安才转过身去。

老人叫道，水，水，喝水！

这下小安听清了，她不慌不忙地向窗台走去，去给老人倒水。病房里的人都盯着小安，觉得这是老人嫌小安过多地去关心别人的事情，而忽略了自己。他们想看看小安究竟怎样应付老人无声的责备，小安很是从容不迫，往一盏小杯里倒了点开水，然后像给婴儿冲奶一样，捧在手心轻轻地摇动几下。那动作让人觉得，她是那么体贴入微，要是老头再不满意的话，简直就是无理取闹。小安笑容可掬地走到老人床边，完全无视老人阴沉沉的面孔，她用臂弯扶起老人来，把老人的帽檐拉拉正，然后将小水杯递给老人。

我以为您还是不敢喝呢。

老人没有理会小安，像饮酒似的抿了一口，接着木然地瞪着眼睛，又抿了那么一小口。喝完一小口之后，老人就痛苦地呻吟起来。他一直感到憋胀，憋得腹部像铁块一样，容不下任何一点东西。之前，他常常要医生停止输营养液，动完手术三天以后，医生要他到病房外面散步，免得肠道粘连，他却说啥也不敢出去，只是用手扶着床稍稍站一会儿就又躺下了。而且就那么一会儿，他已经冒出一身冷汗，剧烈的疼痛像要马上夺走他的老命。再往后，他也一直没有出去散步，动完手术都第九天了，连主治医生都有些着急了，但他顶多是到病房的卫生间去撒泡尿，谁劝说都不行。他不敢喝水，更不出去散步。可今天，他居然主动要水喝，而且喝了两口。

这次老人没有像以前那样，一喝完就躺下，而是披着衣服坐在那里，似乎怀着侥幸的心理，希望肚子里不再有所反应。可是很快，他的眉头又皱了起来，嘴唇也开始绷紧了，两小口水正像杀手一样在他肚子里冲杀。哎哟，好家伙，他又痛苦地呻吟起来……

大剪刀

小安又走了过来。

小卫的母亲正看着他，一边用手指抚摸着玫瑰，为玫瑰暗自感到宽慰和欣喜。儿子给她说过几次小琪，她也看过小琪的照片，此刻的触摸让她又记起照片中那个清丽的姑娘。但出于儿子目前的状况，她并没有用眼神向儿子暗示什么。小卫却显然生气了，他把头埋进胳膊，不再搭理他们。他母亲已经见惯了他这种撒娇和无理取闹，但是每次又心疼不已，忍不住要劝慰几句。慢慢地，她似乎也相信了儿子的话：

你好好回忆回忆，你见到的，或许是别人用完的没收拾。

用不着回忆，我亲眼看到的啊，如果不是亲眼看到，我也不会相信的。

别瞎说，那是你紧张得过头了，你一紧张就发烧！莲姨说，我寻思这么大的医院，不会给你用使用过的手术刀具。

就是你让他们用，估计他们也不敢，你以为这是乡下的小门诊？东北人插嘴道。

好好放你的心吧，一定不会有事！东北人看着小卫的母亲说，小卫的母亲也非常信任地看着他。他又扭过头去看小卫，小卫却丝毫没有反应，似乎对一切劝慰已厌烦至极，似乎他随时会"切"的一声，让他们的劝慰统统见鬼去。

东北人突然觉得是时候了，他有时也会讲到那把大剪刀的故事，但从没有用在如此恰当的时刻。他带着一种莫名的兴奋，或许他觉得，之所以发生那样的事，完全是为了今天他可以讲出一个事情来。他清清嗓子说，我那孩子啊，看花我多少钱了，差点就没命了，就是因为一把剪刀。他表述得并不清楚，但他妻子知道他说什么，含情脉脉地看着他，像在鼓励他讲下去。

他看了看周围的人，莲姨又向他走近一点，脸上自视甚高的表情没有了，眼里闪烁着同情而急切的目光。除了莲姨，其他人也对他怀有某种期待，他接着说：

那年头生孩子都是找接生婆，用咱们家里的大剪刀剪脐带。完事以后，我那孩子生下才两天就发高烧，我们抱到镇医院去看，可根本就查不到病因，我们只好又抱了回去。

他记得清清楚楚，他们把体重只有五六斤的孩子搂在怀里，由于发高烧，孩子的嘴不停地微微抽搐，他看着一张娃娃脸的妻子，不知道该怎么办才好。他们那里习惯于早婚，当时他们只有十七八岁，实在是好好照顾不了孩子。屋外正刮着腊月的寒风，他妻子坐在炕上，不停地盯着孩子看，看着看着眼泪就掉下来了。两天之后，他们再次抱上孩子去了镇医院，可是医院仍然不接收孩子，说孩子连血都抽不出来了。最后他们只好又离开医院，医院外面有一堆垃圾，上面能看到冰冻在雪中的废弃针头，他们就站在垃圾堆旁边，一时间像失掉魂一样。他们几乎同时冒出一个可怕的念头，是不是应该听从医生的话扔掉孩子？也就在那一刻，他的妻子说，咱们还是再去县医院试试吧，或许县医院能救了咱孩子。县医院在八十里之外，刚下过一场小雪，路上已凝结成冰。他们往东南方向看了看，远处是白茫茫的天际线。他心里升起一阵奇怪的饥渴似的感觉，想都没想就和妻子一步一滑地走去。他们差不多走了一白天，赶黄昏的时候到了县医院。一进县医院，他们就不由自主地奔跑起来，都忘了看看孩子是否还活着，等医生打开孩子的包裹时，或许是孩子睡着了，或许是孩子昏迷了，总之是他没有看到孩子任何活着的迹象。医生把孩子迅速抱进急救室，他们坐在外面的凳子上等着，好像不是在等孩子救活的惊喜，而是在等孩子死亡的消息。他们不停地哆嗦着，这时才发现自己快冻僵了，双脚好半天才有了痛痒的感觉。

而今，同样是在医院里，不过是在北京，在全中国最好的医院里。东北人回过头去，看到妻子通红的眼睛里溢满眼泪。

是败血症！医生后来对他们说，是那把大剪刀剪脐带时惹下的祸，养这孩子老费钱了！

可不是嘛，妻子接住说，前些年孩子才脱离危险。因为孩子体弱，我们舍不得让孩子干活，你看把老头子累得落下个胃癌。得病前还天天开车，吃饭有上顿没下顿的。

你看看，都是一把大剪刀害的。

伤口

很长时间，他们都没有听到三号病床上老人的呻吟了，原来老人也在扭头看着他们，像是一直在仔细听着。现在，几乎所有的人都回头去看小卫，小卫也注意到了这一点，他希望能了解这些人有多少幸灾乐祸的成分。他们像是刚刚从东北一个小医院里观看了惊心动魄、寒惨凄切的场面，就立刻回到了这个病房，又来赶着看第二场。他甚至看到了那把黑铁做的大剪刀，剪刀上面还沾着血迹，让他浑身起了一层鸡皮疙瘩，让他惶恐地想起盘子里那些肛瘘手术用具。但令他惊奇的是，他又似乎很乐意享受这样的氛围，因为他母亲站在那里，不管他们心里有多幸灾乐祸，脸上也都是一副同情的表情。他看到莲姨的眉头重新皱得紧紧的，表现出她惯于悲天悯人的神情。但是就在这时，两个小护士推着护理用品车走进病房，破坏了病房里形成的氛围。两个小护士径直走到老人的病床前为老人换药，东北人夫妇、小安、莲姨好像为了躲避尴尬，也抻长目光去看护士为老人换药，这让他有些沮丧。只有母亲关切地看了他一眼，但之后，她也转过头去。他们就这么轻易放弃了对他的关注，让他实在是有些愤怒。

他们无声地看着另一场戏，甚至连老人也垂目看着小护士的动作，只见一下揭起他的被子，露出布满腹部的重重纱布，一条很长的白布贯穿腰部缠绕着伤口，防止他的伤口绷裂。

小护士的手指像触摸鼓面一样摸了摸厚厚的纱布，又往外拉了拉被子。病房里的其他人差不多都看到老人被刮干净阴毛的软塌塌的生殖器耷拉在两腿间，小卫以为他母亲和莲姨会有所回避的，至少会显得有些难为情，但是半点儿也没有，似乎像小护士一样司空见惯了。莲姨甚至走到病床跟前，为了看得更仔细一些。

两个小护士解下那条白布，又小心翼翼地揭开纱布，一道歪歪扭扭的伤口横在肚子上，粗粗的线依然缝在上面，留在伤口尾部的线头翘着头。老人一副预防着忍受疼痛的表情，白白的肚皮一起一伏，上面的伤口也一起一伏。护士上了药水，重新把新纱布敷在伤口上，然后取出一条长长的白布，再紧紧地裹在纱布上，像捆扎东西一样，一直缠绕了两层。每次因为收紧裹布摇晃一下，没有阴毛掩盖的生殖器也跟着晃动一下，简直像新生儿的一样。老人感到腿间冷飕飕的，生殖器第一次暴露在这么多女人面前，除了羞耻之外，他又感到一点点说不清的快意。他任由两个小护士折腾，体会到一种被照料的感觉，护士给他盖上被子以后，一滴汗珠从他额头滚到鬓角，又从鬓角滚落到枕头上。

因为疼痛和紧张，他已经大汗淋漓。

血

　　现在，两个小护士离开了病房，病房里人的目光也跟着离开了老人，每个人脸上并没有显出刚看过什么的表情。

　　小卫越来越觉得这病房里就像一片目光严密的丛林，被人打量也打量着别人，充满奇怪的意味。也许是他们的沉默激起了老人的兴趣，老人偷偷地瞥过来一眼，恰好与小卫的目光相遇，这次老人没有那种轻蔑的感觉，而仅仅是因为好奇，多多少少还有点刚刚做过什么的羞怯。他俩是真正遭遇过手术刀的病人，然后两个人扭过头去，回到各自的世界。

　　小卫又积累起对母亲的怨怒，她竟然抛开自己去看老人的伤口！这时母亲关切地走过来，坐在他跟前，像往日那样把手放在他脖子上试试温度，让他感觉好受些了。每次他生病了，母亲都会神经质地焦虑，他以为听了给他动手术用旧刀具的话，母亲一定会心急如焚，却没想到母亲出乎意料地淡定。小卫故意躲开母亲的目光，生气地侧躺下来。

　　他的举动终于影响到了母亲，母亲又像过去一样担心起来：

　　小卫，你要确定了，我就去找他们医生，这么大的医院，咱们花了那么多钱，他们还要节省一副手术刀具。真要是出了什么问题，我跟他们没完。

　　小卫这才抬起身子，语气仍旧坚定地说，妈你别说，他们还真有可能用了洗过的手术刀！我亲眼看到护士从满是血迹的器械里挑出给我使用的手术刀。

　　那也可能是拿去清洗的，并不一定就给你用。小安走过来说。

　　我亲眼看到护士手里拿着我的手术单子，一边念单子上的使用器具，一边在各种手术刀里挑挑拣拣。上面清清楚楚写着"肛瘘手术使

218

用器具"，刀子上还往下滴血呢。

哎呀，你不是看错了，就是你记错了。莲姨也过来说。

小卫最反感她的腔调。

我给你去问问，小卫母亲接住说，隔壁35号病房的，有一个也做了肛瘘手术，我一定要搞清这是怎么回事！

小安带着小卫母亲走出病房。在敦实的小安身后，小卫的母亲显得清瘦而孤单，黄色的烫发束在头后面，半露出细瘦的脖颈。穿着摩登的宽大的裤子，裤脚几乎埋没了她的高跟鞋，高跟鞋只能凭借嘎嘎的声音，显示自己不甘于埋没的存在。

小卫记得，动手术的那一层楼几乎全是手术室，手术室外面像过道一样，一些病人的家属走来走去。他和他母亲那天就看到那个做完肛瘘手术的胖女人从他们面前走过去，妈呀妈呀地叫着，浑身在不停哆嗦，几乎无法走路了。但是没有医生搭手扶她一下，差点摔倒在他们跟前。

他进去的时候，手术室还没有清理，地上有两摊血，手术台的垫子上满是血，手术刀盘里也是血，护士正当着他的面收拾。

看到那些血，他就有些不知所措，希望眼前的一切都不是真的。而且，这栋旧楼的陈旧设施和压抑灰暗的手术楼层，让他有一种做梦的感觉。那手术室已经做过三十多年的手术，有很多病人或许就死在手术台上。

大鱼

胖女人在输液，一输完就过来，小卫的母亲说。她回到病房里重新坐在小卫床边，摸了摸小卫的头发。

周围的人现在开始慢慢转变他们的观点，开始朝着小卫所希望的方向发展，他们似乎相信了小卫的话，认为这家全国最好的医院也一样缺德，为了节省费用省去了医疗器械包。他们只等胖女人输完液，来印证他们的观点。这时，东北人下床去了病房的卫生间，他妻子掉转脸看着小卫，看着看着眼睛里就沁出泪花来了。让小卫很是吃惊，以为她把自己当成了她患上败血症的儿子，使他甚至忘记了他们正在讨论的问题。

俺老头子，东北人的妻子悄声对周围的人说，看上去老好的，其实坐在那里心里也琢磨事哩，他也挺难过的。说着，朝门口卫生间的位置看了一眼，用手擦了擦眼泪。听见卫生间响起水声后，赶忙向大家使个眼色，用袖子又擦了擦眼睛。要不的话，俺老头子现在早捕鱼去了。见男人从卫生间出来，她笑吟吟地对大家说。

东北人出来的时候，发现周围的人都用特别的眼神看他，让他感觉到有点怪异，似乎预料到了什么。听见他妻子在说捕鱼，他便清楚了她的用意，那是他最喜欢谈的一个话题啊。他接住妻子的话说，俺们那旮旯，不是有个乌苏里江吗？说着说着，就兴奋起来了：

每年有两个月可以捕鱼，五月和十月，其他时间禁渔。我的妈呀，要是每年能捕到一条大鱼，那就赚大了。

打渔主要是他和他姐夫、妹夫三个人。打渔期到了，他们就停下手头的其他工作，一起去江上捕鱼。他们要捕捞的除了普普通通的鱼，还有几百斤重的大鱼。他妹夫开着个小杂货铺，平日沉默寡言，只在许多杂物和小零碎上捏捏弄弄。但在捕鱼的时候，最是沉着机智，洞悉水里的各种秘密，还发明了许多机巧的小设计。他姐夫是个狂热而迷信的捕鱼者，收集了大鱼的各种信息，然后预言今年大鱼会在哪里出现，如何能够抓到它。他姐夫和妹夫经常为了捕鱼地点发生争执，都认为自己预料得对。他姐夫跟他一样，也是一个卡车司机，为别人运货跑长途，很是能说会道，喜欢吹嘘和神侃，也喜欢恭维陌生人，朋友和哥们多的是。在江上捕鱼的时候，有时会疯疯癫癫地走来走去，一双戏谑的笑眼不停地在江面上滴溜，每隔五分钟就冒出个可笑的主意，让他们乐一乐。他姐夫用木头刻了一条一尺长的鱼，钉在船头上，每天早晨都会站到船头上，对着木鱼神神道道几句。

你只穿个大裤衩在那里拜，太不讲究了！有一次他调侃他姐夫。

你不懂，鱼天生啥都不穿，它才不管你穿不穿衣服。他姐夫说。

差不多每次捕鱼期都有一艘船中彩，捕到一条几百斤重的大鱼，可以卖出天价来。在过去十年里，他们只捕到过一次大鱼，不过也算是很幸运的了，更多的人一辈子都没同大鱼沾过边。最重要的是，他们捕到的是乌苏里江有史以来最大的一条鱼，差不多有一千斤重吧。那天，他们三个大喊大叫，躺在大鱼身边让人给他们照相，据说那照片后来还上了报纸。也就是从那时起，他一直深信自己是老天最眷顾的人。

哇，一千斤重，那有多大呀？小安问。

多大？从这一头到那一头，至少有这么大。东北人比划了病房的整个宽度。

有那么一瞬间，好像大鱼就在他眼前，就平躺在病房里，浑圆的身子笨重地压着地板，一只鱼鳍在轻轻摆动。

若是在我们旮旯打问俺老头子，只要问捕到大鱼的那个姓王的汉子，我们旮旯的人就知道你找的是谁了。东北人的妻子似乎在证明她男人过去绝不是现在的样子……

竹竿

病房里的人看到东北人妻子的笑眼里再次闪现出泪花，就都把目光移开了。就在这个时候，三号病床上的老人喊叫道，小安，小安！

老爷子要咋？小便呀？小安走过来。

老人指指门外，他还从没有出去过，现在准备试着出去散散步。二十岁出头的小卫，因为痔疮手术窘态百出，使他备受鼓舞，觉得他还是幸运的。他只是疼痛，并没有发烧。他的疼痛有时让他觉得自己似乎挺不过去了，甚至连一点点水都不敢喝，但是到现在他还好好活着。上午他又试着喝了两口，也没有引起他担心的严重后果——把肠道一塌糊涂地给胀破，他甚至有精力耐心地听完了东北人捕鱼的故事，中途没有哼哼一声。

老人慢慢把腿放到一侧，把钩住被单的别针解下来，别针上拴着肠道插管和插管上的袋子，管子里是一段一段的血。如果袋子里除了血还有其他东西，那就意味着手术失败了，前几天就有个胃癌病人因此重新上了手术台。他再次觉得自己是幸运的，仅仅是切除了个息肉，只是因为他年老的原因，才让他难以承受。小安从头顶拿下巨大的乳黄色营养液袋子，放到有轮子的输液架子上，架子中间是个日本进口的方形控制器，能准确地按量输送肠道营养液。老人坐在床沿上，觉得自己就像要出远门似的，小安给他披上厚厚的黑色呢绒外套，扶正了帽子。老人尝试着站在地上，慢慢佝偻起身子，一只手把衣服下摆收拢住，捧着下腹，一只手扶住架子，害怕架子走得快时，会把各种管子牵扯住。疼痛立刻加剧了，让他几乎难以忍受，全身开始燥热冒汗。但他坚持迈开小步，小安用酱紫色的短粗右手握住架子，慢慢地往前推移，因为中间压着那个铁一样沉的日本器械，架子的轳辘发出格外沉重的声音。莲姨赶紧让开路，其他人也都看着低头磨蹭的老人。这是老人第一次出去遛弯，伸着脖子，半弯着腰，脖子和肠道的插管，以及盘绕的各种管子，一起形成一个令人畏惧的"架势"。老人慢慢地走出病房，给病房留下一种凝重的气氛。

他们目送老人走出门走，临出门之前，小安朝他们眨了眨眼，之后，骨碌碌的声音便在走廊上响起来。

昨天主治医生跟主任医生在办公室议论，我才知道老人得的也是癌症——结肠癌，只是家属隐瞒得好，老人到现在也不知道，只说自己长了个息肉。东北人的妻子压低声音说，医生说老人的肠子截了有一尺长，在手术室就差点不行了。如果刀口一直长不住，一直不敢吃饭，那就玩完了。

老人试着往起直直上身，原本他是不敢这么往起直的，因为肚子下面一直在疼痛，现在他只是想感觉一下刚才喝了两口水，肚子是否更胀更难受。他感到整个下腹凝成了一团，团得快把肚皮撑破了。肚皮被绷带紧紧缠绕着，他其实根本感觉不到肚皮，只是神经质地揣想肚皮不适。疼痛让他一阵阵出汗，甚至禁不住想哼哼几声，但是他咬紧牙关忍着，只有忍无可忍时才哼一声。

老人前面，也有亲自推着输液架子行走的病人，穿着蓝白相间的旧病服，跟他身上的病服一样蓝色都洗淡了。离他最近的是一个因化疗脱光头发的中年妇女，一看就是个癌症患者，脸白得要命。她慢慢地挪动着，这时候站住了，回头看了老人一眼，似乎要歇息一下。老人正好直起腰来，看到她的眼睛巨大，有一个青黑的深窝，空洞而没有任何表情。老人又侥幸地想，幸亏自己仅仅是长了个息肉，如果是癌症的话，那就玩完了。老人心中感叹的时候，一个头发脱光的中年男人又从他身侧走过，而且居然是倒着走路，手里用一截竹竿挑着液体，液体用细绳拴着。竹竿随着中年男人后退的步幅，在老人眼前一晃一晃。中年男人脸面精瘦清白，但是精神状态很好，这非常鼓舞老人，相比之下他就有点过于矫情了。他试图加快点步子，可是依然不行，腹部的剧痛在强烈警告他。

终于，老人站在了锐角三角形走廊的另一个锐角里，他已经是第十五次走走歇歇了，额上的汗珠噗噗落在地上。他只能弯腰保持着奇怪的姿势，甚至连蹲下都不敢，那样腹部会更疼。不管从哪个方向走，他都需要一大截距离才能回到房间，他觉得自己陷在那里，若仅凭自己的能力，是无论如何也回不到病房去的……

大鱼的模样

同样做过肛瘘手术的胖女人走了，她知道的并不比小卫多，但胖女人走路时稳重的步伐，使她看上去已不像一个病人。这让小卫吃惊不小，觉得胖女人很快就会从容自如地行走在大街上，而他连上床都困难，并且还在发烧。

小卫侧身躺在床上，刻意对床前的莲姨视而不见，她总想在他母亲跟前表现得殷勤。小卫母亲上班走后，莲姨就把谈话的目标转向东北人，不断看着东北人，想安慰点儿什么。但东北人坐在床上，正背对着她，她只好转向东北人的妻子。

这病，莲姨对东北人的妻子说，关键是心态呀！

对对对，东北人猛地回过头来，和妻子一起附和道。

莲姨看到自己的话引起反响，就更加兴致盎然。她说，这病就是个这，只要心态好就行，心态一差就玩完了。真的，一定要保持好心态！

东北人的妻子脸上保持着笑容，突然一下子没有忍住，红红的眼眶里就溢出泪水。东北人侧过脸看着妻子，看到妻子没来得及躲闪开的泪眼时，低头把手搭在妻子肩膀上，从床上探下两只脚来，把脚伸进鞋子里。妻子默默地陪着他，一起走出了病房……

小卫下意识地把被子往上拉了拉，一直拉到脖子那里，他只希望莲姨不再打扰他。

现在东北人的床空出来了，枕头边扔着一本旧杂志。小卫把目光投放在那白色的病床上，避开莲姨在床脚游荡的高大的身影。他的目光再往起稍稍一抬，便看到那束含苞欲放的玫瑰，让他又不由地想起小欢来，想起他们在废弃楼层里的吻。他还记得"此处禁止说话"那几个黑体大字，那似乎并不是警示别人的，而是很多年来一直在等待他们的到来。他目不转睛地看着玫瑰，一个花瓣正要掉落，从颤颤掉落的花瓣的颜色，他又想起手术台上到处都有的血迹。他记得刚进去的时候，手术室还没有清理干净，地上留下的两摊血映照出头顶的灯影。等护士有条不紊地收拾好以后，他就被安排到手术床上，看到医生在清点手术器械盘里滴血的手术刀。按照肛瘘手术的清单，这个情景始终盘桓在他脑际，接着他们把盘子端走了，是否他们还用那些器具，是否重新拆了新包，他就一概无从知晓了。当时他仅仅是恐惧，放展身体躺下的时候，只觉得上下牙齿打战。

　　他的身体一阵阵发冷和哆嗦，但是一想到东北人捕获一千斤重的大鱼，他就又镇定了许多。他努力推想东北人当时捕获大鱼的情景，在中国地图那个公鸡的头顶最东边，乌苏里江该是一条怎样的河流？它的水面有多宽广？东北人的船怎样在水面上游动？随后他的脑中便出现了那条大鱼，只见水面下一个黑沉沉的阴影，在缓慢、神秘、沉静地游动。它的眼睛圆而慈祥，靠近肚腹的鳞片金黄，再往下是一片银白，而背部和背鳍是黑青色的。东北人的小船，虽然捕捞的渔具一应俱全，但它是一只破旧的木船，船后面安装着突起的引擎。他实在无法想象，这样一条船咋会捕获那么大的一条鱼？于是，他只好绕过这个百思不得其解的细节。现在是一条巨大的鱼躺在湿淋淋的船板上，巨扇一样的尾巴在疯狂摆动。

　　之后，他的注意力又回到水中，期待遇见其他的大鱼，而且真的遇见了一条，它正在那里不知危险逼近地嬉戏，笨重的身躯表现出一种憨态。那憨态让他越来越平静，越来越感到欣慰，到后来竟发现自己就是那条大鱼，在水中怡然自得地悠游。这时，前面另一条非常熟悉的大鱼朝自己游过来，并用头触动他，说：

　　瞧你额头烫得……

　　他仔细一看，这是一条长得跟莲姨很像的大鱼，正愚蠢而着急地看着他：

　　……瞧，小卫啊，你保准更烧了。